Les Éditions du Boréal
4447, rue Saint-Denis
Montréal (Québec) H2J 2L2
www.editionsboreal.qc.ca

CÔTE-DES-NÈGRES

DU MÊME AUTEUR

Côte-des-Nègres, roman, Boréal, 1998 ; coll. « Boréal compact », 2003.

Bouche-à-bouche, roman, Boréal, 2003.

La Faucille et le Condor. Le discours français sur l'Amérique latine, 1950-1985, essai, Presses de l'Université de Montréal, 2005.

Eucalyptus, roman, Boréal, 2010.

Mauricio Segura

CÔTE-DES-NÈGRES

roman

Boréal

© Les Éditions du Boréal 1998 pour l'édition originale
© Les Éditions du Boréal 2003 pour la présente édition
Dépôt légal : 4e trimestre 2003
Bibliothèque et Archives nationales du Québec

Diffusion au Canada : Dimedia
Diffusion et distribution en Europe : Volumen

*Catalogage avant publication de Bibliothèque et Archives nationales du Québec
et Bibliothèque et Archives Canada*

Segura, Mauricio, 1969-

    Côte-des-Nègres

    2e éd.

    (Boréal compact ; 152)

    ISBN 978-2-7646-0285-0

    I. Titre.

PS8587.E384C67   2003   C843'.54   C2003-941694-1
PS9587.E384C67   2003

À Marie-Josée

Le Seigneur descendit du ciel pour voir la ville et la tour que les hommes bâtissaient. Après quoi il se dit : « Eh bien, les voilà tous qui forment un peuple unique et parlent la même langue ! S'ils commencent ainsi, rien désormais ne les empêchera de réaliser tout ce qu'ils projettent. Allons ! Descendons mettre le désordre dans leur langage, et empêchons-les de se comprendre les uns les autres. »

Genèse 11, 5-7.

I

LE GYMNASE déborde jusque dans le corridor. Une clameur continue monte vers le plafond : les élèves, tout étonnés d'avoir abandonné leur pupitre et leur cahier, discutent avec fièvre. Vingt-cinq minutes se sont déjà écoulées et l'air se fait lourd. À droite, tout au fond, on a relevé un des paniers de basket-ball et installé un podium noir, connu de tous, ne servant que pour les discours du directeur. Tout est en place : micro, haut-parleurs, tabouret sur lequel reposent une cruche à eau et un verre. Voilà, les surveillants pressent les retardataires, verrouillent les portes avec fracas et se postent devant, les bras croisés, les jambes bien écartées. On se dresse sur la pointe des pieds, on jette des regards impatients. C'est bien connu à la polyvalente Saint-Luc, le directeur aime se faire attendre.

À l'autre bout du gymnase, près des matelas et des filets, là où la foule se fait moins dense, on se chamaille. Deux surveillants, portant dossard et brassard écarlates, pourchassent des garçons. Les fautifs se fraient un chemin dans la foule, renversant au passage deux filles qui poussent des cris perçants. L'une d'elles se relève, se précipite sur l'un des garçons et l'empoigne au collet. Qu'est-ce qu'il s'imagine ! Qu'il s'en tirera comme ça ? Non, monsieur ! Les surveillants bondissent sur eux, les séparent, puis ordonnent aux garçons d'aller s'agenouiller face au mur, dans le coin gauche, est-ce bien compris ? Ces derniers se traînent jusqu'au mur, s'injuriant l'un l'autre à voix basse. Un surveillant immobilise la fille par les épaules : vas-tu te calmer à la fin ! Elle le regarde d'un air effrayé, comme paralysée puis, d'un geste brusque, se dégage.

Ça y est, le directeur gravit d'une seule enjambée les trois marches du podium. De la cohue s'élèvent applaudissements et huées. Le brouhaha se répercute contre les murs. Le directeur s'arrête devant le micro, embrasse l'océan de têtes, l'œil vif. Il ramène en arrière une mèche grise et tire sur le nœud de sa cravate. Coup sur coup, un « trou de cul, Barbeau ! » puis un « hostie de con ! » surgissent haut et fort de la multitude. Un instant, il ouvre la bouche mais, en homme d'expérience, se ressaisit aussitôt. Il sourit et lève les bras cérémonieusement : « Mes amis… » Le gymnase vibre ! Les conversations s'éteignent mais, au fond, on entend une fille se tordre de rire : l'hilarité secoue son ventre flasque et son double menton, tandis qu'une autre fille la soutient tant bien que mal. Un surveillant, cheveux en brosse, se rue vers elles, leur saisit le bras et les accule au mur. Le sourire épanoui, le directeur remue longuement la main : « Je vous salue, mes amis. »

Le poing sur la bouche, il tousse une fois, deux fois. Des dizaines de toussotements jaillissent aussitôt.

« S'il vous plaît ! » fait-il, le visage contracté. Il abaisse lentement ses mains grandes ouvertes pour inciter son auditoire à la retenue. « Je veux vous parler de choses sérieuses… » Il prend une gorgée d'eau et gonfle ostensiblement les joues comme s'il se gargarisait. « Depuis quelques mois, vous le savez, il y a eu des actes de violence dans notre établissement. » Il plisse les yeux un instant, comme pour mesurer l'effet de ses mots. « Je vous l'ai déjà dit, ces actes ne seront jamais tolérés ici. » Le ton emphatique surprend les élèves : une gaieté contagieuse s'empare d'une partie de la foule. « Nous sommes ici pour apprendre, n'est-ce pas ? Nous sommes d'accord ? » Un « oui ! » à l'unisson émerge des premières rangées, puis quelques « non ! » surgissent çà et là, provoquant de nouveaux fous rires. Visiblement, le directeur ne retient que la première réponse : « C'est bien ! C'est ce que je pensais ! »

Au milieu du gymnase, deux garçons se détachent de la foule. Ils portent des T-shirts aux couleurs fluorescentes et marchent en roulant des épaules. Ils se dirigent vers la sortie en jetant des regards obliques autour d'eux. Dans l'encadrement de la porte, un surveillant leur barre la route avec le bras.

— Où va-t-on comme ça, les enfants ?

Un sourire lui fend le visage jusqu'aux oreilles. Les deux garçons échangent un regard inquiet, puis le plus grand fait chavirer ses yeux et pousse un soupir ennuyé.

— Aux toilettes. Où veux-tu qu'on aille ?

Le surveillant ne répond pas, il sourit de plus belle.

Le garçon pose les mains sur les hanches et, de nouveau, soupire.

— Sois pas con, Gino. T'as peur qu'on s'en aille, c'est ça ?

— Exactement, minus.

Les pupilles de Gino vont de l'un à l'autre. Les visages des garçons restent impassibles. Le surveillant s'approche du plus grand et, lui tapotant la joue comme on fait à un bébé :

— Qu'est-ce que tu nous mijotes encore, Pato ?

Le garçon esquive la main et feint l'exaspération :

— Tu vois pas qu'on a envie de pisser ! Arrête de nous écœurer !

Le visage de Gino se décontracte. Il a l'air à la fois hésitant et quelque peu honteux. Ça y est, se dit Pato. Oui, c'est le plus relax des surveillants. C'est sûr qu'il va céder. Gino regarde sa montre puis Pato dans le blanc des yeux. Longuement.

— O. K., marmonne-t-il. Mais faites-le vite, votre pipi. Si vous êtes pas revenus dans trois minutes, je vous tranche le zizi à tous les deux !

Les garçons sourient.

— J'ai pas envie d'avoir le directeur au cul, explique le surveillant. *Capito ?*

— Ouais, on a compris, dit Pato. T'es un bon gars, Gino.

Le surveillant ouvre la porte et, au passage, les deux garçons lui assènent quelques tapes dans le dos. Ça va, ça va, fait Gino, c'est pas par charité chrétienne qu'il les laisse aller ! Ils longent le mur jaunâtre, certains que Gino les suit de ses yeux porcins et, dès qu'ils ont tourné le coin, ils se mettent à courir. À toute vitesse, Pato passe devant la porte des toilettes des gars. Chacun de ses pas éveille des échos démesurés. Il lance : *¡Apúrate, Alfonso!* Ils parcourent plusieurs longs corridors qui aboutissent toujours à des portes de métal. Plus ils avancent, plus Pato allonge la foulée et se distance de l'autre. Hé, crie Alfonso, haletant, pas trop vite ! Derrière une porte, Pato tombe sur deux Noirs assis par terre, remuant la tête au rythme de leur Walkman. Un nuage de fumée les enveloppe, une douce léthargie auréole leurs gestes et leur rougit les yeux. Ils n'ont pas l'air étonnés de le voir apparaître. Pato ralentit tout de même sa course. Quand Alfonso le rattrape, un des Noirs, sans baisser le volume de son baladeur, gueule à tue-tête :

— Regarde-moi ça, mon gars ! Deux Latinos qui jouent à la *tag* !

— C'est-tu *cute* ! hurle son voisin.

Les Latinos s'éloignent au trot. Ils entendent derrière eux les rires fatigués des Noirs. Le cœur de Pato amorce un solo de batterie, il se retourne : les deux Noirs lui soufflent des baisers en ricanant. Vont-ils les suivre ? Probablement pas, ils sont trop gelés. Tous pareils ces Haïtiens, tout le temps blastés.

« Le problème c'est qu'une minorité d'élèves n'est pas ici pour étudier, mais seulement pour *avoir du fun*. Mais, comprenez-moi bien, tout le monde aime *avoir du fun*. Moi y compris. Mais un élève ne peut penser qu'à ça. C'est là que ça devient dangereux… » Les élèves écoutent maintenant le directeur sans rouspéter. De toute évidence, il met des gants. La dernière fois qu'il leur a parlé sur ce ton, il a annoncé qu'après trois retenues l'expulsion était automatique.

Les deux garçons enfoncent les dernières portes avant le sous-sol et dévalent l'escalier quatre à quatre. Voilà, ils arrivent enfin parmi les tables de billard et, plus loin, parmi les longues rangées de casiers qui forment des couloirs sinistres, avec les dizaines de cônes de lumière qui s'infiltrent obliquement à travers les carreaux crasseux. Pato traverse la salle, s'arrête devant un casier et fait à la hâte la combinaison du cadenas. Plus jamais, ils diront que je suis un p'tit-cul bon à rien, plus jamais que je suis un peureux, plus jamais que je suis trop jeune, plus jamais… Tout en sueur, Alfonso se traîne jusqu'à lui. Pato ouvre la porte du casier et agrippe un outil en métal. Voyant la pince rouge longue d'environ un mètre, Alfonso s'affole et regarde de tous côtés : il n'y a personne.

— Pato ? Tu veux pas remettre ça à un autre jour ?

La question prend Pato au dépourvu. Il remarque qu'Alfonso écarquille les yeux, les lèvres tremblotantes. C'est pas vrai, il va se mettre à pleurer ! Au même instant, il s'aperçoit que son propre cœur lui défonce la poitrine. Maintenant, Alfonso baisse la tête et cache ses yeux de son avant-bras.

— Relaxe ! chuchote Pato. L'important c'est de pas paniquer. Flaco le dit tout le temps. Pas vrai ? Dis-moi que c'est vrai.

Alfonso fait oui de la tête. Ils restent un moment

sans rien dire. Les larmes et la figure innocente d'Alfonso l'irritent de plus en plus, l'odeur de sa transpiration lui pince les narines. Il s'en veut de l'avoir choisi pour faire le coup. Mais ce n'est pas le temps de se fâcher. Il lui fait signe de le suivre et se remet à courir. Les pas d'Alfonso ne résonnent qu'après un moment, comme s'il le suivait à contrecœur.

« Depuis trois mois déjà, continue le directeur, tous les vendredis, je réunis les surveillants. Ils me font un résumé de ce qui s'est passé pendant la semaine. Qui sont les individus qui sont restés en retenue ? Qu'ont-ils fait ? À qui s'en sont-ils pris ? Où commettent-ils leurs gestes d'agression ? Et savez-vous ce que nous avons constaté ? Que la plupart des délits ont lieu durant les récréations. » Il s'arrête et s'essuie la bouche du revers de la main. Oui, c'est le moment : il va lâcher le motton, ils le sentent. « La décision n'a pas été facile à prendre, mes amis. Et ne l'oubliez pas : ce n'est pas à nous qu'il faut en vouloir, mais à ces quelques tannants qui minent le climat de la polyvalente. Pour éviter qu'à l'avenir des gestes malheureux se reproduisent, nous avons décidé, la direction, les surveillants et moi, de supprimer la récréation de l'après-midi. » Au début, un murmure plane, comme si on n'était pas sûr d'avoir bien saisi, puis un grondement s'élève, enfin, une pluie de protestations se déverse sur la tête du directeur : la foule hue à tue-tête, des majeurs se dressent ici et là. Raide devant le micro, le directeur hausse les épaules. Sa façon de feindre l'impuissance fait redoubler les huées.

Voilà, ils y sont, devant le casier le plus connu de la polyvalente. Il est couvert de graffitis noirs, rouges, verts, violets : *Propriété des Bad Boys, Public Enemy number 1, Cop Killer, Fuck Barbeau, Sex, drugs and rap...* Au centre, l'insigne des Bad Boys : une panthère vue de dos, la tête tournée, la gueule grande ouverte. Alfonso fait le guet, la figure cramoisie. Pato prend une longue respiration, saisit le cadenas avec la pince et, les yeux fermés, comme pour oublier ce qu'il fait, le force. Il voit déjà les mines étonnées, ravies, de Flaco et de son frère : pas vrai ! Pas le casier de CB ! Toi ? C'est toi qui as fait le vol ? Vraiment ? Allez, p'tit cachottier, raconte-nous comment t'as fait. Et lui leur raconterait tout. Flaco passerait un bras autour de ses épaules : la tête que va faire CB quand il va apprendre qu'un minus de secondaire un a dévalisé son casier ! Il manquerait pas ça pour rien au monde ! Le cadenas heurte le sol et Pato s'empresse d'ouvrir le casier.

Des boulettes de papier s'abattent sur le veston du directeur. Il jette un œil vers les professeurs alignés comme une armée près du podium, puis souffle lon-guement dans le micro : « Mes amis, s'il vous plaît... c'est pour le bien de tous que nous avons pris cette décision. » Des groupes tapent maintenant des mains et des pieds. Par-dessus le tohu-bohu, il reprend : « Une dernière chose, mes amis... écoutez-moi, s'il vous plaît... » La salle scande comme un seul homme : *noon, nooon, noooon !* Malgré tout il poursuit : « On me dit que ces tensions sont causées par des soi-disant conflits ethniques... Là-dessus, je vous dirai simplement ceci...

écoutez-moi, bon sang ! » De nouveau, il tourne la tête vers les professeurs, pince les lèvres et passe furieusement une main dans ses cheveux. Un instant, comme s'il était pris de vertige, il chancelle : il est l'homme le plus seul au monde. Alors, il grommelle tout bas : « Bande de p'tits tabarnaks… »

Les professeurs échangent des regards choqués. Les élèves se plient en deux, se tapent les cuisses : celle-là c'est la meilleure ! *Ah ! ah ! ah ! ah !* Barbeau essaie de s'expliquer : « Quelques individus depuis plusieurs mois tentent de nous diviser en ghettos… Nous ne nous laisserons pas faire… L'important, mes amis, c'est qu'il n'y a pas d'Italiens… pas d'Haïtiens… pas de Latinos… pas de Juifs… pas d'Asiatiques… ni même de Québécois, vous m'entendez ?… il n'y a que des élèves ici, des élèves persévérants, qui ont soif de connaître ! Au fin fond, nous sommes tous des frères ! » Toute une rangée, au bout du gymnase, fait semblant de soutirer de longs sanglots à des violons imaginaires. Quelques-uns s'étreignent d'un air mélodramatique, d'autres s'exclament « frère ! » et font mine de fondre en pleurs convulsifs. Le directeur quitte le podium sans se retourner. Les élèves crient maintenant victoire. *Ah ! Ah !*

La quantité d'objets que contient le casier les laisse sans voix. Il est tapissé de photos de femmes noires en bikini et de rappers. Sur la porte, un miroir et, encore, l'insigne des Bad Boys. Sur la tablette du haut, un peigne aux longues dents, des lunettes de soleil et une casquette. Pato agrippe les lunettes et la casquette, quelque chose tombe par terre. C'est une chaînette, avec un oiseau en argent. L'oiseau a le bec tordu et ses lourdes ailes se déploient comme s'il prenait son essor. Pato le reconnaît, c'est un condor. Son père lui a déjà vanté l'intelligence et la cruauté de cet animal redouté partout en Amérique du Sud. Mais qu'est-ce qu'un Haïtien fabrique avec un condor? Un objet qui appartient à un Latino? C'est Flaco et son frère qui vont être contents, il vient de récupérer un objet volé. À la hâte, il fourre le condor dans ses culottes et sent le contact glacé de l'animal contre ses testicules. *¡Vámonos!*

Les élèves bavardent entre eux, plus du tout pressés de se disperser. Deux surveillants ouvrent les portes : allez, tout le monde, le show est fini! Juché sur un tabouret, les pieds posés sur le barreau, Gino suit des yeux le flot des élèves, mais il a la tête ailleurs. Il coule un regard à sa montre numérique : il est quatre heures trente-cinq, cela fait déjà plus de dix minutes que les Latinos sont partis aux toilettes. Il savait au fond qu'ils se sauveraient. Cette école est devenue impossible, les élèves font tout ce qui leur passe par la tête. Barbeau aujourd'hui, décidément, a perdu les pédales. C'est inexcusable... C'est pas la première fois qu'un directeur ou un prof perd le contrôle comme ça. En classe, ça arrive tout le temps. Bah, lui, pourvu qu'il reçoive son chèque tous les jeudis, il s'en fout pas mal... La foule se déverse enfin dans le corridor.

Au loin, des pas résonnent comme dans une église. Pato se précipite sur son casier et fait la combinaison du cadenas tellement rapidement qu'il se trompe. La figure d'Alfonso se contorsionne comme s'il avait des crampes. Voilà, le cadenas s'ouvre enfin. Les mines souriantes de Flaco et de son frère lui reviennent à l'esprit : t'es un as du vol, Pato! Fallait le faire! Voler le chef de la gang des Bad Boys! Ça lui apprendra à cet Haïtien de cul! C'est d'un gars comme toi, Pato, qu'on a besoin chez les Latino Power! Il ne peut réprimer un sourire. Il laisse la casquette, les lunettes de soleil et les pinces dans son casier, puis le referme. Quand tout le monde sera parti, il mettra les objets dans son sac d'école et le tour sera joué. Il sent soudain une main sur son épaule. Il se retourne : ce sont les deux Haïtiens de tout à l'heure. Pas possible! Qu'est-ce que cela veut dire? Ils sont plus vieux et pourraient aisément manger la soupe sur leur tête. Un frisson lui parcourt le dos. Les visages des Noirs se durcissent.

— Si c'était aussi facile que ça, nous voler, dit l'un d'eux, à cette heure-ci, il resterait plus grand-chose dans nos casiers.

Celui qui a parlé rit d'un air blasé :

— Qu'est-ce que je te disais? C'est des voleurs-nés, ces Latinos!

DANS LES TOILETTES des garçons de l'école primaire Saint-Pascal-Baylon, il y avait un long banc en bois où l'on se changeait avant le cours d'éducation physique. Les uns, déjà en tenue de sport sous leurs vêtements, laissaient fièrement tomber leur pantalon; les autres partaient discrètement enfiler short et T-shirt dans les cabines. On parlait peu : Serge, le professeur d'éducation physique, ne laissait que cinq minutes aux garçons pour se préparer, au bout desquelles la note stridente de son sifflet parvenait de l'extérieur par les fenêtres entrouvertes. On n'entendait donc que le froissement des vêtements et, de temps à autre, l'eau se déversant dans les urinoirs.

Quand le nouveau est entré, on s'est arrêté un moment, on l'a observé de la tête aux pieds et, la bouche en cœur, on a continué à enfiler ses chaussettes ou à nouer ses lacets. Voyant que personne ne lui adressait la parole, le garçon s'est dirigé vers les urinoirs et s'est tenu là, d'un air gauche. C'était un Noir, de petite stature, au corps svelte. Ses traits fins et ses longs cils lui donnaient un air de jeune fille. Il portait un T-shirt blanc à raies bleues. Souviens-toi, Marcelo : assis au bout du banc, tout près du nouveau, déjà habillé, tu avais levé les yeux vers lui. Comme il restait là à contempler le plafond, tu lui as demandé :

— Tu mets pas ton short ?

Le garçon t'a regardé, puis a baissé le front.

— Personne m'avait dit que c'était le cours d'éducation physique.

On a toussé discrètement. Un élève, au fond, répétait la phrase à voix basse en omettant les *r,* comme lui. On secouait la tête, on s'efforçait d'étouffer ses rires. Comme avec toi, la première fois, Marcelo : ils se moquaient de son accent.

— Tu t'appelles comment ? as-tu hasardé.

Sans lui laisser le temps de répondre, Sylvain,

qui s'était levé pour faire ses exercices de réchauffement, a lancé :

— Barre de chocolat !

Toute la classe a éclaté de rire. Les deux Noirs, à l'autre bout du banc, se sont esclaffés aussi. Et, à la surprise de tous, le nouveau s'est joint au concert. Il avait un rire joyeux et étrange, déroulant une suite ininterrompue de *i*. Mais non, s'est-il expliqué, il ne s'appelait pas « Barre de chocolat ». Non mais quelle idée ! Il s'appelait Cléo. Akira, ton voisin, lui a demandé s'il était Haïtien. Oui, il était né à Port-au-Prince. Akira a pointé son index vers les Noirs au bout du banc : eux aussi, ils sont Haïtiens.

— T'es bon en sport ? a demandé Sylvain.

Il a haussé les épaules, comme pour dire qu'il se débrouillait, mais sans plus. Sylvain l'examinait, tout en continuant ses exercices : il touchait le bout de ses souliers de course de la main gauche puis de la main droite, allant d'un pied à l'autre de plus en plus rapidement.

— T'as déjà couché avec une fille ? a repris Sylvain.

Cette fois, des gloussements se sont élevés, puis on a rivé des yeux avides sur le nouveau.

— Oh oui ! s'est-il exclamé le plus naturellement du monde. C'est des choses qui arrivent souvent dans mon pays.

D'abord, il y a eu une hésitation, comme si on ne le croyait qu'à moitié, puis ç'a été comme un hurlement : *houaououou !* La classe était épatée ! On le détaillait de la tête aux pieds, mais de manière différente cette fois, un peu comme on considérait les garçons du secondaire. Le nouveau souriait de toutes ses petites dents inégales. Immobile maintenant, Sylvain le dévisageait, haletant, la bouche ouverte.

— Envoye! Raconte-nous comment ça se passait.

— Quoi? On couchait ensemble, c'est tout.

— Tu veux garder ça pour toi? Je comprends. Moi, c'est pareil.

— Toi t'as jamais couché avec personne! a lancé Akira. Essaye pas!

Wooooow! Sur le banc, la classe ricanait en levant les pieds, la main sur la bouche: Akira, tu vas y goûter. On jetait des regards furtifs vers Sylvain: le Jap allait se faire planter, c'était sûr. Sylvain fulminait. Il s'est rué sur Akira et l'a pris par le collet.

— Toi, qui t'a parlé? Réponds!

— O. K., O. K., j'ai rien dit!

Cléo s'est avancé vers eux:

— D'accord. Je vais vous raconter. Mais je comprends pas ce qui vous intéresse là-dedans.

Souviens-toi, Marcelo: toutes les têtes s'étaient tournées vers Cléo. De nouveau, on avait entendu l'eau couler dans les urinoirs. Rappelle-toi son visage d'enfant, son pressant désir de se faire accepter. Comme toi, le premier jour. On avait cru qu'il était le plus mûr de tous. *¡Ay Marcelito!*

— En Haïti, a entamé Cléo en tirant sur son T-shirt, j'allais souvent voir ma grand-mère à la campagne. Ma famille et moi, on passait la nuit là-bas. Et comme y'avait une seule chambre à coucher, je dormais dans le même lit que mes petites cousines. C'est tout. Je vous ai dit qu'y'avait rien d'intéressant là-dedans.

Des rires ont explosé. Quelques-uns se prenaient la tête à deux mains en la secouant, d'autres se cachaient le visage dans une serviette, d'autres encore faisaient semblant de se cogner le front contre le mur. Enfin on s'est calmé, et Sylvain est venu se placer, les poings sur les hanches, gonflant la poitrine, à quelques centimètres de Cléo.

— T'as pas compris, je pense. Je vais être plus clair. As-tu mis ta *bizoune* dans la *plote* d'une de tes cousines ?

Sylvain, qui avait fait claquer les deux mots dans sa bouche, promenait un regard fier autour de lui. Maintenant, il attendait la réponse, impassible, tandis qu'on gloussait, qu'on gigotait. Tu as vu Cléo plisser le front, comme s'il cherchait à saisir la signification des mots nouveaux qu'il venait d'entendre. Ses pupilles s'agitaient et il serrait les mains comme s'il pressait des citrons. Son visage s'est contracté : il allait pleurer.

Le coup de sifflet de Serge a retenti.

— On a pas fini avec toi, l'a averti Sylvain, se penchant sur lui. On a encore un test à te faire passer.

Oui, le fameux test, Marcelo. Souviens-toi de *ton* premier jour : allez, le nouveau, baisse ton short. Tes culottes aussi, qu'est-ce que tu crois ? Tu sentais des picotements sur tes joues, comme si une fine pluie tombait sur ton visage. Tu t'efforçais de contenir tes larmes pour qu'ils ne rient pas davantage. Au début, tu ne comprenais pas ce qu'ils te demandaient. Comment aurais-tu pu comprendre, puisque tu ne saisissais pas les mots qui sortaient de leur bouche comme des boules de feu. Puis ç'avait été comme une révélation : il fallait pisser du banc jusqu'aux urinoirs. Ton jet s'était rendu là où il fallait. Une chance ! Une salve d'applaudissements avait suivi. Quel baptême ! Plus tard, tu avais été témoin de ce qu'on faisait subir à ceux qui ne réussissaient pas du premier coup : on leur pissait dessus, tu te rends compte ?

Avalant d'un coup leur sourire, les gars ont formé une longue file, se sont mis à trotter sur place et sont sortis en joggant. Cléo, lui, n'est apparu dans la cour qu'après un moment, et Serge lui a fait signe de s'approcher : allez ! qu'il se dépêche ! Un nouveau avec les mains dans les poches, ça augurait mal. Il lui a parlé un moment, puis le garçon s'est mis à jogger avec les autres. Il s'acquittait sans entrain de ses tours de réchauffement. Quand Serge tournait le dos, Sylvain et Evangelos, deux inséparables, s'approchaient de Cléo par-derrière et lui assenaient des tapes sur la nuque : hé Caramilk ? Cléo se retournait et ils lui beuglaient à la figure : ah ! tu reconnais ton nom ! Invariablement, le nouveau se mettait à rire, et cela laissait les deux autres tout interdits.

Souviens-toi de ce début d'année scolaire, Marcelo : c'était le mois de septembre et déjà le soleil ne se montrait plus que rarement. Un vent froid se levait par à-coups, tu le sentais sur tes jambes et tu courais plus vite pour éviter de grelotter. Oui, l'érable au milieu de la cour, à l'écorce en spirale, aussi haut que l'école, ses feuilles étaient déjà jaunes et pourpres. Mais l'école… Y avait-il un immeuble plus fade dans le quartier? *¡Ay Marcelito!* Le réchauffement terminé, le groupe s'est avancé vers Serge, debout dans l'escalier, le chronomètre autour du cou, la liste des élèves à la main. En tout temps, il affichait un air sévère, militaire, mais aussi, il faut bien l'avouer, passionné. Ce jour-là, son long discours avait porté sur les courses de relais, sur la nécessité d'être les meilleurs pour que l'école rehausse son image. Malgré tout, comme c'est étrange, non?, son fanatisme était contagieux. Comme on entrait dans son jeu! Un espoir immense gonflait les cœurs. Oui, Serge, on va s'entraîner. Non, on ne mangera plus de cochonneries. D'abord, il fallait battre les écoles du quartier, ensuite ce serait les Jeux de Montréal puis, si tout allait comme prévu, l'équipe se rendrait aux Jeux du Québec. Aujourd'hui, on allait choisir les équipes de relais de la cinquième année. Il s'agissait donc non seulement d'obtenir les quatre meilleurs temps de la classe, mais les meilleurs temps de la cinquième année au complet. Avait-on bien compris, les amis? C'est bien, au travail maintenant.

Serge suscitait une telle admiration qu'il faisait des envieux chez les autres enseignants. Dès qu'on l'apercevait au loin, on se précipitait vers lui et on se cramponnait à son cou — surtout les filles. On se jetait dans ses bras, on le bécotait, on lui confiait des secrets. Il était une sorte de héros plus vrai que nature pour les garçons, et le premier amour de la plupart des filles. Mais seuls les courses et l'entraînement l'intéressaient : allez, allez, ça suffit comme ça, qu'est-ce qu'on s'imagine, qu'il est un amuseur public ? Il se dégageait des étreintes et soufflait à pleins poumons dans le sifflet. Bien que pour la majorité des élèves il n'y eût presque aucune chance de prendre part aux compétitions, tous couraient, enflammés, cherchant à se dépasser, afin de gagner son estime. Après une course, il fallait voir les perdants refouler leur chagrin.

Tandis que les filles se qualifiaient, Cléo à l'écart, d'un œil fasciné, suivait les garçons, qui mimaient le style des coureuses. Il riait quand il le fallait et reprenait ses exercices de réchauffement quand il n'y avait rien à reluquer. Quand ce fut au tour des garçons, aussitôt, le silence s'est installé. On s'observait sournoisement. On se souvenait de l'équipe de relais de l'année précédente, on chuchotait les noms de ses membres : Marcelo, Akira, Sylvain et Yuri. L'année dernière, l'équipe n'avait pu se rendre aux Jeux du Québec en raison d'une disqualification bête. Mais on allait se venger comme il faut, cette année ! Ouais, les autres écoles allaient en manger une bonne !

Le coup de sifflet a retenti et Akira, le premier à se placer sur la ligne de départ, s'est propulsé vers l'avant, comme s'il se jetait dans le vide. Comme il était un des plus rapides de la classe, cela a pris une bonne demi-heure avant qu'on ne le déloge de la première position. Son temps, par contre, n'a pas supplanté celui de Yuri, qui détenait le meilleur chrono de toutes les classes de la cinquième année. Sylvain, lui, a pris la troisième position : sans l'avertir, sa mère avait mis ses souliers de course dans la laveuse la veille et ils n'avaient pas pu sécher à temps. Il avait alors dû se rabattre sur les souliers de son frère de deux pointures trop grands pour lui. R'gardez, il nageait là-dedans ! Sinon, c'était sûr, il aurait battu tout le monde comme ça ! a-t-il commenté, après sa course, faisant claquer ses doigts sous le nez d'Akira.

À vos marques ! Tu t'es agenouillé devant la ligne de départ. Les jeudis matins, jour du cours d'éducation physique, tu te levais sans difficulté dès que le réveil sonnait. Prêt ! Tes jambes se sont tendues. Aussi, alors que tes amis latinos du quartier ne juraient que par le football, toi tu tirais ton plus grand plaisir de l'athlétisme, surtout des sprints. Serge a donné le signal du départ et tu as bondi comme un ressort, serrant les poings. Tu te sentais libre quand tu courais : tu avançais, le plus souvent les yeux fermés, essayant d'exprimer la personne que tu te savais être mais dont les autres ignoraient tout. Chose étrange, un goût de sang te venait toujours à la bouche. À l'arrivée, un cercle d'élèves s'est formé autour de Serge qui t'attendait, le chronomètre à la main. Ils se sont précipités sur toi, c'est beau, Marcelo !, et tu as reçu des tapes dans le dos, esprit que tu cours vite ! Tu as repris ton souffle, les mains sur les hanches, la tête baissée. Tu as le meilleur temps, Marcelo, te rends-tu compte ! Serge s'est avancé vers toi : oui, ton temps était meilleur que celui de Yuri. Il t'a étreint en souriant : belle performance, champion !

Ainsi, on se retrouvait avec la même équipe que

l'année précédente. C'était tant mieux, c'était une si bonne équipe. On a discuté de l'ordre dans lequel on devait courir, des forces et des faiblesses de chacun. La plupart se taisaient, blessés d'avoir été à nouveau exclus de la compétition. Un instant, a coupé court Serge, il reste encore le nouveau. On l'a cherché des yeux : où était-il donc ? Seul, sous les feuilles colorées de l'érable au milieu de la cour, il vous observait de loin en se rongeant les ongles. Serge lui a fait signe d'approcher et, comme il n'avait pas sa tenue de sport, il lui a demandé s'il ne préférait pas courir un autre jour. Non, il voulait passer tout de suite et, sans se faire prier, il s'est avancé d'un air nonchalant vers la ligne de départ. Chacun regardait sa montre : après c'est la récréation, alors dépêche-toi, le nouveau !

Le départ de Cléo a été si maladroit et si lent que tu t'es dit, Marcelo, qu'il n'avait probablement jamais sprinté. Il n'avait pas de technique, levait la tête beaucoup trop haut, bombait le torse inutilement. Mais, *Dios mío,* dès qu'il a pris son élan, dès que ses jambes se sont dégourdies, il a accéléré à un point tel que les têtes, les unes après les autres, se sont tournées vers lui. Il gardait les yeux obstinément rivés sur le ciel et souriait de toutes ses dents. Toutefois, il regardait si peu où il allait qu'il a changé de couloir. Au bout d'un moment, il courait comme tu n'avais jamais vu quelqu'un de ton âge courir. Plusieurs des élèves, déjà sur les marches de l'escalier, sont redescendus, bouche bée. Comment pouvait-on expliquer ça ? C'était à peine croyable ! Lui, si petit et à l'air si inoffensif !

Sa course terminée, il est revenu vers vous, un sourire navré aux lèvres, comme pour s'excuser de son exploit. Vous le mangiez des yeux, sans trop oser vous avancer vers lui. Serge a annoncé qu'il était, fait étonnant, il en convenait, le garçon le plus rapide de la cinquième année. Des *oh!* et des *houaou!* se sont levés à mi-voix. Tu t'es frayé un chemin jusqu'au nouveau : voilà, tu l'avais devant toi. Comment pouvais-tu être jaloux de ce garçon qui n'avait fait que vous montrer qui il était vraiment ? Tu lui as tendu la main, l'autre l'a serrée, les yeux rieurs. La glace était brisée : Cléo a reçu une avalanche de tapes dans le dos. On lui prenait les bras pour les lever au-dessus de sa tête. Il riait d'excitation. On le taquinait : mangeait-il des épinards comme Popeye pour courir vite comme ça ? Non, il détestait les épinards, et il haussait les épaules et repartait de son hilarité ingénue.

Brusquement, Sylvain s'en était pris à Serge : pourquoi ne disait-il rien ? Le nouveau était sorti de son couloir ! Dans une vraie compétition, il aurait été disqualifié, c'était évident ! Serge a gardé le silence un moment, puis souviens-toi du ton de sa remontrance : de quel droit lui parlait-il comme ça, espèce de p'tit insolent ! Justement, le nouveau n'était pas disqualifié, puisque ce n'était pas une vraie compétition ! Et qu'il ne l'oublie pas, c'était lui le prof ! Il avait sifflé longuement : le cours était terminé, place à la récréation. Serge aimait trop gagner, il savait qu'avec Cléo il mettait toutes les chances de son côté. Au milieu de la cour, Sylvain, les bras croisés, posait obstinément les yeux sur

Cléo et sur toi. Quand vous êtes passés devant lui, il a lancé sur un ton de colère contenue : r'tourne dans ton pays, sacrament... À ce moment-là, tu as dévisagé Cléo. Souviens-toi, Marcelo : il ne souriait plus.

QUATRE SILHOUETTES avancent sur le trottoir du chemin de la Côte-des-Neiges, illuminées de temps à autre par les voitures les doublant à toute vitesse. Elles empruntent l'avenue Appleton, qui délimite le parc Kent au nord, et passent devant les terrains de pétanque où sont regroupés une dizaine de vieux, coiffés pour la plupart d'une calotte. Au premier rang, Pato et Alfonso cheminent, la tête baissée, les mains dans le dos, tandis que, derrière, les deux Haïtiens, plus hauts et plus larges d'épaules, bavardent à propos d'une fille aperçue dans l'autobus. L'un la décrit en sculptant des courbes imaginaires, l'autre, cure-dent au bec, sourit de manière suggestive. Il fait déjà nuit et, chose étrange, l'air d'avril stagne comme par une crevante soirée d'été.

Devant le terrain de base-ball, Pato aperçoit des garçons plus âgés que lui, presque tous Asiatiques, qui pratiquent un sport dont il ne connaît pas le nom, une sorte de volley-ball qui se joue avec les pieds. À droite, malgré la pénombre, trois garçons à la peau fortement basanée s'échangent un ballon de football. Alors que lui s'en va se faire casser la gueule, la vie continue autour. Les gestes des gens, leur sourire, ont quelque chose d'irréel. Il serre les poings pour se donner du courage, mais il se rend compte qu'il a les mains moites. Il faut garder son sang-froid, comme aime dire son frère. Quand ce dernier va apprendre qu'il s'est fait pincer, il va être furieux, c'est sûr. Il ferme les yeux : il ne reste qu'une chose à faire, prendre ça comme un homme. Il s'aperçoit que, *Dios mío,* ses dents claquent ! Plus jamais je ne volerai, *Dios mío, ayudame, que no me peguen,* plus jamais. Et si je me mets à courir là, tout de suite ? Et si je crie ? Tout à coup il pense : le condor ! Il l'a complètement oublié ! Ça y est, il est cuit ! Avec sa malchance habituelle, la chaînette tombera tantôt devant les nègres et là, eh bien, on lui bottera le cul comme il faut ! *¡Putamadre !*

Les Haïtiens gesticulent beaucoup en parlant, mais les gardent manifestement à l'œil. Alfonso et lui ne font pourtant pas le poids : ils sont en secondaire un, les Haïtiens, en secondaire trois ou quatre. À son grand étonnement, quand ils les ont pris en flagrant délit, ils ont davantage ri d'eux qu'ils ne les ont menacés ou frappés. Combien de temps les ont-ils espionnés, dissimulés derrière les casiers ? Depuis le début, probablement. Par la suite, les Haïtiens ont décidé d'aller manger au Poulet Frit Kentucky en attendant l'arrivée de CB au parc Kent. Pendant qu'ils s'empiffraient dans le stationnement, il a été obligé de tousser pendant un bon moment pour couvrir les gargouillements de son estomac. Ils les ont ensuite conduits au parc Vézina, ils y ont rencontré d'autres Haïtiens et ont ordonné aux Latinos de se mettre à quatre pattes, pour faire des rodéos sur leur dos. Vers sept heures, ils sont partis pour le parc Kent retrouver CB et la bande des Bad Boys.

Ils franchissent la ligne imaginaire, mettant le pied

en territoire haïtien. Pato ne connaît à peu près pas cette partie du parc : on lui a toujours défendu d'y aller. Ils passent sous la douche des réverbères et, dès qu'ils débouchent sur la piste d'athlétisme, ils bifurquent et se faufilent, le dos courbé, sous les gradins qui forment comme un tunnel. Cela lui paraît interminable. Puis, tout au bout, il discerne un groupe de Noirs qui jacassent, rassemblés autour d'un gars affalé sur une chaise patio. Tous ils portent un pantalon très ample et, sur la tête, une casquette avec la visière tournée vers l'arrière. Ils interrompent leur discussion et, sitôt qu'ils les aperçoivent, eux les Latinos, ils ouvrent grand les yeux. Un de ceux qui les a escortés jette par terre, d'un air victorieux, la casquette et les lunettes de soleil. Une fille, costaude, aux cheveux courts, se précipite sur les objets. Elle les montre à celui qui est installé sur la chaise :

— CB, *check !*

Ce dernier se redresse subitement. Au bout d'un moment, comme s'il se repentait de sa réaction première, il se laisse aller contre le dos de la chaise, caresse longuement sa barbiche, puis fait craquer, une à une, les articulations de ses doigts. Finalement, il pointe le menton en direction de la fille qui s'adresse aussitôt aux deux Haïtiens :

— Qu'est-ce que vous fabriquez avec ça, vous autres ?

Un moment, les jeunes haïtiens se regardent. Mais voyons, Ketcia ! bredouille l'un d'eux. Ne comprend-elle pas ? Ces deux Latinos ont forcé le casier de CB !

CB fait un geste de la main à l'intention des Latinos pour qu'ils s'avancent. Ils marchent vers lui et Pato l'aperçoit enfin. Il est toujours étonné de voir à quel point ses traits sont doux, à quel point il est peu musclé aussi. La méfiance qu'il inspire vient de ses gestes lents et calculés. CB fait également signe aux deux Haïtiens qui les ont accompagnés de s'approcher : *sa k pase ?* Il parle peu, les écoute, le visage inexpressif et, de loin en loin, de la main, leur demande de répéter ou de fournir plus de détails. Enfin, il lève le pouce et leur souhaite le bonsoir, et les deux Haïtiens partent, visiblement peinés de ne pouvoir rester.

Pato ne cesse de se dire qu'il aurait dû remettre le condor aux Haïtiens au moment où il s'est fait prendre devant les casiers. À présent, s'il le sort, CB voudra savoir pourquoi il ne l'a pas rendu avant et va devenir soupçonneux. Il va croire qu'il lui a volé autre chose et risque de se mettre en colère. Son frère et Flaco lui ont souvent décrit les bagarres impliquant CB. Ce gars-là cogne comme un animal. Oui, il vaut mieux se taire. Mais… il ne sent plus la chaînette ! Est-elle tombée ? Mine de rien, il jette un coup d'œil par terre : il ne la voit pas. Il écarte les jambes : enfin, il la sent. Risque-t-elle de glisser ?

CB se penche vers eux, pose les coudes sur les cuisses. Il les examine de haut en bas, comme le font les policiers.

— J'avoue que c'était pas une idée niaiseuse de me voler pendant le speech de Barbeau. Même que je trouve ça pas mal *wise*. Surtout pour des minus comme vous autres.

De manière nonchalante, il se met à les applaudir. Ketcia et les trois autres Haïtiens, debout derrière CB, pouffent de rire. Au bout d'un moment, CB lève lentement la main et un silence de mort tombe autour d'eux.

— Écoutez-moi bien, les gars, poursuit CB. Si vous êtes corrects avec moi, je vais être correct avec vous autres. Mais attention, pas de *bullshit*.

Il fait claquer ses doigts et, sur-le-champ, un Haïtien se penche sur lui. S'ensuit un court échange à voix basse en créole. Tout ce que Pato arrive à saisir, c'est le nom du garçon, qui s'appelle Mixon, et il se souvient d'une anecdote que son frère lui a racontée à son sujet. Une fois, en classe, il s'est endormi pendant un examen et c'est le professeur qui l'a réveillé. Ce dernier a pris sa copie et l'a levée en la tenant du bout des doigts : elle dégoulinait de salive. Mixon fouille dans une glacière, en sort deux Popsicle et les tend à Alfonso et à lui. Surpris, ils restent immobiles un moment, le Popsicle à la main, sans oser le déballer. CB leur fait un geste du menton, et ils s'empressent de déchirer le papier et de lécher la glace rouge.

— Dis-moi une chose, s'enquiert CB, rivant les yeux sur Pato. C'était l'idée de ton frère de me voler ?

— Non. Lalo a rien à voir là-dedans. J'te le jure.

— Alors c'était l'idée de Flaco ?

— Non plus. J'te le jure.

— Alors c'était ton idée ?

Comme Pato garde le silence, CB se renverse à nouveau sur sa chaise.

— Minus, je crois que je comprends ton cas. Tu

voulais te faire accepter dans la gang des Latino Power, *right?* Tu voulais leur montrer que t'étais capable de faire un vol comme un grand. Et quoi de mieux que de voler le chef de la bande des Bad Boys, *right?* Je te l'ai déjà dit mais je te le répète, t'es un gars pas mal *wise*.

Derrière CB, des ricanements se lèvent pour mourir aussitôt.

— Qu'est-ce que vous m'avez pris d'autre?

Et si l'idée leur vient de me fouiller? pense Pato. Et s'ils m'attachent à un arbre? S'ils me battent comme un chien puis m'abandonnent là?

— Rien d'autre, s'entend-il dire. J'te le jure.

— Minus, tu jures un peu trop souvent à mon goût. Pour moi, cela peut vouloir dire deux choses. Soit que tu mens comme un p'tit diable, soit que tu te destines à devenir prêtre.

De nouveau, cela excite des rires.

— Tu aimes courir?

La question surprend Pato, puis il répond que oui, il aime ça.

— N'est-ce pas qu'il n'y a rien de plus l'*fun* que de jogger dans un parc?

— C'est vrai. Il n'y a rien de plus l'*fun*.

— Par une belle journée d'été, avec tes chums qui te suivent et tout et tout?

— C'est vrai, CB.

— Ce serait dommage donc qu'il arrive quelque chose de triste à tes jambes, n'est-ce pas?

Comme Pato se tait:

— Réponds!

— Oui. Ce serait dommage.

— Mets-en que ce serait dommage. Ce serait surtout dommage si tu me racontais des menteries.

À présent CB pose des yeux inquisiteurs sur Alfonso.

— Et toi, minus, qu'est-ce que t'en penses? Il me raconte des menteries ou pas, ton p'tit ami?

Pato voit la sueur perler sur le front du gros, qui tourne la tête vers lui, et il remarque à son grand dam des lueurs hésitantes et effrayées dans ses yeux. Ketcia déclare en montrant Alfonso du doigt:

— Regarde-le un peu, CB. Ce gars-là chie dans ses culottes. Pour moi ils te cachent quelque chose.

— Ouais, je le sens moi aussi. Ils sont gentiment en train de m'enfoncer un concombre dans le cul, ces deux-là.

Les yeux de CB reviennent à Pato. Sa respiration se fait plus courte et plus striduleuse.

— Si tu me mens, au fond, je m'en fous. D'abord, parce que j'ai fait un pacte de paix avec Flaco, y'a pas très longtemps. Aussi parce que demain, de toute façon, je vais le savoir si tu me dis ou non la vérité. Et parce que vous êtes que des minus et que je prendrais pas vraiment plaisir à vous planter. Mais y'a une chose, par exemple…

Il se lève d'un seul coup et vient coller son visage à celui de Pato.

— C'est vrai, j'aime pas les menteurs, mais il y a une catégorie de gens que je déteste, à qui je pardonne rien. À chaque fois que je me suis battu dans ma vie, c'était pour en planter un. Maintenant, on va voir si vous deux vous entrez dans cette catégorie-là.

Pato entend distinctement la respiration sifflante de CB et sent son haleine de cigarette et de pastille à la menthe. L'idée lui vient de reculer d'un pas mais il en est incapable, comme si ses gestes ne suivaient plus ses pensées.

— Pourquoi y'a eu tant de Noirs qui sont morts pendant la guerre du Viêtnam? leur demande CB le plus sérieusement du monde.

Les Latinos échangent un regard étonné puis, l'un après l'autre, répondent qu'ils ne savent pas.

— Eh bien, je vais vous le dire. Quand ils se faisaient bombarder et que le général disait *get down,* les Noirs se mettaient à danser au lieu de se coucher par terre.

Les Haïtiens se mettent à rire à gorge déployée.

— Hostie qu'elle est bonne, celle-là, CB! commente Mixon, entre deux cascades de rires. Je la connaissais pas!

Pato se répète mentalement la phrase finale de la blague, puis il lève les yeux vers les Haïtiens et voit des ombres qui remuent dans la nuit, des ombres avec des dents blanches qui scintillent comme des diamants. Et tout à coup, sentant qu'il pourrait tout aussi bien pleurer, il éclate lui aussi d'un rire étrange. Alfonso lui emboîte le pas. Mais au fond, et Pato le sait, ils ne rient pas, ils beuglent de nervosité. Les Haïtiens s'esclaffent plus fort, alors que CB, lui, se contente d'arborer un sourire amusé.

— Alors, on a bien ri? s'enquiert-il au bout d'un moment.

— Ouais, fait Pato d'une voix exténuée. C'est qu'elle est bonne, ta *joke*.

— N'est-ce pas qu'elle est bonne?… Mais passons maintenant aux choses sérieuses. Pourquoi tu l'as aimée?

— Ben, je sais pas, moi, parce qu'elle était bonne. Quoi? Je comprends pas ta question.

— Pourquoi elle était bonne?

Ne sachant trop quoi répondre, Pato dit :

— C'est drôle, c'est en vous voyant tous rire que j'ai eu le goût moi aussi.

On avance vers lui des mines patibulaires, on expire bruyamment par le nez.

— Quoi? fait CB. Tu riais de nous?

Tout d'un coup, Pato a l'impression que le sol va se craqueler sous ses pieds et l'engloutir d'une seconde à l'autre.

— Non, c'est pas ça. C'est que… la manière dont vous ouvriez la bouche, je sais pas comment dire, mais je trouvais ça drôle.

— Tu trouvais nos bouches drôles? C'est ça que t'es en train de nous dire?

— Oui, c'est ça. Non… Attends… Je veux dire… Je suis tout mêlé.

CB part d'un long rire las, sans enthousiasme, puis Pato est aussi surpris que les autres de s'entendre sangloter. Alfonso, à son tour, se met à vagir comme un bébé.

— T'as pas passé le test! scande CB par-dessus le concert de pleurnichements. T'as eu zéro sur dix! Tu veux que je te dise, t'es un raciste!

Il s'éloigne en riant tout bas.

— Compte-toi chanceux d'être un minus, sinon je t'aurais réglé ton cas moi-même.

Et retournant s'asseoir:

— Ils sont à vous!

Les autres Haïtiens les encerclent et leur enlèvent les Popsicle des mains. Maintenant, Pato ferme les yeux et s'efforce de pleurer en silence. Comme un homme, se dit-il. Il sent qu'on le prend par le collet et qu'on le soulève. Au premier coup de poing, il a la sensation qu'un liquide chaud dégouline sur ses lèvres. La douleur est si intense qu'elle lui donne le vertige. Mais après le deuxième coup, il ne sent plus rien, c'est comme si on tapait sur le visage de quelqu'un d'autre.

D'ORDINAIRE, APRÈS le cours d'éducation physique, tout en sueur, on montait au deuxième en se bousculant dans les rangs et on prenait la classe d'assaut avec des discussions tapageuses. Sœur Cécile faisait les cent pas, observant la cohue à la dérobée et, une fois que tout le monde s'était tu et assis à son pupitre, et cela prenait parfois un bon moment, elle regardait sa montre: pour rattraper le temps perdu, le cours finirait, voyons voir, dix minutes plus tard. Et qu'elle n'entende personne se plaindre! Puis elle discourait infailliblement sur la bonne tenue à l'école: les poings et les bousculades, on laissait ça aux animaux, c'était compris? Les demoiselles, de plus, devaient veiller à ce qu'on ne les prenne pas pour des « filles faciles ». Comprenait-on ce qu'elle voulait dire?

Ce jour-là, par contre, les élèves s'étaient faufilés en classe, étonnamment silencieux, réunis autour du nouveau. Aussi avaient-ils été plusieurs à raconter à sœur Cécile son exploit en éducation physique. Et elle, du tac au tac, c'est bien, elle le félicitait, mais ce serait encore mieux s'il était aussi bon en français. Comment s'appelait-il? De quel pays venait-il? Haïti? C'est ce qu'elle pensait, elle avait reconnu l'accent. Depuis combien de temps était-il au Canada? Dieu que le temps filait, elle lui parlerait après le cours. Les autres, ça suffisait comme ça, on allait s'asseoir maintenant!

Souviens-toi des cartes postales qu'elle avait distribuées ce jour-là: les Rocheuses endormies sous un drap de neige, des lacs laurentiens immobiles comme des miroirs et des étendues de conifères vastes comme la mer. On devait en choisir une, s'en inspirer pour se souvenir de vacances passées en famille, et venir au tableau raconter le tout devant la classe. Au moindre bégaiement, trou de mémoire ou geste de nervosité, la classe se moquait en chœur. Rappelle-toi le délire, lorsque le tour de Cléo est arrivé. Quatre fois, Marcelo, quatre fois il a répété la même phrase: bonjour, je m'appelle Cléo…, incapable d'aller plus loin. Et toujours ce sourire énigmatique sur ses lèvres. Tout le respect qu'il s'était attiré avec la course s'était aussitôt évanoui. On riait si fort qu'une tête est apparue dans l'encadrement de la porte : pouvait-on, s'il vous plaît, baisser le ton ? faisait dire monsieur Daigneault. Et sœur Cécile, oui, oui, elle s'en occupait. Elle s'est levée et s'est mis un poing sur la hanche, les lèvres serrées : mais voyons, les enfants, qu'est-ce qui vous prend ! C'est comme ça qu'on accueille les nouveaux maintenant ? Bande de mal élevés !

La journée terminée, tu marchais côte à côte avec Akira, rue Carlton, et tu revoyais le visage du nouveau. Malgré son sourire, tu avais bien lu le désespoir dans la lumière de ses yeux. Le sac d'école au dos, vous alliez d'un pas nonchalant, tandis qu'Akira décrivait les dessins de *Magic Sword,* le nouveau jeu de Super Nintendo que son cousin avait reçu pour son anniversaire. Ils étaient écœurants, les bonshommes, ils étaient encore mieux dessinés que ceux de *King of Dragons,* jusque-là son jeu préféré. Mais tu ne l'écoutais plus, si bien que lorsqu'Akira s'est arrêté, tu ne t'en es aperçu qu'après un moment : derrière vous, Cléo marchait seul en donnant des coups de pied aux feuilles éparpillées sur le trottoir, feignant d'être dans les nuages. Depuis combien de temps vous suivait-il de la sorte ? Akira lui a fait signe de vous rejoindre et, aussitôt, il s'est approché en courant, tenant son sac d'école d'une main et sa boîte à lunch de l'autre.

Akira a poursuivi sa description du jeu vidéo : il insistait à présent sur le nombre de points que procuraient un coup d'épée, un croc-en-jambe, un corps à corps dont on sortait gagnant. Puis il s'est tourné vers Cléo :

— Où habites-tu?

Cléo a réfléchi un moment et a secoué la tête. Merde, il avait encore oublié le nom de la rue. C'est qu'ils venaient tout juste de s'y installer. Avant-hier, en fait. Mais il savait comment se rendre chez lui, il reconnaîtrait sa rue quand il la verrait.

— Tu viens juste d'arriver au Canada? a demandé Akira.

— Non. J'ai habité à Saint-Léonard pendant trois mois. Mais ma mère trouvait qu'il y avait pas assez d'Haïtiens.

— C'est un quartier d'Italiens, ça, a fait remarquer Akira. Mon cousin dit que là-bas si t'es pas Italien, ça prend pas de temps que tu te retrouves avec la mafia au cul. Ils pensent que le quartier leur appartient.

— Il habite là-bas, ton cousin?

— T'es malade! Sa famille a à peine toffé un mois, pas plus! Mon père leur a dit de venir par ici. Pas qu'il y a plein de Japonais à Côte-des-Neiges, mais au moins, ici, il se fera pas écœurer à la sortie de l'école.

— Une fois, s'est souvenu Cléo, j'ai battu un garçon aux billes. Il s'appelait Luigi. Il disait qu'il allait m'enfermer dans un casier parce que j'avais triché. Je trouvais ça idiot, parce que c'était pas vrai du tout ce qu'il racontait. Une chance que j'étais plus rapide que lui. Après quelques jours, il s'est fatigué de me courir après. Il me lançait des insultes de loin. Moi, je me mettais à rire.

— En tout cas, as-tu dit, pour courir vite, tu cours

vite. Avec toi, on a pas mal de chances de se rendre aux Jeux du Québec.

— Dans ma classe en Haïti, j'étais même pas parmi les meilleurs. Aujourd'hui si je me débrouille à la course, c'est parce que quand ma mère m'envoyait acheter du pain à Port-au-Prince, elle me disait : allez, Cléo, dépêche-toi ! À la longue, ça m'a fait un bon entraînement.

Vous avez tourné à gauche à l'intersection de l'avenue Légaré et vous avez aperçu des automobiles, les unes derrière les autres, dans ce qui ressemblait à un début d'embouteillage. Tout en avant, un homme enfouissait la tête sous le capot d'une Dodge noire à la carrosserie outrageusement rouillée.

— En Haïti, a repris Cléo, tous les garçons jouent au football. Ils savent pas ce que c'est, le hockey.

— Au Chili, c'est la même chose, as-tu expliqué. Dans mes lettres, quand je parlais des Canadiens de Montréal à mes cousins, ils croyaient que je parlais des habitants du Canada.

— Bande de caves ! s'est exclamé Akira.

— Mais comment auraient-ils pu savoir ?

— J'aimerais bien jouer au hockey, a dit Cléo. J'ai jamais joué.

— Tu viendras avec nous autres, a proposé Akira. On joue tout le temps. L'été, dans la rue, avec une balle de tennis. L'hiver, au parc, sur la patinoire, avec une vraie rondelle.

Il s'est arrêté un moment, puis sur un ton solennel :

— Le hockey, c'est mon sport préféré.

— T'es bon?

— Super bon!

Au feu rouge, coin Van Horne, vous vous êtes arrêtés sur l'îlot en ciment que les voitures contournaient à vive allure, puis vous avez marché jusqu'à l'avenue Linton.

— C'est ici! s'est écrié Cléo. Voilà, c'est ma rue.

Akira et toi avez échangé un regard amusé.

— T'habites la même rue que nous! as-tu dit. Hé que t'es nono!

Vous avez pouffé de rire. Cléo a eu l'air peiné.

— Ça veut dire quoi, « nono »? a-t-il demandé.

— Mais non, as-tu répondu, c'est pas méchant. Ça veut juste dire que t'es un peu… comment dire… un peu dans la lune.

Linton, Marcelo, la rue de ton enfance, la rue des rêves et des déboires tragiques. Existait-il une rue plus délabrée, plus poisseuse, plus désolante à Montréal? Alors comment expliques-tu que chaque fois qu'une couleur, un visage, un bruit te ramènent à elle, cette émotion naît en toi, à la fois douce et dérangeante? *¡Ay Marcelito!* Bordée d'immeubles à trois étages, presque tous en brique d'un orange délavé, l'avenue Linton faisait, oui, figure de dépotoir dans l'île. Les poubelles débordaient éternellement de déchets et le gazon, mort depuis des lustres, était jaune au printemps comme en été. Te souviens-tu des premiers jours de juillet, au temps des déménagements? La Ville faisait évacuer deux ou trois immeubles, la vermine les ayant pris d'assaut, ce qui vous arrangeait, vous, qui les preniez d'assaut à votre tour, pour jouer, ou les plus vieux, pour fumer ou faire l'amour. La nuit, du début du printemps à la fin de l'automne, sous les réverbères, des groupes d'adolescents se formaient, assis ou couchés sur les voitures stationnées. Mais vous, vous étiez trop jeunes pour faire partie de ces bandes, vos parents vous interdisaient encore de sortir la nuit.

— T'as des frères ou des sœurs? as-tu demandé.

Non, il était enfant unique. Il habitait seul avec sa mère.

— Et ton père?

Son père? Tu as vu son visage changer d'expression, comme lorsque Sylvain avait insisté pour savoir s'il avait couché avec une fille. Tu as eu l'impression d'avoir mis les pieds dans le plat en lui posant cette question.

— Mon père? Il est souvent parti en voyage. Il fait des affaires.

— Est-ce qu'il vient te voir des fois? s'est enquis Akira.

— Pas souvent. Mais il me parle au téléphone. Quand il aura terminé ses affaires, il va revenir à la maison et il va m'apporter plein de jouets.

— Moi, mes parents ont divorcé, a enchaîné Akira. Ça me dérange pas trop, c'est arrivé quand j'étais petit. C'est ma mère qui est partie. Mais elle, elle vient me voir toutes les fins de semaine.

— Moi, mes parents sont encore ensemble, as-tu dit, mais ils se chicanent tout le temps. Des fois j'arrive même pas à faire mes devoirs. Souvent, ils se crient après puis ils se mettent à rire : eux-mêmes en reviennent pas à quel point ils s'engueulent pour des niaiseries.

Vous vous êtes arrêtés devant un immeuble identique aux autres, sauf pour le bois de la porte d'entrée qui était fendu de part en part, comme si quelqu'un avait tenté de la défoncer. Hésitant, un rien gêné, Cléo s'est engagé dans l'allée : je crois que je vais rentrer. Et vous, O. K., comme tu veux, à demain. Mais il est revenu vers vous en se grattant le front : est-ce que vous aimez les billes ? Vous vous êtes regardés : oui, oui, on aime ça. Alors pourquoi vous venez pas chez moi ? Il allait vous montrer sa collection. O. K., pourquoi pas, et vous vous êtes tous les trois engouffrés dans le bâtiment. Vous avez gravi l'escalier menant au premier étage et, devant la porte de l'appartement trois, Cléo a sorti une clé qu'il portait autour du cou.

— Ma mère doit être en train de dormir. Alors pas de bruit, a-t-il ordonné, l'index posé sur les lèvres.

Il vous a fait passer au salon, assoyez-vous, je reviens tout de suite, et il s'est perdu dans l'obscurité d'un couloir étroit. Akira et toi, vous êtes demeurés un bon moment la bouche ouverte comme un four, vous n'aviez, ni l'un ni l'autre, jamais vu autant de tableaux. Il y en avait par terre, entassés les uns sur les autres, sur le sofa, sur la table de travail et sur tous les murs. Les peintures étaient chamarrées de couleurs très vives : des hommes et des femmes à la peau noire labouraient des champs de canne à sucre, transportaient des paniers sur la tête ou encore confectionnaient des chapeaux de paille. Dans un coin de la pièce s'empilaient des dizaines de masques, dont les faces ovales semblaient vouloir soutirer à la fois des rires et des pleurs à celui qui les contemplerait trop longtemps. Toutefois, ce que tu as surtout remarqué, c'est un chevalet placé au beau milieu du salon, sur lequel reposait un tableau à peine esquissé. Cléo est revenu avec deux petits sacs dans les mains.

— C'est ta mère qui est peintre? as-tu demandé à voix basse.

Embrassant la pièce d'un geste circulaire, Cléo a répondu :

— Tout ce que vous voyez, c'est elle qui l'a fait.

Les masques surtout vous avaient fascinés : vous les aviez examinés, palpés, soupesés, tournés dans tous les sens. Akira avait mis un masque et simulé des rugissements. Aussitôt Cléo s'était précipité sur vous : il vous avait pourtant dit de pas faire de bruit !

— Je sais ce qu'on va faire, a dit Cléo à voix basse. Vous allez apporter un masque chez vous. Si vos parents les aiment, vous leur dites qu'on les vend quarante dollars. Si ça leur plaît pas, vous les rapportez. Mais dites-leur qu'ailleurs ils les vendent le double du prix.

Akira et toi avez enfoui un masque dans votre sac d'école : bon, vous les montreriez à vos parents, c'était promis. Puis Cléo a exhibé ses billes en porcelaine, ornées de spirales envoûtantes et d'arabesques farfelues, aux couleurs rares, exotiques. Elles sont magnifiques ! s'est exalté Akira. *Check* celle-là ! Et toi, *waouh !*

Cléo vous a offert à chacun un sac, lui en avait plein d'autres. Merci, Cléo! Merci beaucoup! Pourquoi on jouait pas un peu, sur le tapis? Maintenant? Mais non, on pouvait pas, il avait déjà dit pourquoi.

— *Cléo!* a tonné une voix rauque. *Va ten dewò!*

Vous êtes restés un moment à vous guetter des yeux. Ç'avait été comme une voix enrhumée, changeante, ivre.

— Mais maman…

Un long soupir d'exaspération, puis des pas ont fait craquer le bois mort du parquet. Ensuite, un bruit de verre cassé a éclaté, on aurait dit qu'une lampe venait d'être expédiée au sol. Quelques secondes se sont écoulées, puis la voix a repris:

— *M ap bezwin dòmi! Yo pa fè com toujou ak done tout jwè la!*

Vous lui avez tendu les sacs de billes, mais Cléo vous a fait non de la tête, l'index à nouveau posé sur les lèvres. Puis il vous a demandé tout bas de prendre vos sacs d'école: il valait mieux sortir. Dehors, vous êtes restés tous les trois un bon moment à fixer le bout de vos souliers. C'est rien, a dit Cléo, ma mère faisait une sieste, c'est tout. Elle travaille beaucoup la nuit et a besoin de repos le jour. Akira a consulté sa montre: en tout cas, il devait y aller, l'émission des Power Rangers commençait à quatre heures et demie. Ouais, as-tu fait, moi aussi, je vais y aller. Akira et toi, vous vous êtes éloignés mais, au bout d'un moment, tu t'es retourné et, comme Cléo n'avait pas bougé d'un centimètre, tu lui as crié: après le souper, ça te dit de jouer au hockey avec

50

nous? Le visage de l'Haïtien s'est illuminé : d'accord. Mais il y avait un problème, il avait pas de bâton. C'est pas grave, tu lui en prêterais un. À sept heures, là, devant son immeuble? O. K., d'accord, et chacun est rentré chez soi.

II

— T'ES TOUJOURS rendu dehors! lance sa mère.
Mais qu'est-ce que t'es devenu, Flaco? Même plus
capable de passer une soirée à la maison… *¡No sé para
que tuve un hijo!*

Debout à l'entrée du salon, les mains enfouies
dans les poches, Flaco se balance sur ses souliers de
course, pendant qu'elle le dévisage en remuant la tête,
comme pour laisser choir des pensées tristes. Face à la
télé, dont le volume est démesurément élevé, elle est
allongée sur le sofa et se cure les ongles des orteils. Il
n'est que huit heures du soir et elle porte déjà son
pyjama beige et ses pantoufles roses en laine synthétique, comme à l'accoutumée. Pourquoi toujours cette
rancœur contre moi? pense Flaco. Pourquoi ne laisse-
t-elle pas le monde vivre en paix? Les yeux de sa mère
le gênent, et il passe une main dans ses cheveux.

— Espèce d'insolent! reprend-elle. Tu sais que je
n'aime pas quand tu me regardes avec ce sourire
moqueur. Tu te crois supérieur, c'est ça?

Elle détourne les yeux et les rive sur la télé, les
lèvres pincées. *Les Héritiers du rêve* ou quelque chose

du genre. Par moments, une envie de la secouer lui vient, mais il finit par se dire : à quoi bon ? Il ne la changera pas. À d'autres moments, un désir pressant de lui montrer son monde s'empare de lui. Pourquoi remet-il toujours ces élans à plus tard ? Il n'est sûr que d'une seule chose, au fond : il n'a qu'une vie à vivre et il ne va pas manquer son coup, lui. Personne, pas même ses parents, ne va le freiner.

Il fait demi-tour et se rend à sa chambre à pas de loup. Après avoir allumé, il ouvre le premier tiroir de la commode, en sort un bandeau noir et des gants de cuir dont il a coupé le bout des doigts et les revêt avec des gestes délicats. Il lève les yeux et se contemple dans la glace. Il ne veut qu'une chose : qu'on le respecte. Il souffle longuement sur la glace, le miroir s'embue et, au bout de quelques secondes, son visage réapparaît. Pourquoi n'arrive-t-il jamais à lui parler quand elle est devant lui ? Pour la première fois de sa vie, il est sérieux avec une fille et sa mère ne le sait même pas ! Mais elle l'aurait à peine écouté, elle a déjà assez d'ennuis, elle ne va pas commencer à s'embêter avec les histoires des autres, non mais qu'est-ce qu'il croit, Flaco ?

Il éteint et marche à tâtons vers l'entrée.

— Je reviens dans une heure ! crie-t-il. Pas plus tard. O. K. ?

— S'il te plaît, Flaco. Au moins, ne me prends pas pour une idiote. Je sais parfaitement qu'hier tu es revenu à deux heures du matin. Et saoul à part ça…

Il entrebâille la porte, se fraie un passage vers l'extérieur, réfléchit, la main agrippée à la poignée, puis la referme brutalement derrière lui : de toute façon, y'a rien à faire avec elle ! Il longe le couloir sombre qui empeste éternellement les épices et descend l'escalier : des fois, il se demande si tous les parents sont comme ça, s'obstinant à culpabiliser leurs enfants. La vérité, c'est qu'il ne les supporte plus. À la fin de l'année scolaire, quand il aurait terminé le secondaire, il dénicherait un deux-et-demi ou quelque chose du genre, face à un parc et, surtout, dans un autre quartier, peut-être Notre-Dame-de-Grâce. Il soupire : il est grand temps de partir ! Et là, des amis plus vieux le lui ont dit, comme ils ne se verraient que lorsqu'ils en auraient envie, la relation avec ses parents s'améliorerait sûrement. De plus, depuis un an à peu près, il raconte à Paulina, son amour, et à quelques intimes qu'il veut devenir écrivain, mais il ne fait pas grand-chose pour y arriver. Seul, il aurait la paix et verrait s'il a quelque chose dans le ventre.

La nuit est fraîche rue Linton. Il les aperçoit au loin, une dizaine pour le moins, sous le même réverbère que de coutume, vis-à-vis de l'immeuble de Lalo. Ils ont bu, ça se voit : la musique retentit, *we'll hang out in clouds, then we'll come down, have a hangover* et ils se tordent de rire. Il la cherche des yeux : c'est bizarre, il ne la voit pas, ses amies sont pourtant bel et bien là. Il traverse le terre-plein et siffle en levant le bras : les têtes se tournent vers lui, *hola* Flaco, où t'étais ?, on t'attendait, *compadre.* Il serre la main des gars, salut, tout le monde, et embrasse les filles sur les joues, est-ce qu'elles ont vu Paulina par hasard ? Elles se donnent des coups de coude en gloussant comme des poules : ¡*huy!* comme il a l'air inquiet, Flaco !

Au bout d'un moment, il sent qu'on lui palpe les épaules, qu'on lui caresse le torse, qu'on lui bécote le cou. Il reconnaît ses doigts fins aux ongles faits, le parfum de son savon à essence de pêche, il se tourne vers elle. Sans lui laisser le temps de rien dire, elle lui chuchote à l'oreille de ne pas s'énerver, elle voulait voir s'il tenait vraiment à elle, et elle lui fait un clin d'œil, elle est satisfaite maintenant, *corazón*. Il la dévisage un moment, ne sachant trop s'il doit se fâcher ou rire. Enfin, il la prend par la taille et l'embrasse à pleine bouche. Autour d'eux, on siffle, on applaudit, et Teta s'avance en dansant : hé les amoureux, arrêtez-moi ça tout de suite, vous me donnez le goût de tremper mon pinceau ! Les autres rient de bon cœur et eux se séparent, baissent les yeux, se tiennent par la taille. Il sourit : voilà sa vraie famille ! Puis il voit Lalo qui, une bière à la main, va s'asseoir à l'écart sur le gazon, en titubant. Il est complètement dans les vapes, pense-t-il.

Subitement, par-dessus le solo de guitare de Nirvana et le bruit rapide et comme mouillé des voitures qui passent, on murmure autour de lui. Flaco se retourne : la tête baissée, les épaules rentrées, Pato et Alfonso cheminent côte à côte vers eux. Quelque chose ne tourne pas rond, c'est évident. Sitôt qu'ils s'immobilisent sous le réverbère, Flaco s'aperçoit que le nez de Pato pisse le sang et qu'Alfonso trimballe un œil au beurre noir. Leur arrivée réanime Lalo : sur-le-champ, qu'on baisse la radio, et il se précipite sur son frère, les yeux exorbités. Malgré ses reniflements, Pato raconte ce qui leur est arrivé avec une certaine fierté, alors qu'Alfonso, lui, ne cesse de pleurnicher. Lorsque Pato dit qu'on les a frappés, Lalo se tourne vers Flaco : t'as entendu? Après un moment, chancelant comme s'il sortait d'un manège, Lalo finit par s'affaler sur le gazon.

Ce que Pato raconte a de quoi les surprendre. Il y a moins de deux semaines, les Latino Power ont signé un pacte de paix avec les Bad Boys. C'est qu'on ne pouvait plus se promener dans le quartier sans craindre à tout moment de recevoir un *bat* de base-ball sur la tête. Les deux camps ont convenu qu'il n'y aurait plus de vol entre eux, plus de bagarres, plus de rivalité pour une fille ou pour des territoires — sur ce dernier point, on continuerait à se partager le parc Kent, comme c'était déjà le cas depuis environ un an. Alors Pato, la voix étonnamment claire, leur raconte comment il a forcé et volé le casier de CB. Voilà, les choses s'éclaircissent peu à peu. Alfonso, qui jusque-là n'a rien dit, explique que les Bad Boys les ont plantés parce qu'ils ont ri à une blague sur des Noirs au Viêtnam. Flaco allume enfin, il connaît bien les petits jeux de CB.

— Et vous dites que vous lui avez redonné sa casquette et ses lunettes? s'enquiert-il.

Ils répondent que oui. Le sang ayant en partie coagulé sous son nez, Pato le dévisage à nouveau d'un air étrangement sûr de lui. Sans défaire son pantalon, il y fourre une main comme s'il cherchait à se gratter le sexe, ce qui excite des rires. Qu'est-ce qu'il manigance? Le demi-cercle qui s'est formé autour du garçon se resserre. Il sort enfin une chaînette et la brandit sous le nez de Flaco, qui la prend entre ses doigts et la soupèse longuement, comme hypnotisé.

— Le condor aussi était dans son casier, explique Pato. Tout de suite, en le voyant, je me suis dit que c'était un objet qu'on avait volé à un Latino. J'ai bien fait de le garder, hein?

Il ne l'a pas vu depuis combien d'années, ce condor? se demande Flaco. Il l'avait totalement oublié. Pato se tourne vers Alfonso :

— Tu vois? Qu'est-ce que je te disais? Il a de la misère à croire que c'est nous, des minus, qui avons fait le coup!

Flaco scrute la figure du garçon : ses égratignures et son nez ensanglanté, en plus de son sourire, lui donnent un air sinistre. Comme ils les ont amochés! Comme ils ne se sont pas gênés!

— Alors, Flaco, j'ai bien fait, hein, de le ramener?
— Oui, t'as bien fait.

Flaco fourre le condor dans sa poche. Il s'approche de Pato, passe une main dans ses cheveux et, avec sa chemise, essuie le sang sur son visage.

— Comme ça, tu voulais nous impressionner?

Le garçon acquiesce de la tête.

— Je t'ai déjà dit que t'as pas à faire tes preuves, reprend Flaco. C'est pas la première fois que tu nous fais le coup. Je vais te dire une chose : on sait tous ici que Pato est un vrai bagarreur. Pas vrai, tout le monde?

Flaco se tourne vers les autres : ils hochent la tête. Pato ne peut s'empêcher de sourire orgueilleusement.

— Mais c'est vrai, continue Flaco, c'était très courageux ce que tu as fait. Et toi aussi, Alfonso. Mais je vous demande une chose à tous les deux. À l'avenir, il faut toujours que vous nous consultiez avant de passer à l'action. Compris?

Oui, ils ont compris, Flaco.

— Et je vous promets qu'à partir de maintenant on va toujours vous amener avec nous. Et ce, dès demain, à la polyvalente, quand on va aller s'expliquer avec les Bad Boys.

Les garçons se regardent et sourient.

— Tu parles, *compadre,* qu'on va aller s'expliquer! s'écrie Lalo en levant sa bière. On va leur casser la gueule à ces négros! Non mais qu'est-ce qu'ils s'imaginent!

Il essaie de se lever mais en est incapable. Il se rassoit malgré lui et, ponctuant le tout de hoquets, il bougonne un bon moment.

— Une dernière chose, reprend Flaco. À vos parents, vous leur dites rien. Tous les deux, vous étiez en train de jouer au football. Vous êtes tombés et vous avez reçu des coups de pied dans la figure, par accident. C'est très important: a-cci-den-tel-le-ment. On veut vraiment pas qu'ils se mêlent de ça, ils risquent de capoter et d'appeler la police. Et nous, les bœufs, on fait pas affaire avec eux. *¿Está claro?*

Oui, c'est clair. Flaco se relève et examine les deux visages à tour de rôle, couchant de temps à autre sa tête sur l'épaule, pour varier la perspective.

— Vos blessures ont pas l'air trop graves. Y'a rien

de cassé, c'est l'essentiel. Dans une semaine, vous allez être comme neufs. Pas de panique si toutes les couleurs de l'arc-en-ciel passent sur vos visages, c'est normal.

Flaco leur sourit, s'écarte en douce, s'appuie sur l'aile d'une automobile et craque une allumette, une cigarette suspendue aux lèvres. La musique s'est tue, les conversations reprennent, mais un cran plus bas. Tour à tour, on examine les blessures de Pato et d'Alfonso. Ce CB est un malade mental! s'écrie-t-on. Mixon? Rien qu'un paresseux de la pire espèce! Et que dire de Ketcia? Un garçon manqué! La fille aux trois couilles! Quelques rires dispersés éclatent, puis se fondent dans le bourdonnement obstiné des moustiques autour du réverbère.

La musique reprend et Teta monte outrageusement le volume. Pourquoi on change pas de cassette? suggère Nena. Elle en a assez de toujours écouter Nirvana. Et Teta, O. K., mais il les avertit, il va les surprendre. Aussitôt, la radio crache, en grinçant, un air endiablé de *cumbia.* Oh non! se plaint Nena, enlève ça tout de suite! Qu'il arrête de faire chier le peuple! Elle est écœurée des *cumbias* et des *salsas,* elle n'en peut plus! Ses parents n'écoutent que ça! Teta mime la gestuelle frénétique et syncopée d'un danseur des Caraïbes en tenant dans ses mains une paire de maracas imaginaires, mais personne ne rit. Il est tellement gros que ses seins se balancent sous son chandail de gauche à droite, de droite à gauche. C'est pas pour rien qu'on l'a surnommé Teta, pense Flaco, suivant du regard ses pas de danse. Le sein! Teta agrippe maintenant le bras de

Nena, qui tente de s'esquiver, la traîne vers le trottoir, mais pourquoi cette tête d'enterrement, Nena?, et ils dansent joue contre joue, comme sur un air de tango.

Paulina, restée à l'écart, s'approche de Flaco. Un costume noir, en nylon, lui moule le corps du cou jusqu'aux talons. La première fois qu'il l'a rencontrée, ce jour dont il se souvient comme si c'était hier, bien que cela fasse plus de six ans maintenant, il avait été frappé par son look peu typique pour une Latino-Américaine. Ses cheveux châtain clair sont toujours relevés en queue de cheval, son visage est fin et légèrement basané et elle a toujours un air élancé, sportif. Une main posée sur la hanche, elle se balance sur ses Adidas, l'air malicieux.

— Comme ça, les bagarres vont reprendre?

Un moment, il la scrute. Elle le surprend.

— T'en fais pas avec ça. Ce que je t'ai dit tient toujours : à la fin de l'année scolaire, c'est fini la gang pour moi. Demain, on va régler cette histoire *rapido*. C'est sûrement une erreur.

Il s'en veut de mentir : demain, il ne pardonnera rien. Il n'a pas le choix, il faut se faire respecter, les empêcher de recommencer. Aussi il ne peut se permettre de perdre la face devant sa bande. Il a bien vu qu'ils ont été scandalisés en apercevant les visages de Pato et d'Alfonso. Pour se donner contenance, il tire une bouffée de sa cigarette.

— J'ai vu comment t'as réagi en voyant le condor, reprend-elle.

Il tourne la tête vers elle et la baisse lentement

d'un cran, comme pour lui indiquer de parler moins fort.

— Je t'en parlerai quand on sera seuls. Pas maintenant.

Elle remue la tête :

— C'est toujours la même chose, les histoires de gars. Des histoires d'honneur et de courage.

— Je t'en parlerai quand on sera seuls, répète-t-il à voix basse.

Au bout d'un moment, comme si elle était d'accord pour qu'ils changent de conversation, elle le prend par la taille en souriant puis, d'une main baladeuse, le dépeigne. Il prend une dernière bouffée de sa cigarette et l'expédie vers la chaussée, près du terre-plein. Il ne s'est pas encore entièrement habitué à l'idée de pouvoir l'embrasser quand bon lui semble. Parfois, il marche dans la rue et s'arrête net : il n'en revient pas de sortir avec elle. Elle lui passe les bras autour du cou, puis lui caresse le visage. Elle, son amie d'enfance, la seule fille avec qui il n'a jamais osé flirter, la seule à qui il ne peut penser quand il se masturbe, sentant aussitôt une envie d'uriner. Cela est si récent qu'il a l'impression de rêver. Ç'a été comme une révélation. Il l'a invitée au parc et, comme ça, de but en blanc, lui a déclaré son amour. Calme, assise sur le banc, elle lui a répondu que, de son côté, elle tentait depuis longtemps de le chasser de son esprit, de peur qu'il la considère seulement comme une amie. Mais en vain. Un long baiser tendre a suivi, pas du tout fiévreux comme il se l'était imaginé. Oui, c'est la première fois qu'il tombe vraiment amoureux.

Aujourd'hui, en comparaison avec elle, les autres filles qu'il a connues lui semblent insignifiantes. Il contemple ses yeux qui pétillent, et elle se mouille les lèvres :

— Tu me demandais l'autre jour quand…

Un moment, leurs regards se croisent.

— Je crois que le moment est arrivé.

À son tour il l'enlace : elle est sûre ? Les pommettes hautes, elle lui offre un sourire radieux : elle n'a jamais été aussi sûre de quelque chose de sa vie. Bon, Flaco approche son visage du sien, alors quand elle voudra. Nerveux, ils rient, puis soudain le visage de Paulina devient sérieux, presque craintif : il le sait, n'est-ce pas, que ce sera la première fois qu'elle fera l'amour ? Et lui, oui, il le sait. Ça la rend nerveuse ? Non, pas vraiment, elle est tellement bien avec lui, Flaco. Il colle ses lèvres aux siennes et sent une langue chaude lui glisser entre les dents.

LES JOURS de semaine, avant de souper, vous jouiez tous les trois au hockey dans l'entrée de garage de ton immeuble, pendant une heure ou deux, jamais plus : avec l'arrivée d'octobre, la pénombre s'abattait brusquement en début de soirée et le gardien de but n'arrivait plus à suivre la balle de tennis. Vous portiez déjà des chandails de laine, des mitaines et quelquefois des tuques, mais pas encore de manteaux ou de foulards. Puis ta mère sortait en coup de vent sur le balcon et s'appuyait à la balustrade : à quelle heure t'imaginais-tu que tu allais les faire, tes devoirs, Marcelo ? Tu faisais la sourde oreille, feignant d'être absorbé dans le jeu, et ta mère finissait par perdre patience : eh bien, tu te passeras de souper ! Et elle claquait la porte. À regret tu interrompais le jeu, tu devais y aller. Akira s'immobilisait, hésitant, puis ramassait lui aussi son équipement. Pendant ce temps, Cléo soupirait à profusion : merde, juste au moment où il commençait à se réchauffer ! Akira ? Lui prêtait-il la balle de tennis ? Marcelo ? Le bâton de hockey ? Merci, les gars, il allait s'exercer contre le mur. Parfois, il restait là jusqu'à ce que la nuit le submerge totalement.

Les fins de semaine, parfois dès les premières lueurs incertaines et froides de l'aube, vous organisiez de longs tournois de hockey et vous ne rentriez chez vous que le soir. Vous sautiez des repas, vous vous éclipsiez pour aller uriner dans la cour d'un édifice sous un balcon, pour que le jeu ne s'interrompe jamais trop longtemps. À vous s'ajoutaient Alberto l'Italien, *check* mon tir du poignet *man,* Glenn le Canadien anglais, *look at my goalie pads, my father bought them in Boston,* Danny l'Haïtien, pourquoi faut-il toujours toujours que tu m'envoies la balle dans l'derrière ! et bien d'autres encore, qui fréquentaient tout autant des écoles francophones qu'anglophones. Vous étiez parfois si nombreux qu'un attroupement de badauds s'assemblait autour de vous : ils repéraient les bons joueurs et s'exclamaient quand on marquait un but.

Dans l'après-midi, quelques immeubles plus loin, apparaissaient, savamment disséminés, des groupes d'adolescents, filles et garçons confondus, qui passaient le temps à griller des cigarettes, à causer entre eux et à s'enivrer de rap, de rock ou de heavy metal. Ils semblaient à peine s'apercevoir qu'un match de hockey se déroulait à quelques mètres, alors que vous, vous épiiez avidement leur monde de flirt, de cigarettes et d'alcool, sachant qu'une fois au secondaire vous y goûteriez à votre tour. À cela s'ajoutaient les allées et venues de Guylain, le robineux au visage acerbe, qui portait éternellement son chandail des Canadiens de Montréal et était depuis toujours engagé dans une discussion passionnée avec lui-même. Il levait les yeux vers vous, comme au sortir d'un songe et, sans raison apparente, vous menaçait du poing en grommelant des injures racistes. Cela était devenu si coutumier que ses visites étaient attendues presque avec impatience, elles étaient devenues comme une distraction cocasse, inoffensive.

Après le déménagement de Randy, c'était toi, Marcelo, qui livrais la *Gazette* rue Linton, depuis Côte-des-Neiges jusqu'à l'avenue Victoria. Les samedis, les journaux étaient plus volumineux et Cléo, toujours au rendez-vous, te donnait un bon coup de main. Souvent, encore plongés dans l'obscurité hostile, vous vous rencontriez devant son immeuble, vous marchiez côte à côte, en bâillant, l'estomac dans les talons, dans la fraîcheur silencieuse du matin, et vous traîniez chacun le chariot de votre mère, qui servait à faire les courses. Chacun était responsable d'un côté de la rue et vous vous faisiez compétition : vous lanciez les journaux à la volée et vous montiez les marches quatre à quatre. De temps à autre apparaissaient aux fenêtres des visages cadavériques vous suivant des yeux, et l'un de vous deux prenait peur. En entendant son cri, l'autre s'amenait en courant : qu'est-ce qui t'arrive ? Il passait un bras autour de ses épaules : aie pas peur, c'est rien qu'un vieux qui arrive pas à dormir. Le travail terminé, Cléo refusait les sept ou huit dollars que tu lui tendais, et tu finissais par lui offrir un déjeuner chez McDonald. *Deal ?* Et Cléo, tout sourire, marché conclu, et vous vous serriez la main.

À l'école, vous vous retrouviez presque toujours dans la même équipe pour les matchs de ballon chasseur. Le hasard avait même fait qu'en classe vos bureaux étaient voisins. Mais souviens-toi du nombre de fois que Cléo devait aller au piquet, parce qu'on le surprenait en pleine discussion avec son voisin ou qu'il avait mal fait ses devoirs. Les mains derrière le dos, tout près du taille-crayon à manivelle, il reluquait le mur, fasciné, comme s'il avait devant lui un tableau insondable. Au bout d'une demi-heure, la maîtresse lui permettait d'aller se rasseoir : elle espérait qu'il avait eu sa leçon, cette fois. À la fin de la journée, on lui demandait pourquoi il n'avait fait que la moitié des problèmes du devoir de mathématiques, et il expliquait à voix basse que c'était pas sa faute, il s'était endormi.

C'est vrai qu'il y avait de quoi s'endormir chez Cléo, il y régnait toujours un silence oppressant. Bien que tu y sois retourné quelquefois, tu n'avais pas encore rencontré la mère de Cléo : la curiosité que tu avais d'elle t'accaparait de plus en plus, Marcelo. Ce qu'elle avait au juste, pendant longtemps tu l'as ignoré. Chose certaine, cela se passait toujours de la même façon : elle appelait Cléo, toujours de sa même voix éraillée, il allait la voir puis tu n'entendais que des murmures. Pourquoi ne se levait-elle jamais ? Pourquoi cette voix fatiguée ? Parce qu'elle peint la nuit et a besoin de repos le jour, c'est tout, répondait invariablement Cléo. Et pourquoi ne voyait-on jamais son père ? Combien de fois devait-il le lui dire ! Il était parti en voyage d'affaires. Quel type d'affaires ? Son père le lui avait dit, mais c'était difficile à retenir, il ne s'en souvenait plus. Allez, viens, on va manquer l'émission des Power Rangers.

Un dimanche matin, comme il pleuvait et que la partie de hockey dehors avait été remise, tu étais allé dans la cuisine rejoindre tes parents et ton oncle Juan, qui avait coutume de venir déjeuner avec vous ce jour-là. Ton père avait préparé des *sopaipillas* et ta mère, du lait fouetté aux bananes ainsi que du jus de carotte pressée dans une chaussette. Comme la conversation avait roulé sur Cléo, tu étais allé dans ta chambre chercher le masque sculpté par la mère de ton ami, pour que ton oncle puisse y jetter un coup d'œil. C'était un visage oblong, en bois peint en noir, dont les lèvres formaient un *o*. Longtemps, ton oncle l'avait considéré d'un air amusé, le retournant dans tous les sens.

— *Compadre,* tu te rends compte ? a dit ton père en haussant les sourcils. J'ai payé quarante dollars pour ce maudit masque !

Ton oncle a réprimé un éclat de rire en se mordant la lèvre.

— Sois pas borné, Roberto, a-t-il dit. Que

penserait un Haïtien d'un poncho de Temuco, hein? Probablement qu'il trouverait ça laid ou parfaitement inutile.

— Une chose est certaine, a dit ta mère, je ne le mettrais pas dans ma chambre. Il me fait peur. Mais je sais reconnaître de l'art quand j'en vois.

— De toute manière, a précisé Roberto, on ne l'a pas acheté parce qu'on le trouvait beau. Comme c'est la mère d'un ami de Marcelo qui l'a fabriqué, c'était la chose à faire.

— Mais papa, es-tu intervenu, je croyais que tu l'aimais, le masque. C'est ce que tu m'avais dit, non?

— Eh bien, a répondu Roberto, je ne le déteste pas, mais je ne peux pas dire qu'il me plaît non plus. Qu'est-ce que tu veux, on l'a surtout acheté parce que Cléo est ton ami. Et aussi parce qu'on a eu pitié de cette femme qui semble en arracher.

— Si les immigrants ne s'entraident pas entre eux, a repris Carmen, alors qui va leur tendre la main? Hein? Voilà ce que je me dis.

— Et on peut savoir ce qu'elle fait dans la vie, cette femme? s'est enquis Juan. C'est une artiste?

— Oui. Elle fait des peintures et des masques. Elle travaille surtout la nuit.

— Ah ça, c'est connu, a commenté Juan, l'inspiration, ça vient la nuit. Moi, si j'avais pu, je serais devenu écrivain. J'aurais écrit l'histoire de ma vie. Les gens se seraient retournés sur mon passage dans la rue, ils n'en seraient tout simplement pas revenus de tout ce que j'aurais eu à raconter… Ils mènent de belles vies, les artistes. Ces gens-là s'amusent plus que les autres.

— En tout cas, a dit Carmen, la mère de Cléo n'est pas du genre à fréquenter les salons et les cocktails. D'après ce que nous dit Marcelo, elle ne vend pas beaucoup de peintures. Comme nous, elle est arrivée dans un pays totalement nouveau pour elle et ça, tu le sais, ça te freine, ça te sape le moral.

— Mais les Haïtiens ont un grand avantage sur nous, Carmen, a dit Roberto, ils connaissent déjà le français. Je les vois chez Phillips, ils se débrouillent très bien. Aussi, il faut le dire : il y a une différence entre peindre et emballer des ordinateurs toute la journée. C'est vrai que, comme nous, elle ne doit pas gagner beaucoup d'argent, mais au moins elle fait ce qu'elle aime.

— Et le père ? a demandé Juan. Qu'est-ce qu'il fait, le père de ton ami ?

Tu as répété ce que Cléo racontait toujours à propos des voyages d'affaires de son père et de tous les cadeaux qu'il lui promettait. Roberto a poussé un soupir excédé et s'est raidi.

— Marcelo, écoute-moi bien. Un papa ne part pas des mois et des mois en voyages d'affaires. Tu es assez grand maintenant pour ne pas croire tout ce que les gens te racontent. Tu ne penses pas ?

— Roberto, s'il te plaît ! est intervenue Carmen. Laisse-le tranquille. Ce n'est qu'un enfant !

Roberto est resté un moment à fixer la nappe comme s'il réfléchissait, puis s'est tourné vers sa femme :

— Pourquoi est-ce que Marcelo devrait lui aussi croire aux mensonges de cet homme? Pourquoi il n'aurait pas le droit de savoir la vérité?

Rappelle-toi la discussion animée qui a suivi, Marcelo : tu t'étais senti comme enfoncé dans un trou noir, tu avais été pris d'un vertige étrange. Puis ton père s'adressait à nouveau à toi :

— Qu'est-ce qu'il y a? Écoute, je croyais que c'était mieux qu'on commence à te dire les choses telles qu'elles sont. Ou tu veux peut-être qu'on continue à te les cacher?

— Qu'est-ce que t'essaies de me dire, papa? as-tu crié, hors de toi. Hein? Dis-le! Tu crois que je le sais pas qu'il est parti avec une autre femme? Tu crois que je suis stupide? Tu crois que je sais rien de tout ça?

Ne sachant trop pourquoi, malgré tes efforts, tu avais été incapable de chasser l'émotion qui, comme une boule, gonflait ta gorge. Pourquoi tes larmes apparaissaient-elles toujours au mauvais moment? Pourquoi te gênaient-elles tant? En te voyant, ils avaient gardé le silence, étonnés, se guettant des yeux nerveusement. Et Carmen avait dit tout bas :

— Dieu qu'il est sensible, cet enfant! Tu vois? Tu vois ce que t'as fait, Roberto? T'es fier maintenant? Comme t'es cruel!

Elle est venue te consoler : elle te serrait contre son ventre, te frottait le dos. Puis Juan a fait remarquer :

— Ah ces Haïtiens! Ils sont terribles. Au restaurant, il y en a deux. Ils sont mariés et ont tous les deux des enfants. Tous les lundis, je vous jure, ils me racontent leurs baises de la fin de semaine. On rit comme des fous, parce qu'ils sont comme nous, ils racontent tout avec plein de détails…

Puis se ressaisissant :

— Mais bon, je me dis aussi que ça ne doit pas être drôle pour leur femme.

Mais aussitôt, il a avancé la tête vers Roberto, lui a touché le bras et a chuchoté :

— Ils ont un de ces appétits sexuels, ces Haïtiens ! Ouf ! ils sont pires que nous, *compadre !*

Roberto et Juan ont ri sans retenue et ont cherché autour d'eux des regards approbateurs.

— Et c'est pas du racisme que de dire cela, a ajouté Juan, c'est qu'un constat.

Tu avais cessé de pleurer. Carmen s'est levée, a pris les assiettes et les a mises dans l'évier.

— À votre place, a-t-elle lancé en faisant couler l'eau, je ne rirais pas trop fort. Tous les deux vous n'avez aucune raison de vous moquer des autres. Aucune, et vous le savez !

L'air plaisantin des hommes a disparu.

— Ça c'est bien toi, Carmen, a marmonné Roberto. Réveiller les vieux démons. Surtout devant le p'tit… Combien de fois faut-il que je t'explique : tous les hommes ont de temps en temps des « accidents de parcours ».

Roberto et Juan ont échangé un regard amusé, puis ont haussé les épaules. Carmen a détourné la tête et s'est remise à frotter le verre qu'elle tenait dans ses mains.

— Mais tu ne vas pas aller raconter ces choses-là à ton p'tit ami, a dit Roberto en cherchant tes yeux. Tu risquerais de lui faire de la peine.

Tu ne lui as pas répondu, tu le détestais ainsi que ton oncle et que le père de Cléo. Tu en avais contre tous les hommes. D'un saut, tu t'es levé et tu as filé vers ta chambre. Avant de claquer la porte, tu as entendu la voix précipitée et basse de ton père :

— T'es satisfaite, maintenant ? Regarde ce que t'as fait. Et après ça, tu dis que c'est moi, le cruel ?

LONGEANT LE mur de la cafétéria, Ketcia fait les cent pas, les yeux rivés par terre, les mains derrière le dos. De temps à autre, elle suit du regard les élèves qui affluent vers l'entrée, insouciants, la mine souriante, leur lunch à la main. Elle, sous l'effet de l'énervement, n'a pas faim. Son pantalon noir, en velours côtelé, et sa casquette des Bulls de Chicago, la visière tournée vers l'arrière, provoquent en elle des vagues de chaleur, alors que ses souliers de course, qui lui montent jusqu'aux chevilles, lui font l'effet de boulets. Au passage, quelques élèves lancent sur un ton respectueux, salut, Ketcia, ou encore, *what's up*, Ketcia ?, mais elle se contente de répondre d'un léger hochement de tête. Qu'est-ce qu'il fabrique, cet imbécile ? Toujours la même histoire ! Depuis quelques semaines, elle a remarqué que sa dernière trouvaille, pour se rendre intéressant, c'est de faire exprès d'arriver en retard. Ce gars-là, elle se l'est toujours dit, est entré dans les Bad

Boys pour les mauvaises raisons : pour s'amuser et éviter de se faire planter à la polyvalente. Au bout du couloir, parmi une foule bigarrée, elle croit reconnaître la démarche flemmarde de Mixon. Oui, c'est lui : il est le seul à avoir ce T-shirt noir où figure une caricature des membres de Public Enemy. D'un geste brusque, elle lui fait signe de se presser. C'est pas possible : même quand il court, il a l'air endormi. Il s'immobilise devant elle, un sourire niais aux lèvres.

— Sais-tu depuis combien de temps je suis là à t'attendre ? fait-elle. Plus de vingt minutes !

Elle le toise des pieds à la tête.

— Je t'ai dit de venir immédiatement après ton cours. Pourquoi t'écoutes jamais quand on te parle ? Un ordre est un ordre, Mixon ! Combien de fois faut-il que je te le dise !

Mixon baisse la tête et, quand il la relève, elle remarque à nouveau son sourire irritant.

— Pas de panique, se défend-il, haussant les épaules. Je me faisais griller dehors avec les filles. Un homme a le droit de cruiser, non ?

Il enfouit les mains dans ses poches, jette des regards amusés autour de lui. Elle pense : c'est d'un coup de poing que j'effacerais ton sourire, moi ! Évidemment, elle n'en fait rien, elle se contente de lui lancer à la figure :

— CB va se faire expulser !

La phrase fait aussitôt son effet : le sourire disparaît. Mixon plisse le front, comme s'il voulait en savoir davantage mais avait peur de la questionner.

— Je te gage que tu le savais même pas, reprend-elle. Toute la polyvalente est au courant, sauf toi. Où t'étais ce matin ? Comment ça se fait que t'es arrivé à l'école à onze heures ?

Ketcia le dévisage avec dégoût, comme si elle cherchait à lui extirper de force une réponse. Au bout d'un moment, Mixon soupire longuement comme pour décompresser.

— Bon, O. K., je m'excuse. C'est que j'avais super mal à la tête, ce matin. Je crois qu'on a trop bu hier soir avec mon frère, et comme mon réveil sonne toutes les quinze minutes une fois qu'il a sonné la première fois, eh bien je l'ai mis dans un tiroir puis je me suis rendormi...

Il s'interrompt, comprenant que ses déboires matinaux n'intéressent pas du tout Ketcia. Puis il hasarde :

— Raconte donc ce qui est arrivé.

Voilà, il réalise enfin la gravité de la situation. Le visage de Ketcia s'apaise. Elle soulève sa casquette, passe furieusement une main dans ses cheveux et la remet.

— C'est une situation complètement débile ! À l'heure où on se parle, CB est dans le bureau du directeur. Mais il devrait pas tarder.

— Pour combien de temps il est expulsé ?

— C'est ce qu'on va savoir.

— Qu'est-ce qu'il a fait ?

Ketcia promène des regards soupçonneux autour d'elle, puis reporte ses yeux vers Mixon.

— Tout a commencé ce matin, quand on s'est

rendus au casier de CB. Le cadenas avait été forcé, mais ça, on le savait déjà. J'ai senti qu'il y avait autre chose qui travaillait CB et je lui ai demandé ce qui allait pas.

— Dire qu'après lui avoir donné sa leçon, a dit CB en refermant son casier, j'ai eu des remords. Je me disais, après tout, peut-être qu'il dit la vérité, ce minus. Dire que je me sentais mal qu'on ait planté ce p'tit menteur de merde !

— Quoi ? a demandé Ketcia. Il t'a volé autre chose ?

— La chaîne, a répondu CB, sans la regarder, comme s'il se parlait à lui-même. J'aurais dû m'en douter.

— Une chaîne ? fait Mixon. Je l'ai jamais vu en porter. J'avais aucune idée qu'il aimait les bijoux. Même qu'une fois, si je me souviens bien, il m'a dit que les bijoux c'était juste bon pour les bonnes femmes et les fifs.

— C'est qu'il la porte jamais, explique Ketcia, mais j'avais déjà remarqué qu'à chaque fois qu'il ouvre son casier, mine de rien, il vérifie si elle est là. Je me suis toujours demandé ce qu'elle signifiait pour lui, cette chaîne. Mais tu sais comment il est, CB : il aime pas qu'on fourre le nez dans ses affaires.

— Je suis sûr que c'est quelque chose de personnel, dit Mixon. Je vois ça d'ici : c'est le cadeau d'une fille qu'il aimait, mais qui l'a quitté. Encore aujourd'hui, le souvenir de la *chick* le fait souffrir. Incroyable ! Un romantique, notre CB !

— C'est un cadeau, a repris CB.

— Dis-moi pas que je tapais dans le mille ? fait Mixon. Je niaisais ! C'est vraiment une affaire de cœur ?

— Un cadeau de tes parents ? a risqué Ketcia.

— Non. D'un ami que j'avais avant.

— C'est un gars ? fait Mixon. Ah ! j'suis déçu. Il t'a dit qui c'était au moins ?

— C'était mon meilleur ami, a expliqué CB. C'est plus le cas aujourd'hui. On a changé tous les deux.

— Qui c'était ? demande Mixon.

— Non, a dit CB, je préfère ne pas te dire son nom pour l'instant. Vous le connaissez tous. Mais je te promets de tout te raconter un de ces jours. Mais à toi toute seule, à personne d'autre de la bande. Seule une fille peut comprendre ce genre de choses.

— Il a dit ça ? fait Mixon. Il a vraiment dit ça ? J'arrive pas à le croire !

Mixon se tait, blessé, puis ajoute :

— Depuis toujours, il te traite mieux que nous autres, juste parce que t'es une fille. Je commence à en avoir assez… Mais bon, que ce soit clair entre nous, c'est pas à toi que j'en veux, mais à lui.

Pour une fois, pense Ketcia en relevant un peu sa casquette et en passant son avant-bras sur son front humide, Mixon n'a pas tort. C'est vrai, CB se comporte toujours en gentleman avec elle : il tient compte de son point de vue et, souvent même, s'assure d'avoir son consentement. Avant d'entrer dans les Bad Boys, elle l'observait de loin lorsqu'il défendait les Haïtiens dans la cour de la polyvalente et elle l'admirait secrètement. Puis, quand elle s'est jointe à la bande, elle ne savait pas à quoi s'attendre avec lui. Mais les faits lui ont donné raison : sous des dehors de dur, c'est un bon gars. Elle l'aime, elle veut dire, pas d'amour, mais d'amitié. Bien sûr, il ne manque pas d'imbéciles pour s'imaginer qu'elle est entrée dans la bande parce qu'elle est amoureuse de lui. Mais de ces potins, elle s'en fout pas mal. D'ailleurs, elle le sait, elle n'est pas belle et ne se fait pas d'illusions. Elle a compris que si on court aussi vite que les gars, si on boit autant de bière qu'eux et si on se promène comme eux avec un canif, ils ne te fixent plus les seins quand ils te parlent, mais les yeux. Et CB est celui qui semble le plus l'estimer pour ce qu'elle est. En fait, il est comme le grand frère qu'elle a toujours voulu avoir.

— Et alors, qu'est-ce qui est arrivé? demande Mixon. Je comprends toujours pas pourquoi il est chez le directeur.

— Attends un peu que je te raconte.

Comme à l'accoutumée à huit heures et demie, la cloche hurle et un attroupement se forme au pied de l'escalier. Sans avertir Ketcia, CB part comme une trombe derrière les élèves, tandis qu'ils gravissent les marches, endormis et silencieux. Il en retourne quelques-uns pour leur voir la figure. Ketcia le rattrape et tente de lui aggripper le bras : mais où va-t-il comme ça? Ils régleront ça tantôt, dehors, seul à seul avec les Latinos. C'est pas le moment de faire le fou ici, CB! Mais il s'esquive : qu'elle le lâche, il sait très bien ce qu'il fait. Dès qu'il arrive au troisième étage, il zigzague entre les élèves et s'introduit systématiquement dans toutes les classes. Assis à leur pupitre ou sur les radiateurs près des fenêtres, les élèves cessent de discuter quand ils l'aperçoivent, et le suivent des yeux : salut CB! Hé *man*, ça va? Il cherche quelqu'un? A-t-il besoin d'aide? Il ne leur répond pas, puis il aperçoit Pato au bout du corridor, qui déambule en compagnie d'un garçon. Ils pénètrent dans une classe, cependant que CB presse le pas et bouscule un groupe.

Dans la classe, quelques élèves, assis çà et là à leur pupitre, bâillent en s'étirant ou sortent des cahiers de leur sac d'école. Au fond, le professeur, petit et bedonnant, la calvitie lui dévorant le sommet du crâne, écrit au tableau sur la pointe des pieds. Dès qu'il repère Pato, CB lui fait signe de s'approcher mais, comme un ressort, le Latino se lève de sa chaise : ah non, c'est pas vrai! Qu'est-ce qu'il y a encore? CB s'avance vers lui : qu'il s'inquiète pas, il lui arrivera rien, il veut juste lui poser des questions. Et l'autre, le visage pourpre et enflé, recule et donne contre un pupitre : *aouch!* CB l'immobilise par les épaules et tente de le tranquilliser.

Sur le pas de la porte, Ketcia suit la scène et se demande ce qui lui prend. Pourquoi fait-il le con? Pato se met à crier à tue-tête, ce qui alerte le professeur, qui se retourne. La mâchoire lui tombe : nom d'un chien, qu'est-ce qui se passe ici? Non mais qu'est-ce que ça signifie? CB ne semble pas s'être aperçu de la présence du professeur, concentré qu'il est sur Pato : pourquoi ne lui a-t-il pas dit qu'il lui avait pris le condor? L'autre se débat, geint, refuse de répondre. C'est l'idée de Flaco, tout ça ? Non, il dira rien ! Il veut pas lui faire de mal, insiste CB, mais qu'il réponde à la fin ! CB le secoue et Pato ferme les yeux : non, laisse-moi tranquille !

Les mains sur les hanches, le professeur tousse : il n'a pas honte de s'en prendre aux plus petits que lui ? Espèce de lâche ! CB laisse Pato et pivote vers le professeur. La langue de l'homme tourne à nouveau dans sa bouche pâteuse : espèce de sauvage ! Où se croit-il ? CB hésite un moment, puis il a un faible rire. Il se mord la lèvre inférieure et frappe deux fois du poing dans sa paume. Il s'approche du professeur qui se fige, blême tout d'un coup, les yeux exorbités. Les deux mains de CB tombent sur le col de sa chemise comme deux bolides, alors qu'un tic inopiné oblige le professeur à cligner de l'œil plusieurs fois. CB le tient dans la même position un bon moment, puis le lâche et éclate d'un rire sonore. T'as vu ce qu'il m'a dit ? demande-t-il à Ketcia d'une voix suppliante. T'as vu comme ils se croient tout permis avec nous ? Il la regarde de ses yeux implorants, et Ketcia comprend ce qu'il veut dire. Pendant ce temps, le professeur s'appuie sur un pupitre pour reprendre son souffle, tandis que les élèves autour, effarés, gardent le silence. Revenant à lui, le professeur passe tout près de CB et se dirige vers la porte : on va voir ce qu'en pense le directeur. Se faire menacer comme ça, c'est le comble !

CB regarde autour de lui, arborant un sourire étrange, ahuri, comme s'il se demandait tout à coup ce qu'il fabriquait là. Il pose une main sur l'épaule de Pato : qu'il dise à Flaco qu'il veut lui parler à midi, au terrain de football. Pato esquive sa main et s'écarte en frissonnant : Flaco aussi veut le voir. Qu'il s'inquiète pas, il va lui faire le message.

— Mais au moment où on s'en allait, CB et moi, explique Ketcia, le professeur est arrivé, accompagné du directeur et de deux surveillants.

— Comme je le connais, CB a dû se débattre comme un déchaîné, dit Mixon. Je l'ai déjà vu échapper à trois surveillants.

— Non, fait Ketcia, c'est ça qui m'a étonné. Il a pas du tout résisté. Il disait juste : je l'ai à peine touché, je vois pas ce que j'ai fait de mal. Et le directeur : ça va, on va s'en parler dans mon bureau. Allez, viens.

— Avec CB, on sait jamais à quoi s'attendre, fait remarquer Mixon. On sait jamais ce qu'il a derrière la tête. Des fois, quand il me regarde droit dans les yeux, ça me fait bizarre. Pas toi ?

Songeuse, Ketcia lui répond que oui. C'est vrai, parfois, elle aussi a peur des réactions imprévisibles de CB, surtout quand il pique ses colères. Une chance, ça lui arrive pas souvent.

Ils restent un moment sans rien dire, reprenant conscience de l'animation environnante. Enfin, ils aperçoivent CB qui descend l'escalier de son air décontracté habituel et s'immobilise devant eux.

— Alors ? s'enquiert Mixon. Qu'est-ce qu'on t'a dit ?

— Alors rien, rétorque CB, un sourire équivoque aux lèvres. Comme je l'ai pas frappé, juste menacé, ils m'ont donné une semaine de retenue. C'est pas si pire.

Ouais! Ils sont contents pour lui! Puis CB tape des mains :

— On se dépêche de manger et à midi, au terrain de football. Les Latino Power vont être là.

— Il nous reste que cinq minutes pour manger, précise Ketcia en consultant sa montre. J'ai pas envie qu'on arrive en retard. Les Latinos vont croire qu'on est pas venus parce qu'on est des peureux.

RAPPELLE-TOI comme vous aviez chargé ce jour à la fois d'espoir et d'appréhension, Marcelo : en descendant de l'autobus scolaire ce matin-là, plusieurs bâillaient à profusion et avaient les yeux cernés, ayant peu dormi la nuit précédente. Réveillés par un vent frisquet, vous vous êtes immobilisés au beau milieu de la cour d'école et vous avez promené des regards étonnés autour de vous. Leur cour, contrairement à la vôtre, s'étendait au loin sans dénivellation ni trou dans l'asphalte. Les lignes qui délimitaient les couloirs pour l'athlétisme et les deux carrés pour le ballon chasseur, éclataient de leur blanc encore immaculé. La clôture argentée, qui bordait la cour, avait elle aussi été récemment repeinte et, au-delà, aux alentours, les duplex d'Outremont exhibaient des jardins coquets et des portes en chêne aux motifs variés. Oui, c'était une journée ensoleillée d'automne et, quoique les feuilles fussent tombées pour la plupart, on n'en voyait que très peu dans la cour : à l'aide d'un râteau, un jardinier les amoncelait.

Les grandes portes de l'école se sont ouvertes avec fracas, un flot d'élèves s'est déversé dans la cour et les deux professeurs se sont salués d'une ferme poignée de main. Les deux clans s'observaient de biais, quelques-uns se rongeaient les ongles. Contrairement à vous, ils portaient tous le même costume : un short mauve et un T-shirt où on pouvait lire « École Lajoie ». Aussitôt les compétitions amorcées, on s'est mis dans votre camp à se taquiner, puis à crier les surnoms des coureurs pour les encourager, et bientôt à hurler. De l'autre côté de la cour, adossés à la clôture, les élèves de l'école hôte scandaient : la-la-la-Lajoie ! Est-ce alors que tu as aperçu les deux policiers pour la première fois ? Ils ont familière-ment salué les élèves de l'école Lajoie comme s'ils les connaissaient depuis toujours. Rappelle-toi leur dé-marche, leur regard oblique, leur moustache, Marcelo. Sur un ton badin, ils causaient avec l'autre professeur d'éducation physique.

Mais quelle déception, car la plupart des courses ont facilement été gagnées par l'école Lajoie. Quand Cléo a remporté le sprint de la cinquième année, vous avez explosé d'une joie aussi euphorique que libéra-trice. On l'enlaçait, on le félicitait, on le portait en triomphe : c'était le meilleur, le plus rapide ! Et Serge, nom de Dieu, descendez-le tout de suite, vous allez le blesser ! Oui, Marcelo, un jour, on se moquait de lui, le lendemain, il redevenait un héros. Vous l'aimiez, aurait-on dit, uniquement quand ça faisait votre affaire. Puis les policiers ont porté secours à Serge en vous acculant à la clôture : c'est pas des manières ça, les enfants! Allez, tout le monde assis maintenant! Et c'est après sa victoire que Cléo a commencé à imiter les autres: il tapait des mains, blaguait, riait, ripostait quand on le bousculait. Oui, il devenait, de jour en jour, de plus en plus extraverti.

Puis ç'a été le cent mètres des filles de la cinquième année. Pour mieux les encourager, Cléo s'est levé, Sylvain l'a imité, pour une fois que Caramilk a une bonne idée, et le reste de l'école a suivi. Sylvain ne tenait plus en place depuis que Serge lui avait annoncé qu'il devait remplacer Yuri dans l'équipe de relais, le Polonais, fortement grippé, ayant dû s'absenter. On tapait des mains, des pieds, on se moquait de l'école adverse: la-la-la-Latristesse! La-la-la-Ladéfaite! Obnubilé par les courses, Serge se retournait rarement vers vous mais, quand cela se produisait, il ordonnait: baissez le ton, les enfants, mais vous recommenciez quelques instants plus tard. Le jardinier, un vieil homme au visage hâlé, s'est approché. Vous vous êtes tus pour entendre ce qu'il avait à dire: calmez-vous, les enfants, les résidants autour n'aiment pas trop le bruit. Alors Sylvain lui a lancé de but en blanc: qu'ils aillent donc chier, les résidants! Hein, qu'est-ce que tu dis de ça, pépé? Des hurlements ont acclamé la témérité de Sylvain, et le vieux s'est éloigné en ronchonnant.

À ce moment-là, les deux policiers se sont avancés vers vous, en dodelinant, comme s'ils faisaient une balade pour se dégourdir les jambes. Sourire aux lèvres, ils feignaient d'être suprêmement absorbés dans leur conversation. Ils se ressemblaient dans leur uniforme bleu marine, bien que l'un fût plus petit et visiblement plus nerveux que l'autre. Trapu, les jambes arquées, le nerveux faisait virevolter sa matraque en l'air et la rattrapait avec adresse. Ils se sont arrêtés face à vous, ont échangé des mots dans le creux de l'oreille et sont partis tous deux d'un rire franc. Enfin, le policier a remis la matraque dans son étui et s'est éclairci la gorge bruyamment.

— Les enfants?

Il a dû vous interpeller plusieurs fois de la sorte, avant que vous ne lui portiez attention.

— Les enfants? a-t-il répété. J'ai une devinette à vous poser. Voulez-vous l'entendre?

Cela vous a pris au dépourvu. Quelques-uns, d'un air méfiant, le regardaient de la tête aux pieds : qu'est-ce qu'il voulait? D'autres poursuivaient leur conversation, comme si de rien n'était. Tout à coup, la voix de Sylvain a résonné : envoye, le Schtroumpf, raconte-la ta devinette! Quelques rires ont suivi, mais le policier a fait *chut!* et a redemandé si on voulait entendre sa devinette. En chœur, plusieurs ont crié *ouiiiiiiiiiiiii!* sur un ton infantile, pour partir à rire de plus belle.

— On se calme, O. K.! a ordonné le policier, en levant la voix. Sinon je vous la pose pas et ça finit là.

Son ultimatum a eu son effet : la tête rentrée dans les épaules, on le considérait maintenant en silence. Il s'est tourné vers son collègue et, tout sourire, a cligné de l'œil. Puis revenant à vous :

— Bon! a-t-il dit en tapant des mains. C'est mieux là. On va commencer par s'asseoir.

On a obéi. Il s'est mouillé les lèvres et a prononcé la phrase suivante en détachant chacun des mots, comme s'il s'adressait à des malentendants :

— Quel-est-le-plus-beau-bruit-qui-existe-sur-terre, les-enfants ?

On s'est consulté du regard : qu'est-ce que ça pouvait bien être ? À voix haute, on a répété la question, la main sur le menton. Puis on a haussé les épaules.

— Tes pets ! a crié une voix *in extremis*.

Un rire contagieux vous a soulevés comme une vague. Alors que le tohu-bohu atteignait son point culminant, le policier a perdu son air enjoué. Il plissait les yeux, cherchait le coupable.

— Est-ce que le p'tit insolent va être assez courageux pour se lever, maintenant ? Ou est-ce qu'il va falloir que je vienne le chercher moi-même ?

Vous saviez tous qui c'était, vous aviez reconnu la voix de Sylvain. Tapi dans son coin, il retenait tant bien que mal son rire.

— Ah je vois ! a dit le policier comme personne ne se levait, on a affaire à un malin. Je l'avertis, par exemple : je vais lui tirer les oreilles comme il faut s'il se dénonce pas lui-même.

Un silence a plané.

— C'est moi, a fait une voix.

Vous avez levé les yeux vers l'élève qui s'était dressé. Hein ? Cléo ! Qu'est-ce qu'il faisait ? Qu'est-ce qui lui prenait ? Embarrassé, il se tordait les doigts.

— Comme ça, t'es un p'tit comique, a repris le policier. Le clown de ton école…

Cléo ne remuait pas.

— C'était juste une blague, m'sieu. C'était juste pour rire.

— Évidemment, a coupé le policier, j'avais compris que c'était une farce. Ça, mon ami, on l'a tous compris. Tu crois peut-être que je suis fâché? Voyons, mon garçon, j'en ai vu d'autres.

Le policier a eu un petit rire, puis s'est tourné vers son collègue et a levé les yeux au ciel.

— Non, a-t-il dit en revenant à Cléo, c'est juste que je pensais avoir affaire à des enfants bien élevés. Je vois que je me trompais royalement… Mais, mon garçon, la connais-tu au moins la réponse à ma devinette?

Cléo a fait non de la tête.

— C'est ce que je pensais. Eh bien, je vais te la dire. C'est le silence. Voilà le plus beau bruit qui existe.

Maintenant, il vous surplombait d'un air suffisant.

— Alors, les enfants, apprenez à respecter un peu plus le silence. Vous verrez comme c'est reposant.

Puis il a épanoui un sourire éloquent. Au moment où il s'en allait, il s'est retourné une dernière fois:

— Et toi, a-t-il dit en braquant son index sur Cléo, je t'ai à l'œil.

Les policiers se sont éloignés, et Akira et toi avez cerné Cléo de toutes parts: mais pourquoi avait-il défendu Sylvain? Était-il tombé sur la tête? Sylvain bavait tout le monde, même lui. Cléo haussait les épaules et laissait mollement retomber la main: il est correct, Sylvain, c'est juste des airs de dur qu'il se donne. Tu te demandais, Marcelo: mais qu'est-ce qu'il veut au juste ? que tout le monde l'aime ? Akira se penchait sur lui et cognait sur la tempe de Cléo de son index : t'es malade, mon gars ! On ne défendait pas les imbéciles ! À l'autre extrémité de la foule, Sylvain, de profil, épiait Cléo comme s'il hésitait à venir le remercier. Finalement, il a détourné la tête.

Après le dîner, Cléo et toi êtes partis vous acheter de la gomme rue Bernard. Vous reveniez, mâchonnant, quand vous avez vu les deux policiers qui déambulaient sur l'autre trottoir. Lorsque le plus petit des deux vous a remarqués, il a traversé la rue en jetant des regards fébriles autour de lui, et vous a barré la route, les bras croisés, la mine renfrognée. Son collègue s'est pressé de lui emboîter le pas : qu'est-ce que tu leur veux à ces garçons, Gilles ? Ce dernier fixait Cléo dans le blanc des yeux, le visage traversé d'un air retors : veux-tu ben, Maurice, il savait ce qu'il faisait. Souviens-toi des yeux ronds de Cléo qui allaient du pistolet à la matraque. Au bout d'un moment, le garçon a montré cette dernière du doigt : il pouvait la voir une minute, m'sieu, il n'en avait jamais tenu une dans ses mains. Gilles est resté de marbre, puis a promené à nouveau des regards, un brin inquiets cette fois, autour de lui : qu'il lui dise une chose… pourquoi aimait-il tant faire rire les autres, négro ? Surpris, Maurice a failli s'étouffer, comme s'il avait avalé sa salive de travers : qu'est-ce qui te prend ! Qu'est-ce que tu cherches ? Lentement, affichant toujours son visage de bois, Gilles a fait volte-face : veux-tu ben, je m'adresse à quelqu'un. Ses pupilles vives et glacées ont replongé dans celles de Cléo, et son sourire effrayant est réapparu. Alors, négro? Il attendait sa réponse. Était-ce parce que c'était cool de baver les policiers? Il essayait de se donner un genre devant ses amis? Maurice a posé une main sur l'épaule de son collègue : il était temps d'y aller. C'est alors que Cléo a éclaté en sanglots. Oui, des convulsions secouaient ses épaules. Sacrament, disait Maurice, r'garde ce que t'as fait, alors qu'un rictus clownesque fendait le visage de Gilles : mon p'tit gars, qu'est-ce qui te prend? Pas capable de prendre une farce? Juste capable d'en faire aux autres, hein? Alors Maurice s'est glissé entre Gilles et Cléo et a murmuré entre les dents à l'oreille de son collègue : allez, viens-t'en! Ouais, t'as raison, on est aussi ben d'y aller...

Tu as passé un bras sur les épaules de Cléo, tu l'as fait entrer dans la cour et vous vous êtes assis, le dos contre la clôture. Tu lui disais d'oublier ça, de se concentrer sur la course de relais à venir, mais Cléo faisait non de la tête. Tu avais tort, Marcelo : comment aurait-il pu oublier? Ses pleurs s'amplifiaient en une plainte continue et douloureuse. Tu as alors gardé le silence et un long moment s'est écoulé pendant lequel il reniflait, s'essuyait les yeux et soupirait. Les autres sont arrivés, et Akira, remarquant ses yeux enflés, a demandé à Cléo ce qui lui était arrivé. C'est rien de grave, as-tu expliqué, il est tombé. Ensuite, Serge s'est amené en se frottant les mains et vous a tous fait asseoir : il ne restait plus que les courses de relais, c'était maintenant qu'ils allaient leur montrer ce qu'ils étaient capables de faire, n'est-ce pas?

Toutefois, aucune équipe de la première à la quatrième année n'a supplanté celles de l'école Lajoie. Comme votre tour approchait, Serge a ordonné à votre équipe d'aller s'étirer et se réchauffer près de la porte de l'école, pour ne pas gêner les courses. Quand votre tour est arrivé, on s'est remis à hurler les surnoms des coureurs et à taper des mains, alors que du côté de l'école Lajoie on s'en tenait au même cri de ralliement : la-la-la-Lajoie ! Le signal du départ a retenti, et du premier au troisième coureur, l'école Lajoie n'a fait qu'accroître son avance. Ce n'est que lorsque Cléo a reçu le témoin que la course est devenue enlevante. Oui, encore tout essoufflé, les mains sur les hanches, tu le suivais des yeux sans ciller : tranquillement, comme s'il avait toute la vie devant lui, il a rattrapé son adversaire et l'a doublé de justesse au fil d'arrivée. On aurait dit qu'il avait tout calculé d'avance. Cette fois-là, après la course, aucun sourire, par contre. Son visage exprimait une sorte de rage, un désespoir tranquille.

L'école entière est venue vous féliciter, et Sylvain s'est le premier avancé vers Cléo pour lui serrer la main. Alors Evangelos, le meilleur ami de Sylvain, a eu un air dégoûté : qu'est-ce qu'il faisait là ? Pourquoi donnait-il la main à Caramilk ? Et Sylvain, tais-toi ! On avait gagné à cause de lui. Cléo paraissait à la fois ravi et étonné. Mais que ça soit clair, a ajouté Sylvain à son intention, ça voulait pas dire qu'il lui avait pardonné de lui avoir volé sa place dans l'équipe. Et Cléo, c'est bon, j'ai compris, et il s'est faufilé jusqu'à Akira et toi qui l'attendiez. Alors qu'Akira se cramponnait à son cou, tu lui as assené les habituelles tapes dans le dos : en tout cas, si avec toi on gagne pas aux Jeux du Québec, je sais pas ce qu'il faut pour gagner. Et Akira, mets-en ! Si ça continuait comme ça, c'est aux Jeux olympiques qu'ils allaient se rendre ! Tous les trois vous avez éclaté de rire comme des fous, sans pouvoir vous arrêter, sans vous soucier des regards envieux des autres. Bras dessus, bras dessous, vous alliez heureux et libres comme des frères.

III

PORTANT TOUS le même bandeau noir au front, les Latino Power se tiennent raides comme des piquets au centre du terrain de football, les yeux rivés sur la porte de derrière de la polyvalente. Il y a là Flaco, Lalo, Teta, Pato, Alfonso, Lucho, Gonzalo. De temps à autre, on tape du pied d'impatience, on croise les bras en soupirant, on avale tout le contenu de son nez avec force. Tout autour, à l'extérieur des lignes de démarcation, là où le gazon subsiste, des élèves mordent dans leur sandwich et commentent, la bouche pleine, la dernière émission de *Friends* ou se souviennent d'un party mémorable. Trois filles, toutes vêtues de noir, assises à l'indienne, entourent une radio grinçante : *naked woman, naked man, where did you get that nice sun tan, naked woman, naked man...* Les mains derrière le dos, un surveillant longe lentement le terrain, plongé dans ses pensées. Le soleil tombe à la verticale, et trois petits nuages blancs se sont arrêtés au-dessus de leurs têtes. Voilà, les Bad Boys sortent un par un. Flaco jette un coup d'œil à sa montre : il est midi tapant, au moins ils sont à l'heure. C'est parfait, ils sont moins nombreux qu'eux : CB, Ketcia, Mixon, Richard, Max et Étienne. Les Bad Boys s'avancent en marchant à la manière des rappers, laissant tomber leur bras droit en même temps qu'ils déposent le talon gauche. La musique s'interrompt subitement, plusieurs des élèves autour déguerpissent.

Au moment où les deux chefs s'approchent l'un de l'autre, le surveillant au loin sort de sa rêverie, s'immobilise et pointe son index vers eux, en signe d'avertissement. Tous ils lèvent le pouce, le surveillant cogite, cogite, soupesant le pour et le contre, puis poursuit sa ronde. CB dépasse légèrement Flaco, mais ils partagent la même allure svelte. En silence, on se regarde dans le blanc des yeux, le visage inexpressif, on respire bruyamment. Tout à coup, le vrombissement d'un moteur les déconcentre. Les têtes se tournent vers le stationnement de la polyvalente : affublé d'un immense casque blanc balayé d'une frange noire, empaqueté dans un manteau de cuir trop petit pour contenir son embonpoint, monsieur Dupaulin appuie avec rage sur la pédale de sa moto. Professeur d'anglais reconnu pour son cynisme, il ne rate jamais une occasion de montrer aux élèves qu'il enseigne uniquement pour gagner sa vie et non par amour du métier. Le moteur démarre enfin. Il remonte jusqu'au cou la fermeture éclair de son manteau de cuir et les aperçoit.

— C'est ça! leur crie-t-il. Exterminez-vous!… Bon débarras!

Il enfourche sa moto, tourne et retourne les poignées, et file aussitôt. L'engin pétarade comme s'il était pris d'un accès de toux. Quand Dupaulin longe le terrain de football, Teta lui fait un bras d'honneur. *¡Bien hecho!* commentent les autres Latinos. *Es todo lo que merece ese viejo estúpido*, opine Lalo. Une fois qu'il se trouve hors de vue, chacun fixe à nouveau les yeux d'un des adversaires et se remet à expirer avec force bruits, comme s'il fallait tout recommencer à zéro. Flaco, lui, a le regard concentré sur les prunelles acérées de CB : comme il s'est créé un masque grotesque! Comme il joue admirablement!

— Alors? dit CB de sa voix traînante. Ç'a pas duré longtemps notre pacte de paix, hein?

Oui, pense Flaco, tout ceci n'est qu'un jeu bizarre, douloureux et cruel. Derrière lui, il entend murmurer *¡Qué huevón más grande!*, est-ce Lalo ou Teta?, et il s'empresse de répondre :

— Qu'est-ce que tu veux? Y'en a qui ont la mémoire courte. À la première occasion, ils se mettent à taper sur les plus petits qu'eux. C'est plus facile et moins dangereux que de s'attaquer à ceux qui font le poids. N'est-ce pas? En espagnol, on les appelle *los cobardes*!... Les lâches!

Des ricanements sardoniques éclatent dans le dos de Flaco. Mais, au moment où CB s'esclaffe, ils cessent subitement. On le regarde rire d'un air imperturbable.

— Qu'est-ce que tu racontes, mon gars? fait CB au bout d'un moment. D'abord ces minus, dit-il en montrant du doigt Pato et Alfonso, me volent et me mentent. Ensuite, je me fais expulser de l'école une semaine à cause d'un d'eux. Et tu dis qu'on a tapé dessus pour rien? Si c'est pas des bonnes raisons ça, je me demande c'est quoi des hosties de « bonnes raisons ».

Derrière CB, on approuve du menton. Puis le chef des Bad Boys ferme les yeux et épanouit ses narines, pour prendre une grande inspiration.

— Je vois qu'une seule façon d'en venir à une entente, dit-il : que ces deux minus s'excusent à genoux devant nous. Tout de suite.

Ouais, scande-t-on dans le camp des Bad Boys. À genoux! À genoux!

— Un instant, les arrête Flaco des mains. C'est pas si simple que ça. Regardez-les.

On se tourne vers Pato et Alfonso, on les examine scrupuleusement de la tête aux pieds. Les deux visages paraissent plus enflés et plus violacés qu'hier. Pato joue les durs en exhibant fièrement ses blessures, alors qu'Alfonso baisse les yeux et se mord nerveusement la lippe.

— Quand la mère de Pato a vu son visage, raconte Flaco, elle a failli tomber dans les pommes. Il a dû mentir à sa mère pour pas qu'elle appelle la police. C'était vraiment nécessaire de les amocher de même? Je veux dire : à ce point-là?

Flaco surplombe les Bad Boys d'un regard circulaire, un rien condescendant.

— Je trouve que ça va pas là-dedans, vous autres, reprend-il en se frappant la tempe de son index. Et il faudrait maintenant qu'ils s'excusent? Ça vous suffit pas de les avoir battus comme des *goons*?

Dans le camp des Bad Boys, des murmures dispersés bruissent, alors que CB, le front plissé, se gratte le crâne.

— S'cuse, fait-il. Tu dis qu'on les a battus comme des quoi?

— Des *goons*! Des *goons*!…

Puis, au bout de quelques secondes :

— Crisse, tout le monde sait ce que ça veut dire!

Derrière CB, on répète le mot, on se consulte d'un simple hochement de tête, on hausse les épaules. Flaco ne sait trop s'ils jouent la comédie ou s'ils sont sincères.

— Vous me niaisez, *right*?

Puis, voyant que personne ne lui répond :

— Vous savez vraiment pas ce que ça veut dire? fait-il en se donnant des airs de supériorité.

CB se tourne vers son groupe et un échange animé à voix basse s'engage. *Yon moun ki konnèt signification nan mò «goon», nan non Dye? Mon chè, pa gen ide. Non, pa gen sawè. Mwen pa gen sawè sa a. Bagay la sa sale.* Plusieurs fois ils pointent leur index vers les Latinos. Enfin, CB revient à Flaco et s'éclaircit la gorge.

— C'est une insulte, c'est ça?

À son tour, Flaco consulte les siens en espagnol. *Compadres,* demande-t-il, qu'est-ce que vous en pensez? Devrait-on leur dire que c'est une insulte? Teta penche la tête vers lui et dit à mi-voix : dis-leur que c'est pire qu'une insulte, mon gars. Dis-leur que si je me faisais appeler comme ça, personnellement, je le prendrais pas. Dis-leur que j'étranglerais le gars qui m'a appelé comme ça… Dis-leur aussi… Oh, dis-leur juste d'aller se faire enculer! Tous en chœur ils rient aux éclats.

— Vous vous moquez de nous autres en pleine face, maintenant? se raidit CB.

— Écoute, explique Flaco, « *goon* » peut être pris comme une insulte, c'est vrai. Mais tout dépend du contexte.

— De quoi tu parles, mon gars! s'indigne CB. *Fuck* le « contexte »! T'as voulu dire quoi? C'est ça qui nous intéresse! Utilise des mots normaux!

— Je voulais juste dire que je trouve ça stupide que des gars de secondaire cinq tapent sur des gars de secondaire un. Et s'ils doivent s'excuser, eh bien nous autres aussi, on vous demande des excuses pour les avoir plantés.

Spontanément, CB a un faible rire, puis prend un air cabotin.

— Écoute, j'ai fait passer un test à tes deux minus et ils l'ont tous les deux coulé. Les résultats sont clairs: y'a deux racistes dans ta gang!

— J'te connais, CB. Ça marchera pas avec moi. S'ils avaient pas ri à ta *joke,* tu les aurais plantés pareil. Alors, c'est qui, les racistes? Eux? Ou vous autres, qui leur avez tapé dessus comme des sauvages?

— Nous, des racistes? s'étonne CB. Nous? T'es sérieux là?

Il pivote vers son groupe et ils éclatent d'un rire gras, exagéré, théâtral.

— Nous, poursuit-il, sourire aux lèvres, au cas où tu le saurais pas encore, on est antiracistes. Tous les jours, on se bat contre ceux qui bavent les Noirs. Comment peux-tu dire une chose pareille, *man*?

Et CB se tourne à nouveau vers son camp et, en bons acteurs, ils se tiennent à nouveau les côtes, en remuant la tête cette fois.

— Nous aussi, interrompt Flaco, on est contre le racisme. Qu'est-ce que tu crois? Même que notre bande s'est formée avant votre bande à vous autres!

— C'est pas ça la question, mon gars. Tu mêles toujours tout, toi.

CB perd tout d'un coup son sourire et plisse les yeux.

— Un autre qui devrait s'excuser à genoux et lécher la semelle de mes *running*, c'est le gars qui leur a donné l'ordre de nous voler. Tu crois pas?

La remarque projette Flaco ailleurs. Ne sachant trop pourquoi, il se voit sur un balcon par une journée d'été au ciel dégagé et brusquement le balcon cède et s'effondre, il descend, la chute est longue et vertigineuse et…

— Qu'est-ce que t'insinues?

— J'insinue rien, je veux savoir qui a donné l'ordre. C'est tout. T'aurais pas une idée par hasard? Ce gars-là, j'te le jure, il va me le payer cher.

— Tu crois vraiment que je ferais une chose pareille?… T'es encore plus stupide que je le pensais.

Flaco dégringole toujours, comme quand il sautait et touchait des orteils au fond de la piscine. Il enfonce la main dans la poche de son pantalon et en sort le condor. L'oiseau se balance au bout de la chaînette d'argent. CB se fige, passe une main dans ses cheveux.

— Écoute, avance le chef des Bad Boys, le condor, c'est entre toi et moi. On s'en reparlera de seul à seul.

Dans les deux camps, derrière les chefs, on se questionne : qu'est-ce qu'ils racontent ? D'où il sort, ce condor ? Lalo demande qu'on lui explique ce qui se passe, *putamadre*.

— Si tu dis que Pato et Alfonso sont racistes, rétorque Flaco, en ce qui me concerne tu dis que toute ma bande est raciste. Tu comprends ce que je veux dire… Cléo ?

Les yeux de CB sortent de leur orbite.

— Plus personne m'appelle comme ça depuis des années. T'as intérêt à arrêter ça tout de suite…

— T'as honte de ton nom, Cléo Bastide ?

— Je t'ai dit de plus m'appeler comme ça ! Tu joues avec le feu, mon gars !

Qu'est-ce qui te prend ? Qu'est-ce que tu fais ? *¡Ay Marcelito!* Une chaîne de mots sort de sa bouche, se déroulant comme un serpent :

— Bande de nègres racistes !… Tu comprends pas, t'as honte d'être Noir !

CB bondit sur Flaco en visant la gorge, mais il n'arrive ni à l'étendre par terre ni à le déstabiliser. Debout, ne pouvant ni l'un ni l'autre décocher des coups, ils se tiennent par les poignets et se lancent des flèches des yeux. En voyant le surveillant s'amener vers eux à grandes enjambées, on les retient de part et d'autre. Le surveillant soupire, le revers de la main sur la hanche, et esquisse une moue blasée.

— Que vous vous insultiez, à la rigueur, je m'en fous. Mais pas de bagarre, sinon c'est l'expulsion, les *boys*.

Il invite chaque groupe à circuler, ils obéissent en maugréant. Lorsque les Bad Boys sont déjà à une bonne distance, CB se retourne, fait le geste de se trancher la gorge et lance, la main posée près de la commissure des lèvres :

— Y'a plus de pacte ! C'est la guerre !

Tous les Latino Power lui répondent en levant bien haut le majeur. À la dérobée Flaco glisse le condor dans sa poche. Il aperçoit alors Paulina qui vient vers lui entre la haute clôture rouillée et les arbustes mollassons bordant le trottoir. Elle a tout vu ? s'enquiert-il à voix basse. Oui, Flaco, et un moment ils se taisent comme pour mettre de l'ordre dans leurs idées. On va devoir recommencer à se promener avec des canifs. Le front de Paulina se ride, ses lèvres se desserrent. Qu'elle ne le regarde pas comme ça, elle doit être forte à présent. Compris ?

DÉBUT NOVEMBRE, la première neige est tombée. Cela a été une drôle de tempête dont on s'est souvenu longtemps : sans vent aucun, les flocons descendaient vertigineusement à la verticale. La circulation s'est arrêtée, et des dizaines d'enfants, après l'école, ont envahi la chaussée de la rue Linton. Dans bien des cas, on lançait la première balle de neige de sa vie, on glissait pour la première fois dans une entrée de garage, le plus souvent sur un bout de carton. D'une extrémité à l'autre, l'avenue s'est transformée en un immense champ de bataille, les enfants se moquant bien qu'une de leurs balles de neige atteigne un passant. Au contraire, on félicitait le courageux qui défiait de la sorte l'ennemi adulte.

En classe, Akira, Cléo et toi ne cessiez de renifler et votre nez supportait douloureusement l'irritation des kleenex. Dans toutes les matières, Cléo prenait de plus en plus de retard sur les autres, et sœur Cécile le surprenait souvent à suivre des yeux les fissures au plafond ou, comme il se trouvait près des fenêtres, à s'absorber dans la contemplation des cristaux de glace sur les branches des érables. Désormais, quand elle le questionnait, elle défendait aux autres de le railler, car c'était devenu leur prétexte préféré pour semer la pagaille. Mais cette contrainte les rendait encore plus nerveux et toute la classe devenait cramoisie à force de réprimer ses rires. Par ailleurs, tu t'expliquais mal pourquoi Cléo était à ce point surexcité dans la cour d'école et si introverti en classe.

Le 15 novembre, Akira et toi avez été les seuls élèves de Saint-Pascal-Baylon invités à l'anniversaire de Cléo. C'est lui qui est venu vous ouvrir : il portait un complet bleu marine et une cravate de soie beaucoup trop longue qu'il dissimulait dans son pantalon, et il empestait l'eau de Cologne. Ses yeux se sont révulsés comme pour signifier qu'il n'était pas responsable de sa tenue vestimentaire. Vous êtes entrés dans le vestibule, avez enlevé vos manteaux, et tu as croisé les bras pour cacher ta cravate rouge en laine : toi aussi, c'était ta mère qui t'avait obligé à la mettre, c'était pas ton idée à toi. Akira, peigné sur le côté, son front immense à découvert, ne cessait de baisser la tête, comme s'il cherchait un objet par terre : il se sentait vraiment pas à l'aise, les gars, vraiment pas. Vous avez gagné le salon et une dizaine de sourires vous ont accueillis. Il y avait là des garçons et des filles de votre âge, tous Noirs, accompagnés pour la plupart de leurs parents. C'était la première fois que tu les rencontrais, et tu as trouvé étrange que Cléo ne t'eût jamais parlé de tous ces amis qu'il avait. Soudain, une femme en fauteuil roulant s'est avancée vers toi, les bras tendus :

— Ah te voilà enfin, Marcelo !

Les deux baisers ont résonné sur tes joues, et elle t'a considéré longuement, le visage béat. Souviens-toi, Marcelo : avec ses grands yeux noirs quelque peu en amande, son front gracieusement bombé et sa petite bouche pourtant formée de deux lèvres charnues, c'était une belle femme, malgré son air épuisé. Autour des yeux et sur son front, on distinguait déjà de petites rides, et son expression, même quand elle souriait, avait quelque chose de tragique. Elle t'a pris par la nuque, s'est approchée de ton oreille, merci d'être si bon avec Cléo, et t'a tenu collé contre elle un bon moment. Toi, tu savais t'ouvrir à l'amitié, Marcelo. Oui, c'est vers cette époque que ton lien avec Cléo s'est transformé en une sorte de mission. T'occuper de lui, être responsable de lui étaient devenus une obligation. Elle a posé une main sur sa poitrine : elle s'appelait Carole, mais toi tu pouvais l'appeler « tante » si tu le voulais. Elle a embrassé Akira, et toi, figé et incrédule, tu te disais : c'est elle ? Mais c'est pas possible ! Tu ne cessais d'épier les roues du fauteuil et ses jambes inanimées.

Les chaises étaient disposées tout autour du salon et, dès qu'Akira et toi avez pris place, on vous a servi du jus d'orange dans des petits verres de teinte bleue, puis les conversations ont repris en créole, cette drôle de langue dont tu saisissais parfois un mot. Tu levais les yeux vers les tableaux aux couleurs vives, tu sentais l'odeur de la peinture encore fraîche, et ces adultes t'intimidaient, au début : ils parlaient fort, gesticulaient de manière emphatique. De temps à autre, il s'agissait d'une femme habituellement, on se tournait vers toi : depuis combien de temps étais-tu au Canada ? De quel pays venais-tu ? Où habitais-tu ? Que faisait ton père ? Ta mère ? Et toi, tu répondais par des monosyllabes, Marcelo.

Une femme dans la trentaine, les cheveux relevés en chignon, s'est levée, un verre à la main : ne devrait-on pas continuer la conversation en français, pour que nos deux amis puissent suivre un peu ? C'est alors qu'un incident bizarre s'est produit. Carole a roulé vers le milieu de la pièce, est venue pour prendre la parole, mais est demeurée sans voix, comme si elle avait tout à coup un trou de mémoire. Toute la lumière du jour se reflétait dans ses yeux tristes. Qu'est-ce qui lui arrivait ? Que se passait-il ? Elle a enfin repris ses esprits : oui, évidemment, il fallait parler français, qu'on lui pardonne. C'est que tout se passait en français dans ce pays, et ça lui faisait du bien de parler créole. Une autre femme, assez corpulente, a paru contrariée : c'est drôle, ça ne la dérangeait pas, elle, d'aller faire ses courses en français, mais alors là pas du tout. Comme si elle n'avait pas entendu, Carole riait à présent et regardait autour d'elle, confuse, émerveillée, aux anges, sous le regard embarrassé des autres : dire qu'en Haïti, elle trouvait parfois les hivers pénibles !

Ensuite, Carole s'est cantonnée délibérément dans un coin, aurait-on dit. Qu'avait-elle au juste ? C'est comme si elle ressentait le besoin de se retirer du monde, de reprendre ses forces seule avec sa conscience. Au bout d'un moment, son fauteuil aux roues mal graissées émettant toutes sortes de grincements, elle s'est avancée vers toi. En te serrant le bras, elle disait sur un ton de conspiration : toi et moi on se comprend, n'est-ce pas, Marcelo ? Comme une petite fille, elle répétait : nous n'avons pas besoin d'eux ! Elle s'est tue puis, comme si elle venait d'avoir une idée géniale, elle a lancé : *¿Cléo te dijo que yo hablaba español?* Oui, oui, en Haïti, bien des gens parlaient l'espagnol, à cause de la proximité avec la République dominicaine. *Dios mío,* elle parlait ta langue ! Alors, ayant l'impression d'entamer un entretien secret, tu lui as demandé pourquoi elle avait quitté Haïti. Elle a soupiré : ce n'était pas facile à expliquer. Bon, d'abord, Haïti n'était pas un pays commode, elle ne voulait pas entrer dans les détails, mais politiquement ce n'était pas rose. Malgré cela, tu vois, elle se disait par moments qu'elle avait peut-être fait une erreur en venant au Canada. Surtout que sa vie sentimentale de ce temps-ci ne marchait pas fort. Le père de Cléo était un homme difficile…

— Ça l'intéresse pas, maman !

Souviens-toi, Marcelo : la voix vibrante de Cléo vous avait tous glacé le sang. Les conversations se sont éteintes, alors que Cléo fixait sa mère, les traits durcis, la vue perçante. Carole a promené des regards autour d'elle comme si elle cherchait à s'accrocher à un geste approbateur des autres convives, puis ses yeux sont revenus à Cléo : qu'est-ce qui te prend ? Il n'a pas répondu, un mince filet de salive coulait par les commissures de ses lèvres. Enfin, comme si de rien n'était, elle lui a tourné le dos et a entamé une conversation avec sa voisine.

Plus tard, la femme au chignon vous a resservi du jus, a insisté pour que tous lèvent leur verre et a porté un toast à Cléo, qui est demeuré tout le long assis, les bras croisés, une moue boudeuse sur les lèvres. Bonne fête ! vous êtes-vous écriés en chœur. Bon, voilà qui était mieux, a souri la dame. Elle s'est présentée à vous en se penchant : elle s'appelait Maryse. Puis avec délicatesse, comme pour éviter de le brusquer ou de le fâcher davantage, elle s'est approchée de Cléo : mais voyons, mon garçon, c'est pas le temps de faire du boudin. Comme Cléo faisait la sourde oreille, Carole qui suivait la scène de loin est intervenue : qu'on le laisse tranquille, s'il voulait gâcher son anniversaire, c'était son problème !

On est passé à la cuisine, un gâteau d'anniversaire forêt-noire trônait au beau milieu de la table. Celle-ci, ronde et petite, était mise avec soin, couverte d'une nappe blanche et ornée d'un immense bouquet de jonquilles. Seuls les enfants ont pu s'asseoir, les adultes sont restés debout tout autour, leur assiette à la main. On a placé le gâteau devant Cléo, on a allumé les dix bougies et on a chanté *Joyeux anniversaire*. Agenouillé sur sa chaise, les mains posées à plat sur la table, Cléo les a toutes éteintes d'un seul souffle : on l'a applaudi longuement. Carole a tranché les parts du gâteau et a fait circuler une première assiette, qui s'est rapidement retrouvée entre les mains de Cléo. Sans hésiter, il te l'a cédée, Marcelo. Alors, sans faire de bruit, Carole a déposé le couteau, a pointé son index vers Cléo et a parlé d'une voix qui se voulait maîtrisée : Cléo, s'il te plaît, tu sais qu'on sert les filles d'abord. Cléo, qui tenait déjà une deuxième assiette entre les mains, évitait ses yeux : non, c'est mon anniversaire, c'est moi qui décide. Tu aurais, Marcelo, la première assiette, ensuite Akira et ensuite tous les autres. Cesse de faire à ta tête et donne cette assiette à une des filles, veux-tu. Et lui, non, non, non ! Les autres c'est toi qui les as invités, pas moi ! Mes vrais amis, c'est eux ! À présent, il la fusillait du regard, et Carole s'est emportée : si c'est comme ça que tu veux agir, tu vas aller te calmer dans ta chambre ! Tu fais que ça, s'est défendu Cléo, m'envoyer dans ma chambre pendant que toi tu pleures toute la journée ! Il a disparu en courant et une porte a claqué bruyamment.

Un silence est passé comme un courant d'air, et Carole s'est remise à faire circuler les assiettes. Tu venais à peine de goûter au gâteau, lorsqu'elle s'est approchée de toi discrètement : pouvait-elle te parler ? Elle t'a pris à l'écart près du réfrigérateur et a courbé le dos, les mains sur les genoux : serais-tu assez gentil pour essayer de convaincre Cléo de revenir. Je sais que, moi, il ne m'écoutera pas. En dernier recours, tu n'as qu'à lui dire que ce sera bientôt le temps des cadeaux et qu'il faudra qu'il sorte pour les recevoir.

Rappelle-toi la porte close de sa chambre, au milieu du couloir sombre. Tu as frappé une fois, deux fois, tu as tourné la poignée et tu as poussé lentement la porte qui s'est ouverte presque d'elle-même. Plongé dans la pénombre, transformé en fontaine, Cléo était étendu sur le lit, le visage enfoui sous un oreiller. À petits pas, tu t'es approché et le visage de Cléo est apparu, triste comme une guitare sans cordes. Ta mère veut que tu viennes. Il a fait non de la tête. Allez, sois pas comme ça, on va bientôt te donner tes cadeaux. Et lui, je m'en fous. O. K., comme tu veux. Moi, je peux te donner mon cadeau ? Tu n'as pas attendu sa réponse et tu as sorti de la poche de ton pantalon une petite boîte carrée. Il s'est redressé, l'a prise et l'a secouée vivement près de son oreille. Allez, ouvre. Il a déchiré l'emballage à la hâte, a ouvert la boîte et a longuement contemplé son cadeau, la bouche entrouverte. Merci, et toi, de rien, bonne fête. À présent il souriait faiblement : tu étais son meilleur ami, Marcelo. Lui aussi, il était ton meilleur ami. Les yeux de Cléo se sont affolés : c'est juste que des fois il détestait sa mère. Elle le reprenait sur tout, c'était fatigant à la longue. Puis, voyant que tu restais coi, là, debout, au milieu des objets enveloppés par la lumière tamisée que filtraient les stores, il a enfilé la chaînette. Le condor brillait sur le bleu de sa cravate.

DEBOUT DEVANT la fenêtre du salon, Ketcia suit dans la pénombre les voitures qui défilent rue Linton. Désormais, elle s'en rend bien compte, elle ne pourra plus sortir se balader toute seule. Il faudra, en tout temps, se faire accompagner. En deux jours, tous les membres des Bad Boys ont reçu un coup de téléphone où une voix, que l'on déformait intentionellement en la rendant plus grave, répétait deux ou trois fois : t'es mort, mon gars ! Ou encore : fais attention, si tu veux pas te retrouver les deux jambes dans le plâtre ! Les Bad Boys en ont longuement débattu chez CB et ont convenu qu'il fallait riposter rapidement, pour profiter d'un effet de surprise. L'idée a marché et, à son avis, leur manigance était plus imaginative que celle des Latino Power : ils ont glissé dans leur casier des menaces écrites sur des bouts de papier. Il fallait les voir lire les injures, la mâchoire leur en tombait.

Toutefois, elle aurait dû s'en douter, les Latino Power n'ont pas perdu de temps non plus. Elle se demande encore comment ils s'y sont pris, les maudits. Comme tous les samedis, elle a fait la grasse matinée, puis elle a pris sa douche et s'est rendue à la cuisine où ses deux jeunes frères et ses parents se trouvaient déjà attablés. La porte donnant sur la cour était entrouverte et, mue comme par un pressentiment, elle est sortie sur le balcon. Il y faisait frais, mais ce n'était pas désagréable. Ce n'est qu'après un moment qu'elle a aperçu le chat, gisant de tout son long, les yeux ouverts. Comme le printemps amène à l'occasion des vagues de chaleur et que Vaudou est ordinairement d'une paresse incurable, elle a d'abord cru que la bête avait pris cette posture pour être plus à son aise. Elle a caressé son pelage gris pour aussitôt retirer sa main. Sa gueule était à moitié ouverte, les canines bien en vue. Affolée, elle a crié et son père a accouru. Il a examiné Vaudou : doux Jésus, qu'est-ce que ça signifie ? Il est mort. Il a lentement passé une main sur sa barbe, puis a posé son index sur ses lèvres : il ne fallait pas que ses frères voient le chat, ça leur ferait trop de peine. Qu'elle aille chercher un sac en plastique. Quand Ketcia est revenue sur le balcon, son père a cligné de l'œil : Vaudou s'est enfui, d'accord ? Et elle, O. K. Comme ils soulevaient le chat pour le déposer dans le sac, un filet de sang est tombé de sa gueule et il a fallu tout nettoyer. Ketcia est allée porter le sac parmi les ordures en bas, et s'est sentie toute chose de laisser Vaudou là. Quand elle est revenue à l'appartement, son père l'a prise à l'écart : avait-elle une idée de qui avait bien pu faire ça ? C'est pas normal, un chat ne mourait pas comme ça. On l'avait tué, c'était évident. Elle pensait déjà aux Latinos, mais elle a contenu sa colère : aucune idée, p'pa, je comprends vraiment pas.

Dehors, toujours aucun signe des Bad Boys, rien que trois garçons qui se font des passes avec un ballon de football devant l'immeuble d'en face. CB a pourtant dit hier que la rencontre aurait lieu vers sept heures, sept heures et demie. Enfin, elle les voit s'avancer à la queue leu leu sur le trottoir, leur fait signe et, comme à l'accoutumée, ils lui répondent par des grimaces et lui enjoignent de descendre. À pas feutrés, pour éviter d'attirer l'attention de ses parents, elle enfile le blouson des Bad Boys et sort, prenant soin de fermer silencieusement la porte derrière elle. Assis sur le gazon jaune ou appuyés contre le vieux pick-up rouge de son père, ils fument pour la plupart, les jambes croisées, et guettent le voisinage comme si une menace pouvait survenir d'une seconde à l'autre.

Elle serre la main de tous, à la manière des Bad Boys, une suite complexe de claquements de doigts et de tapes dans les mains. Tous sans exception portent un manteau noir qui leur couvre la moitié des cuisses, avec l'insigne des Bad Boys finement dessiné dans le dos. Plusieurs, méditatifs et sentencieux, lui jurent qu'ils vengeront l'honneur de Vaudou. Hein? fait Mixon, les sourcils transformés en accent circonflexe. Il n'était pas au courant, lui! Hostie, pourquoi est-il toujours le dernier à tout apprendre, hein? Et Ketcia, du tac au tac, imite la voix et les intonations de Mixon: pourquoi t'écoutes jamais quand on te parle, hein? On se tait un moment, et Mixon propose une minute de silence. Ketcia, à la fois surprise et touchée, sourit faiblement: Mixon, qu'est-ce qui te prend, t'as eu une bonne idée! T'es malade? Pendant de longues secondes, ils baissent les yeux, recueillis comme à l'église, mais, tout à coup, sur le balcon de l'immeuble de l'autre côté de la rue, sort une femme dans la soixantaine, en robe de chambre, les cheveux en désordre, pour y déposer un sac de poubelle. Elle se met à passer vivement le balai. Ils la connaissent, c'est une femme qui vient de Hongrie ou de l'ancienne Tchécoslovaquie, qui rouspète pour tout et pour rien. Mixon s'avance vers le balcon, un sourire railleur aux lèvres : bonjour, madame Masaryk, ça va? Comment est-ce qu'on peut vous rendre service, aujourd'hui? Elle le dévisage, pince les lèvres comme pour contrôler sa colère et, avant de regagner son appartement, lance de sa voix nasillarde : *bunch of delinquents! Get a job!* Une explosion de rires s'ensuit, puis Mixon revient vers les autres, remuant la tête, amusé : hostie que je l'adore, cette vieille!

Ensuite, il se met à souffler sur ses ongles et à les polir sur son long T-shirt noir. De manière affectée, il tousse plusieurs fois et leur raconte qu'il s'est rendu la nuit dernière à l'immeuble de Flaco et a écrit sur la porte du garage à l'aide d'une canette de peinture noire : *Mort aux Latinos!* Qu'est-ce qu'ils en disent, les gars? Des acclamations euphoriques et de chaudes poignées de main le félicitent. Seul CB n'a pas l'air enjoué, remarque Ketcia, quelque chose de toute évidence le travaille. Les autres également s'en aperçoivent et se taisent peu à peu. CB lève les yeux au ciel, enfonce les mains dans ses poches et donne un coup de pied sur un paquet de cigarettes par terre. Son père a reçu hier un coup de téléphone du directeur qui lui a annnoncé son expulsion d'une semaine. Il a eu une conversation animée avec son vieux et, il leur jure, il trouve pas ça drôle de le voir mêlé à ça.

— Tu voulais frapper un prof? a demandé son père d'un air plus amusé qu'inquiet. Qu'est-ce qui t'a pris? Tu devrais savoir qu'on se fait toujours avoir quand on perd son sang-froid.

— C'est rien, a répondu CB. C'est un vieux raciste qui voulait m'écœurer. Mais qu'est-ce que ça peut te faire, toi? Tu dis pas toujours que tu te fous de ce qui m'arrive?

— Déforme pas ce que je dis, veux-tu, a fait son père, se renversant sur le sofa, les mains derrière la tête. Ce que je me tue à te faire comprendre, c'est qu'il faut que tu te prennes en main. Je ne serai pas toujours là pour toi. Mais une chose est sacrée, et tu le sais : il faut que tu finisses ton secondaire.

— Compte-toi chanceux, interrompt Mixon. Ton père se contente du secondaire. Moi, mes parents veulent que je devienne ingénieur, *man*. Tu te rends compte? J'en ai encore pour six ans d'étude! La seule chose qui me console, c'est qu'à Polytechnique, si je me fie à mon cousin, ils font des hosties de partys!

— Il te reste deux mois pour finir ton secondaire, a dit le père de CB. D'ici là, un conseil : arrête de faire peur aux profs, a-t-il ajouté en riant. Redevenant sérieux : sincèrement, après ça, tu peux faire ce que tu veux. Même partir de la maison si ça te chante.

— Il est comme les parents québécois, ton père, dit Ketcia. Une fois que leurs enfants ont dix-huit ans, coup de pied dans le cul et bye-bye la compagnie!

— Mais non, a dit son père, je ne veux pas me débarrasser de toi. Je veux que tu prennes tes responsabilités et que tu cesses de croire que tout t'est dû ! Si tu préfères rester avec moi après ton secondaire, tant mieux. Je n'y vois pas d'inconvénient.

— C'est beau tes discours ! s'est écrié CB. Tu peux bien parler de responsabilités, toi. Tu t'es jamais occupé de moi.

— En tout cas, raconte Mixon, c'est un vrai séducteur, ton père. À chaque fois que je le vois descendre de sa voiture, il est avec une femme différente. Et il ramasse pas n'importe quoi !

— Tout ce qui t'intéresse c'est les femmes ! a lancé CB. Tu crois que je sais pas où va tout ton salaire ? Alors, quand tu me parles de « responsabilités », tu me fais rire. Ce que ça veut dire au fond, c'est « débarrasse le plancher pour que je puisse m'envoyer en l'air en paix » !

— À chaque fois, c'est la même scène, poursuit Mixon, arborant maintenant un sourire malicieux. Ton père sort de l'auto et vient leur ouvrir la porte. Pis après, qu'elles soient noires, blanches, jaunes, n'importe quoi, elles ont de ces proportions, mes amis ! Toutes, je vous le jure !

— Un instant ! a dit le père de CB, ne perdant pas son sourire. C'est de toi qu'on parle, pas de moi ! Ma vie, ça me regarde. Et en passant, je n'ai jamais dit que j'étais parfait.

— Mon père, dit Ketcia, c'est tout le contraire : il a peur des femmes. Aussitôt qu'une fille sexy s'approche de lui, il se met à bégayer et à trembler. Une fois, il servait une amie de ma mère, une belle grande femme et il a renversé toute la bouteille de vin sur sa robe, le niaiseux!

— De toute façon, a dit le père de CB, ce n'est pas en s'insultant qu'on va s'entendre. Écoute, j'ai une idée qui me trotte dans la tête depuis quelque temps. Je voulais t'en parler. Tu le sais, ça fait trois ans maintenant que je travaille avec le taxi. Je te dirai simplement que je commence à en avoir assez.

— C'est que depuis qu'on est au Canada, explique CB, mon père a essayé toutes sortes de business. Le problème, c'est qu'aucune a marché.

— Je me dis que tant qu'à vivre comme un somnambule, a continué son père, je préfère le faire en Haïti.

— En Haïti, dit CB, il y a toujours la famille qui peut l'aider. Même s'il l'avoue pas, c'est surtout ça qui lui manque, je pense : sa famille.

— Mais c'est le chaos là-bas! dit Mixon. Tout le monde sait ça. C'est même dangereux en maudit en ce moment.

— Ça t'intéresserait de venir en Haïti avec moi? a proposé son père. Quelques mois, pour tâter le terrain et voir si on peut y rester?

— Hein? dit Mixon. Tu vas nous quitter, CB?

— T'es malade! fait CB. Il me la sort deux ou trois fois par année, celle-là, quand il est déprimé. Moi je lui réponds que s'il paie l'avion, je prendrais bien des p'tites vacances. Mais je sais parfaitement qu'on partira jamais.

— Ça te ferait du bien de partir, a dit son père. Tu crois peut-être que je ne me rends pas compte que tu te saoules la gueule tous les week-ends ? Que tu fumes et que tu sèches tes cours ? Cette société est en train de te corrompre et ça me fait mal de te voir comme ça.

— Mon père aussi dit tout le temps ça, fait remarquer Mixon. Il dit qu'en Haïti c'est peut-être plus pauvre, mais c'est plus sain comme société.

— Aussi tu veux que je te dise, a fait le père de CB, tout ce qui te reste d'haïtien, c'est l'aspect physique. Tu deviens de plus en plus québécois. Comme dirait un de mes amis, tu t'occidentalises !

— De quoi tu parles ? a dit CB. Tous mes amis sont Haïtiens. J'ai même formé une bande pour mieux défendre nos droits, comme tu me l'as appris toi-même. Et tu dis que je ne suis plus haïtien ?

— Regarde un peu ce que tu portes, a riposté son père. Tu t'habilles comme un rapper, tu cours au McDonald chaque fois que je te donne de l'argent. Tu parles de moins en moins le créole. Et surtout, qu'est-ce que tu connais d'Haïti ? Pas grand-chose…

— Peut-être, si on me compare à toi, a dit CB. Mais à la polyvalente, j'te le jure, je suis le plus haïtien des Haïtiens. Demande à n'importe quel de mes amis.

— Je peux déjà m'imaginer ce qu'auront l'air vos enfants ! a rigolé son père. Ils sauront à peine où se trouve Haïti sur une mappemonde !

CB s'appuie sur la porte avant du pick-up, visiblement encore blessé par les remarques de son père. Alors que tout le monde semble plongé dans ses pensées, les réverbères s'allument. Mixon s'écarte et, concentré, se met à boxer en fixant son ombre.

— En tout cas, dit-il en décochant des jabs, peu importe qui est plus haïtien que qui. Tous nos parents se pensent meilleurs que nous autres parce qu'ils connaissent mieux Haïti et qu'ils baragouinent mieux le créole. Moi je dis que ce sont que des idioties tout ça… L'important aujourd'hui, c'est que les Latinos ont tué Vaudou et que ça se passera pas comme ça.

— Ouais, fait CB. Le prochain coup, c'est un taxage. Je vous le garantis, ça va les calmer.

— Excellente idée ! s'enthousiasme Mixon, sautant frénétiquement à l'aide d'une corde à danser imaginaire, à l'instar d'un boxeur professionnel. Je vous le dis, si j'en avais un Latino devant moi, là, je l'écrabouillerais comme un moustique.

— C'est ça, fait Ketcia, vante-toi. Et une fois qu'on se trouve devant les Latinos, c'est qui le premier à shaker dans ses culottes ?

Mixon s'immobilise, hors d'haleine, et les autres clament en chœur :

— Mixoooooooooon !

UNE SEMAINE PLUS TÔT, sœur Cécile avait reçu des honneurs qui l'avaient laissée songeuse : lors d'une cérémonie en grande pompe, dans un hôtel cinq étoiles du centre-ville, on lui avait remis une plaque commémorative soulignant ses cinquante années de service à la Commission des écoles catholiques de Montréal. On avait si longuement rappelé qu'elle était, avec ses soixante-quatorze printemps, comme avait dit le commissaire, l'institutrice la plus âgée de la ville, que cela l'avait quelque peu démontée. Si bien que ce soir-là elle était revenue à la maison-mère en se sentant non pas heureuse comme elle l'avait d'abord cru, mais plutôt abattue : s'était-on hâté de la célébrer, pressentant qu'elle allait bientôt quitter ce bas monde? Les jours suivants, deux autres questions avaient surgi, plus tenaces celles-là. Était-elle toujours de son temps? Ne devrait-elle pas accrocher ses patins, comme disait un de ses filleuls en la taquinant, et prendre sa retraite? Dieu du ciel, et si tout ce monde disait vrai?

Depuis sa plus tendre enfance, elle avait su qu'elle serait enseignante, n'admirant rien autant que le travail de ses maîtres. À la fin de son adolescence, ce pressentiment s'était confirmé : les enfants lui procuraient la plus grande des gratifications. En entrant dans la congrégation des sœurs de Sainte-Croix, elle avait été mue par deux convictions : servir le Seigneur de tout le dévouement impétueux de sa jeunesse et dédier sa vie aux enfants. Et c'est exactement ce qu'elle avait fait. Parallèlement, elle avait été témoin de la transformation qu'avait subie le Québec, surtout Montréal, et cela ne s'était pas toujours fait sans pincement au cœur. Parfois, quand elle était à genoux à l'église Saint-Pascal, ses pensées s'égaraient et elle se demandait, troublée, ce qui s'était passé. Où donc étaient partis les gens, les paysages, les scènes de son enfance et de sa jeunesse? Elle, qui venait de Sainte-Agathe, avait découvert Montréal, adolescente, et ne l'avait plus jamais quitté. Souvent, à la blague, devant les autres religieuses, elle disait que c'était l'amour de sa vie, et les autres riaient comme des jeunes filles, une main sur la bouche.

Par moments, elle en voulait au soi-disant progrès d'avoir à ce point changé ce qu'elle chérissait : une vie tranquille et saine, dans laquelle la nature prenait une place de choix. C'est pourquoi elle trouvait si important de raconter aux élèves ce qu'avait été le chemin de la Côte-des-Neiges à l'époque : les dimanches, les jeunes filles exhibaient leurs robes bordées de dentelle, un parasol sur l'épaule, les hommes, en complet brun, chemise blanche et feutre mou, se lissaient la moustache, admiratifs, des cochers paradaient des fiacres noirs, des paysans conduisaient des charrettes débordantes de légumes et de fruits. Ne savaient-ils pas, faisait-elle devant les élèves en levant l'index, comme pour leur annoncer qu'ils seraient étonnés, qu'on venait de loin, parfois de l'autre côté du mont Royal, pour venir acheter des légumes bon marché ? Peu importe de quel pays provenaient les enfants, la réaction était toujours la même : ils se précipitaient à la fenêtre et suivaient le flot des automobiles : des chevaux sur Côte-des-Neiges ? Non, c'était pas possible ! Vraiment, sœur Cécile ?

Cela la peinait de reconnaître que ce temps était irrémédiablement révolu. Parfois, il est vrai, un rappel du Québec de son enfance se présentait à elle, comme lorsque ce grand-père était venu chercher le bulletin de sa petite-fille et qu'ils avaient causé pendant plus d'une heure, riant et plaisantant, comme de vieux amis qui se retrouvaient. Mais ce n'était là qu'un cas isolé, ce qui rendait ces moments presque solennels et tristes. D'autres fois, elle croyait que c'était sans doute sa faute à elle et se disait qu'elle avait mal vieilli. À d'autres moments, elle se raidissait et se disait qu'il ne fallait tout de même pas s'inventer des excuses et fermer les yeux. Comme avait commenté sœur Lacasse, un soir au souper, leur culture, la leur, la vraie, était en train de mourir. Sœur Cécile n'en voulait à personne, ne cherchait à blâmer personne, mais avait-on pris la bonne décision en accueillant tous ces enfants venus de partout dans le monde? Parfois, vraiment, elle se le demandait. Elle les adorait, rêvait d'eux, lassait les autres religieuses à force de leur raconter leurs réussites et leurs bévues, mais elle se posait quand même la question.

Pourquoi certains enfants s'intégraient-ils mieux que d'autres? Comment se faisait-il que quelques-uns, dès la cinquième année, rejetaient en bloc la culture québécoise? Était-ce les parents qu'il fallait montrer du doigt? Parfois, oui, elle s'interrogeait sur l'éducation et la discipline reçues à la maison. Comme ce Cléo Bastide, toujours dans la lune, ses devoirs quasi toujours incomplets, uniquement intéressé au sport, quel genre de parents avait-il? Elle n'en avait pas la moindre idée, puisqu'ils n'étaient pas venus à la remise des bulletins. Les parents des pires élèves ne se montraient jamais la figure.

Ce matin-là, la cloche a sonné tandis qu'elle se trouvait encore dans le corridor à causer avec une collègue. Elle s'est hâtée d'entrer dans la classe : pour inculquer la ponctualité aux élèves, il fallait commencer par la pratiquer soi-même. Ils étaient tous à leur place, sauf bien sûr Cléo qui, dressé sur la pointe des pieds, suivait du regard les passants par la fenêtre. Pendant qu'elle enlevait ses bottes, elle s'est contentée de dire :

— Cléo ? Il m'a semblé entendre la cloche sonner. Pas toi ?

Sans répondre, le garçon s'est dépêché de se rendre à son pupitre. Il souriait comme à son habitude. Au début, elle avait cru qu'il la narguait, puis elle avait compris : c'était nerveux. C'était peut-être le moment d'en savoir plus long sur lui. Tout en enfilant ses chaussures, elle a demandé :

— Dis-moi, Cléo. Tu m'avais dit que tu voulais devenir sprinteur plus tard, c'est bien ça ?

— Oui, sœur Cécile.

— Je me demandais : pourquoi veux-tu devenir athlète ? Parce que tu excelles déjà dans ce domaine ?

— Oui, un peu. Aussi parce que j'adore courir… Ah oui, sœur Cécile, un ami de ma mère m'a dit que, si un jour je me classais au Canada, je pouvais faire pas mal d'argent. C'est vrai ?

— Je ne sais pas, Cléo. Ce que je peux te dire, c'est que c'est très difficile de devenir le meilleur au Canada. Mais pourquoi veux-tu faire de l'argent ?

— Comme ça, ma mère aura plus de problèmes.

— Tu veux aider ta mère. C'est bien, ça.

— Et puis, comme ça, elle pourra peindre en paix et ses toiles seront meilleures.

Ah bon, elle était artiste, la mère.

— Il faut quand même bien réussir son français et ses mathématiques, si on veut être un bon sportif.

Le garçon a semblé contrarié.

— Je vois pas en quoi connaître ma table de multiplication m'aiderait à aller plus vite.

— Si tu es un bon élève, tu vas mieux pouvoir te servir de ta tête pour trouver les failles qui t'empêchent d'aller plus vite.

— Ma mère dit le contraire. Si je veux faire du sport, qu'elle me dit, j'ai pas besoin d'aller à l'école.

— Eh bien, tu diras à ta mère que je ne partage pas son avis.

Sœur Cécile a gagné son bureau. Décidément, il n'y avait rien à faire avec ce pauvre garçon. Elle a sorti un cahier du tiroir du haut et l'a ouvert à la page où se trouvait le signet. Balayant la classe du regard :

— Vous aviez la table de multiplication de douze comme leçon. Alors, qui se porte volontaire ?

Elle savait pertinemment que personne ne lèverait la main et qu'elle devrait elle-même désigner quelqu'un mais, tout de même, elle posait toujours la question. Un silence religieux est descendu sur la classe. Puis elle a fait exprès de désigner, pour ouvrir le bal, Claudia, une excellente élève, puis Humbertino, un élève au rendement moyen. Les deux avaient bien appris leur table. Après le tour de chacun, elle demandait aux autres d'applaudir. Alors ses yeux se sont posés sur Cléo qui, lui, évitait de la regarder.

— À ton tour, Cléo.

Quand il s'est levé, il y a eu des murmures et des

gloussements et, d'un regard circulaire, elle a dû imposer le silence. D'un léger hochement de tête, elle a fait signe à Cléo de commencer. Le garçon levait les yeux au plafond.

— Douze fois un douze, douze fois deux vingt-quatre, douze fois trois trente-six, douze fois quatre font... euh... font... douze fois quatre font...

Il s'était tu et la regardait à présent d'un air à la fois gêné et navré, comme s'il sollicitait son aide. Pendant un long moment, on n'a entendu par les fenêtres entrouvertes que le va-et-vient fébrile des autos. Au bout d'un moment, il a murmuré :

— Hostie, je le savais bien hier soir...

— Pardon ?

Cléo a pris un air étonné. Il ne semblait pas comprendre. Il a balbutié :

— J'ai dit que je le savais, que je l'avais bien appris hier soir...

— Assieds-toi immédiatement !

— Mais qu'est-ce que j'ai fait ?

Le ton innocent de sa voix le lui confirmait, il n'avait pas compris. Maintenant, elle allait et venait, elle ne savait trop par où commencer, les mots se précipitant à sa bouche. C'était beau d'avoir l'esprit ouvert et tout et tout, mais il y avait des limites qu'ils n'allaient pas transgresser dans sa classe à elle.

— Personne ici ne sacrera ! a-t-elle fini par dire. C'est compris ?

Elle s'est immobilisée, une main à plat sur le bureau.

— Ce que vous faites à la maison, je n'y peux rien. Mais ici personne ne manquera de respect envers le Seigneur.

Ensuite, elle a entamé un long discours sur l'importance de la déférence des jeunes à l'égard des aînés et, encore plus important, à l'égard de Dieu. Elle s'est évertuée à rendre son message simple et clair. Cela l'a calmée, puis elle a reporté les yeux vers Cléo.

— Quant à toi, cela fait déjà trop longtemps que tu n'apprends pas bien tes leçons. Cela confirme la décision que la direction et moi avons prise.

Le visage de Cléo s'est assombri. Il jetait des coups d'œil vers ses amis, il devinait sans doute ce qu'elle allait lui annoncer.

— On a décidé que tu irais en classe d'accueil.

La classe au grand complet s'est tournée vers Cléo, comme si on venait de le condamner à mort. Il implorait maintenant ses amis de ses yeux mouillés. Ce qu'on appelait la classe d'accueil était une classe spéciale pour ceux qui n'arrivaient pas à suivre les cours ordinaires. Comme son nom l'indiquait, cette classe avait été mise sur pied pour accueillir les immigrants. Pour les élèves, on l'entendait souvent pendant la récréation, ce n'était rien d'autre qu'un endroit pour les « moins intelligents » ou, plus sèchement dit, pour les « caves ».

— Sois pas triste, a repris sœur Cécile, conciliante. En accueil, tu seras mieux suivi, le professeur a plus de temps à te consacrer. Quand tu auras atteint le même niveau que les autres, tu reviendras.

— Pourquoi? a dit Cléo. Je veux rester ici, mes amis sont ici.

Elle lui a demandé de venir la voir à trois heures et demie, à la fin des classes. Pendant qu'elle faisait réciter la table de multiplication aux autres élèves, elle jetait de temps à autre un œil en direction de Cléo : il s'était affaissé sur son pupitre et cachait son visage de ses bras. La cloche de la récréation a retenti, et il a été le dernier à sortir, il la suppliait de ses yeux rouges : elle le lui répétait, ils en parleraient en fin de journée, maintenant elle avait des choses à régler avec le directeur. Allez, qu'il aille jouer, elle ne voulait plus en entendre parler.

Quand Cléo est apparu dans la cour d'école sur les marches enneigées de l'entrée, un cercle s'est formé autour de lui. Les élèves se frottaient les mains et sautillaient d'un pied à l'autre pour chasser le froid : c'est que sœur Cécile l'aimait pas, cela se voyait. Il était vraiment pas chanceux, mon gars. Il voyait, c'était important de faire ses devoirs, sinon on te faisait chier. D'autres, lui passant une main dans le dos, tenaient un discours plus constructif : c'est pas grave, Cléo, il n'avait qu'à devenir aussi bon dans ses études qu'en sport et il pourrait revenir. Puis Sylvain et Evangelos se sont pointés, et Marcelo l'a tiré par la manche de son manteau : allez, viens, eux c'est sûr ils vont te baver. Mais déjà Evangelos, planté devant Cléo, les jambes bien écartées, ricanait : c'est ce qui arrivait quand on était juste bon pour courir. Y'a pas à dire, Caramilk, t'as eu ce que tu méritais! *Ah ah ah!* Soudain, une voix grave a tonné :

— Mon gars, te laisse jamais faire comme ça.

Tous ont fait volte-face pour voir qui c'était. Un Haïtien de sixième année, plus grand et plus costaud qu'eux tous, dont la bouche ouverte exhalait une vapeur légère, se tenait roide. Cléo, trop bouleversé pour s'apercevoir de l'arrivée du nouveau venu, répétait d'un ton pleurnichard :

— Je veux pas aller en classe d'accueil.

— Moi je suis en accueil, a dit le garçon.

Cléo a alors levé les yeux vers lui.

— Je vais te dire une chose, a repris l'inconnu. Si ton prof t'a envoyé en classe d'accueil, c'est qu'il en avait plein le cul. Il cherchait à se débarrasser de toi. Mais t'as pas à être malheureux. Contrairement à ce qu'on pense, c'est ben mieux qu'une classe normale.

Cléo l'écoutait maintenant de toutes ses oreilles.

— On est juste huit, en classe. Trois élèves de cinquième, cinq de sixième. T'arrives pas à comprendre quelque chose, pas de problème : le prof vient tout de suite t'expliquer comment faire. T'apprends ben plus et le mieux c'est que souvent, quand t'arrives à la maison, t'as déjà fait presque tous tes devoirs.

Cléo le dévisageait, fasciné.

— En passant, a fait l'autre, moi c'est Carl.

Cléo lui a dit son nom et ils se sont serré la main.

— On se revoit demain en classe d'accueil. Et oublie pas : te laisse jamais baver par personne.

IV

FLACO S'APPUIE à la porte d'entrée et jette un coup d'œil par le judas : le visage couvert de boue, les cheveux tellement imbibés qu'on dirait qu'ils les ont gominés, Lalo et Pato claquent des dents. *¿Qué les pasó ?* Il s'empresse d'ouvrir : ne portant que des chaussettes, les deux frères grelottent, le visage livide, le coupe-vent trempé comme une soupe. Flaco, la main contre le mur, ne peut s'empêcher de pouffer.

— On vient de se faire voler et tu trouves rien de mieux que de te moquer de nous, s'irrite Lalo. Laisse-nous entrer plutôt.

Ils passent sous le bras de Flaco, se faufilent dans le vestibule, où ils ne cessent de se frotter les mains et de gigoter. Des voix résonnent à l'autre bout du corridor.

— Vous avez de la visite ? s'enquiert Lalo à voix basse.

— Ouais. Mon oncle Juan est dans la cuisine avec mes parents.

— On te dérange ? demande Pato. T'as l'air endormi.

Avant que Flaco n'ait pu répliquer, Lalo intervient :

— *Compadre,* il faut qu'on te parle. C'est sérieux.

Il passe lentement une main dans ses cheveux et une dizaine de gouttelettes tombent sur le sol.

— Viens. On va être mieux dans ta chambre.

Il se dirige, talonné de Pato, vers une porte fermée au milieu du corridor, mais Flaco les rattrape aussitôt et s'interpose entre eux et la porte.

— Attendez-moi un p'tit peu.

Un air insinuateur traverse la figure de Lalo.

— Quoi ? Qu'est-ce que tu caches ?

— C'est pas ce que tu penses. C'est juste un peu en désordre là-dedans. Ça va prendre deux secondes.

— En désordre, mon œil ! s'exclame Pato, et il essuie de son avant-bras la morve qui lui coule des deux narines.

Lalo échange un regard équivoque avec son frère.

— *¡Este huevón tiene una huevona metida allí!*

Ils ricanent et tapent dans la main l'un de l'autre, alors que Flaco entrouvre la porte et la referme délicatement derrière lui. Il se précipite sur le lit, ramasse le livre et le camoufle dans un des tiroirs de la commode. Jusqu'à présent il n'a parlé de ses lectures qu'à Paulina. Les autres savent qu'il aime lire, mais il a l'impression qu'on ne tolère cette passion que parce qu'il est le chef. À plusieurs occasions déjà, Lalo a insinué que les romans étaient juste bons pour les tapettes et, chaque fois, piqué au vif, il a dû le remettre à sa place : qu'il cesse de parler comme les ignorants, bon sang ! Depuis, il préfère garder cette partie de sa vie secrète, c'est plus simple et ça lui évite des ennuis. Il inspecte une dernière fois sa chambre et ses yeux tombent sur le condor, qu'il garde il ne sait trop pourquoi sur sa table de chevet. Il le dissimule avec précipitation sous le couvre-lit, puis ouvre aux frères. Leurs yeux parcourent scrupuleusement tous les recoins de la chambre : Pato jette un coup d'œil dans le placard en écartant les vêtements suspendus aux cintres, Lalo s'agenouillle et inspecte sous le lit. Il leur répète qu'il est seul, que Paulina est chez Nena, s'ils veulent savoir. Au bout d'un moment, il va aux toilettes et revient avec des serviettes : ils enlèvent leurs vêtements trempés, s'essuient le visage et se sèchent les cheveux. Debout devant lui, prenant un air solennel de circonstance, ils racontent leur mésaventure.

Tous les dimanches, leur mère les oblige à se rendre rue de Courtrai à l'appartement que partagent leur tante Gloria et leur grand-mère, pour les aider à faire le ménage, parce qu'elles ne peuvent à elles seules déplacer les meubles. Et c'est exactement ce qu'ils ont fait tôt ce matin.

— Il faut toujours sortir par groupe de quatre, minimum, rappelle Flaco. C'est plus prudent. On était d'accord là-dessus, non ?

Mais qu'il attende un peu, fait Lalo. À l'aller ils ne sont pas seuls, leur mère les accompagne, et ce qui l'énerve, lui, ce n'est pas tant la menace d'une attaque des Bad Boys, mais de se soumettre au pas monotone de sa mère. Par ailleurs, il trouve ça tellement embêtant de perdre une partie de son dimanche de la sorte que, dès la deuxième semaine, il a demandé à sa mère si leur travail pouvait être rémunéré. Insolent! a rétorqué sa mère, en l'accablant de coups. Est-il tombé sur le coco? Exiger de l'argent de sa propre famille! *¡Santísima Virgen!* Elle les a mis à la porte une journée entière, pour qu'ils réfléchissent à la gravité de leurs propos et pour purifier l'appartement de leur blasphème.

— Tout ça parce que t'as demandé de l'argent? s'étonne Flaco.

— Tu connais pas ma mère, toi, répond Lalo. Plus les années passent, moins je la comprends avec ses histoires de purification et de prières à n'en plus finir.

— Tu sais, explique Pato, elle nous a jamais pardonné de plus l'accompagner à l'église. Elle disait : voyez, Teta, il l'accompagne, lui, sa maman à l'église. Mais Teta, tu le sais, c'est pas pareil, sa mère est presque aveugle.

Le ménage terminé, ils demandent à leur mère, la queue entre les jambes, le visage angélique, s'ils peuvent partir. Ils inventent qu'ils ont des devoirs à faire. Elle hésite : *bueno ya,* mais elle, elle resterait encore un peu. Libres comme l'air, heureux comme des rois, ils quittent l'appartement, dévalent l'escalier et, une fois arrivés dans le hall d'entrée, collent leur visage à la porte vitrée : il ne semble y avoir personne. Dehors, un crachin fait reluire les trottoirs. Ils passent devant l'usine de saucisses Hygrade et mettent le cap non pas vers le sud, comme ils font normalement pour s'en retourner rue Linton, mais vers l'est, car s'ils empruntent Lavoie, ils risquent de croiser quelques-uns des Haïtiens qui y vivent. Chemin faisant, ils inspectent sans répit les environs, et Lalo, particulièrement, s'inquiète : il jure ses grands dieux qu'il a aperçu Mixon ce matin, dissimulé derrière une Buick. T'es fou, t'hallucines, mon gars ! rétorque Pato. De plus, selon Lalo, la rue de Courtrai est une des plus dangereuses du quartier depuis qu'elle a suppplanté Barclay et Plamondon dans le marché de la drogue il y a quatre ou cinq ans. De loin en loin, aux fenêtres, ils distinguent des têtes qui guettent l'animation de la rue : des dealers. Dès qu'il entend des pas derrière lui ou une porte d'auto se refermer, Lalo tâte, pardessus le tissu de son jean, la poignée de son canif dans sa poche. Comme ils ont fait la fête jusqu'aux petites heures du matin hier, il se sent recru de fatigue. Coin Légaré, ils tombent nez à nez avec Guylain qui, comme à l'accoutumée, porte son chandail des Canadiens et trimballe une charrette à bras dans laquelle il promène ses vieux chats. Les deux frères l'abordent : d'abord il les injurie copieusement puis, s'apercevant qu'on ne lui veut pas de mal, il tend l'oreille.

— As-tu vu passer les Bad Boys par hasard ? demande Lalo.

Les Bad Boys ? Qu'on lui parle pas de ces nègres ! Il en a plein le cul de se faire piquer ses affaires par cette bande de voyous ! Ils se croient les maîtres du monde ! Ses complaintes n'en finissent plus et ils n'ont d'autre choix que de le quitter. Ils poursuivent leur route, les mains enfouies dans les poches, le capuchon sur la tête. Ils passent devant Multi-Caf, la soupe populaire du quartier, qui se transforme les fins de semaine en une salle de jeux. Pour aérer, dès le début du printemps, on garde la porte d'entrée grande ouverte, ce qui permet de suivre du trottoir l'animation autour des tables de ping-pong et de baby-foot. Lalo aperçoit du coin de l'œil deux Noirs qu'il ne connaît pas et qui, tour à tour, smashent au ping-pong. Au même moment, il croit reconnaître Mixon sortant de la toilette des hommes, au fond de la salle.

— C'était lui ou pas? demande Flaco.

— Attends, fait Pato. Tu vas voir.

Ne voulant pas prendre de risque, ils courent à perdre haleine et, dès qu'ils atteignent Côte-des-Neiges, ils se retournent: une vieille, portant un imperméable rose et s'abritant sous un parapluie, tire sur la laisse d'un berger allemand récalcitrant. Voilà tout. Mais on n'est jamais trop prudent et ils se faufilent à la Plaza Côte-des-Neiges pour y rester environ quarante-cinq minutes ou une heure au moins. *Compadre,* j'te le jure, insiste Lalo. Enfin, ils prennent l'ascenseur, sortent par le parking souterrain et remontent la rue Légaré, question de semer l'ennemi une fois pour toutes s'il s'avère qu'ils sont suivis. Ils traversent Barclay et, au beau milieu de la rue, sans qu'ils aient le temps de réagir, aperçoivent les Bad Boys, jusque-là dissimulés derrière des voitures garées ou la boîte aux lettres, qui surgissent de toute part. Tout de suite, ils sont encerclés, puis acculés à une Honda rouge, du côté nord.

— Vous auriez dû sortir vos canifs, s'indigne Flaco. Il faut toujours être aux aguets. *El que pestañea pierde…* Celui qui cligne des yeux est fichu, comme dit mon père.

— Je te jure, on a à peine eu le temps de se rendre compte qu'ils fonçaient vers nous, se défend Lalo. Salut, les gars ! fait-il, un sourire plaqué sur les lèvres comme s'il rayonnait de bonheur. Ah, quel plaisir de vous voir ! On se dégourdit les jambes ?

De l'arrière, d'un pas nonchalant, s'avance CB, qui pose un regard neutre sur eux.

— C'est ça, on se promène, répond-il. On vous a vus passer et on s'est dit : pourquoi pas aller prendre une marche avec ces deux tarlas-là.

— *Come on*, les gars, se plaint Lalo qui, mine de rien, tente de glisser une main dans sa poche. Soyez corrects et attaquez-nous au moins quand on est en nombre égal. Deux contre cinq, c'est pas ben ben démocratique. Vous trouvez pas ?

À la vitesse de l'éclair, CB agrippe le bras de Lalo et le relève : à la vue de tous apparaît un petit canif noir. CB le soupèse un moment puis le tend à Ketcia. Hostie de sacrament de crisse de Latino à marde ! leur souhaite la bienvenue Mixon, qui se mord ensuite le poing, comme pour dominer sa colère. CB inspecte les deux côtés de la rue et, sans les regarder, comme s'ils n'étaient même pas dignes d'être considérés, ordonne :

— Allongez-vous par terre. Ça presse.

— Il pleut, *man* ! dit Pato. C'est tout mouillé par terre !

— Ta gueule et fais ce qu'on te dit ! ordonne à son tour Mixon.

Les frères poussent tous deux un profond soupir et s'allongent à plat ventre sur l'asphalte. Une femme passe, le visage défait, les deux mains sur son sac. Mixon porte les mains à son sexe et vise la femme qui pousse aussitôt un cri strident et presse le pas. Au sol, la joue collée contre l'asphalte, Lalo aperçoit un homme à la fenêtre d'un immeuble, puis il sent un pied sur son dos.

— Tiens, tiens, fait CB. C'est des beaux p'tits *running* que t'as là. Où tu les as achetés?

Il appuie sur son pied.

— Chez Zellers, je crois, répond Lalo. Écoute-moi, CB… *amigo haitiano…* je suis sûr qu'on peut discuter, qu'on peut s'entendre sur un *deal*.

— Tu t'ouvres la trappe uniquement quand je te pose une question. C'est compris?

Puis, reprenant ses inflexions badines:

— Chez Zellers, hein? C'est ce que je pensais, je les ai vus l'autre jour en spécial. D'ailleurs, ça tombe bien, Nike, c'est ma marque préférée à moi aussi.

— Tes Nike? fait Flaco. *¡Putamadre!*

CB claque des doigts, Mixon et Ketcia s'accroupissent, immobilisent les jambes de Lalo et le déchaussent. Ketcia tend les souliers de course à CB qui les prend du bout des doigts et les renifle. Une grimace dégoûtée lui tord le visage.

— Ouf! Tu sais, ça fait un bon bout de temps que le savon a été inventé. Faut croire que t'en as pas encore entendu parler.

— CB? demande Mixon, tenant les chevilles de Lalo. R'garde.

Son menton pointe en direction de la montre de

Pato, CB remue la tête affirmativement et Mixon défait le bracelet et la lui enlève. Pendant ce temps, Lalo sent son coupe-vent et son T-shirt devenir tout froids. Puis Mixon déchausse Pato, enfile sur-le-champ les souliers de course et, comme un enfant à qui on vient d'acheter une nouvelle paire de souliers, va et vient en les admirant.

— Des Nike aussi, fait remarquer Pato. Tu te rends compte, Flaco? J'avais économisé pendant deux mois. Tout ça pour que des négros me les piquent à la première occasion.

Ils s'apprêtent à leur enlever leur jean lorsque Ketcia aperçoit au loin les gyrophares d'un véhicule de police filant droit vers eux, la sirène silencieuse. Aussitôt, les Bad Boys s'élancent tous dans la même direction, sautent par-dessus une clôture et se perdent dans la cour de l'immeuble au coin de la rue. L'automobile freine devant les Latinos, qui se relèvent à grand-peine en s'essuyant et en jurant. Les deux policiers descendent, font claquer les portières et s'avancent vers eux, en tapant leur matraque aux creux de leurs mains. Le moustachu est le premier à les questionner :

— Qu'est-ce qui se passe ici?

— Pourquoi êtes-vous nu-pieds? fait écho l'autre.

Par un curieux réflexe, les deux frères lèvent les bras comme si on venait de leur dire qu'on les arrêtait. Les policiers se regardent, interloqués.

— Pourquoi vous avez levé les bras? demande Flaco. Vous aviez rien à vous reprocher.

— La nervosité, explique Pato.

— Baissez les bras, les gars, fait le moustachu. Alors ? Qu'est-ce qui s'est passé ?

— C'est une bande d'Haïtiens, répond Pato. Ils nous ont volés…

À l'instant, Lalo lui coupe la parole : *¡cállate, huevón !*

— Toi, intervient le policier, le montrant de sa matraque, laisse-le parler. Qu'est-ce qu'on vous a volé ?

Pendant un long moment les Latinos prennent un air méditatif, soudain absorbés par l'activité à l'autre bout de la rue.

— Écoutez, reprend le moustachu, on a pas le temps de niaiser. On a reçu un appel d'un résidant qui disait qu'il y avait une bagarre. Si vous connaissez vos agresseurs, donnez-nous des noms, sinon…

Il ne finit pas sa phrase, il roule des yeux en guettant le moindre de leur geste.

— C'est comme vous voulez, les gars. Et puis après ça, ajoute-t-il en s'adressant à son collègue, ils viennent se plaindre qu'on s'occupe pas d'eux, qu'on les discrimine, qu'on les persécute…

Les deux policiers remontent à bord de leur voiture, démarrent et roulent lentement quelques instants. Par le rétroviseur, le conducteur jette subtilement un œil sur les deux frères puis, comme une trombe, le véhicule file. Sans se retourner ne serait-ce qu'une fois, les deux frères cheminent côte à côte, en silence. Au coin de Linton, Lalo empoigne Pato par le collet.

— Qu'est-ce qui t'a pris, *estúpido* ? On répond jamais aux questions des bœufs. T'as compris ? Tout ce qu'ils veulent, c'est de trouver des raisons pour te déporter.

— Ton frère a raison, renchérit Flaco. Un bœuf est un bœuf.

Un moment, les trois se tiennent cois dans la chambre de Flaco, puis Lalo demande :

— Tu pourrais pas nous prêter des *running* ?

Flaco va à son placard et, au bout de quelques secondes, leur lance deux vieilles paires de souliers de course. Ils prennent les chaussures et tous deux ont le réflexe de passer un doigt par les trous béants des semelles.

— Sont pas mal maganées, commente Pato. En tout cas, on dira à maman qu'on a fait un échange avec toi ou quelque chose du genre. J'espère que ça va marcher, qu'elle va pas piquer une de ses crises de nerfs.

Pendant ce temps, Lalo fixe le sol, plongé dans ses pensées.

— Il faudrait contre-attaquer le plus vite possible, dit-il comme s'il raisonnait tout haut, parce que je tiens à récupérer mes *running*, moi. Mais qu'est-ce qu'on peut bien faire ?

Au bout d'un moment, il a une inspiration subite :

— Je l'ai ! C'est ça ! C'est simple et pas trop risqué. Il faut casser les fenêtres de CB !… Qu'est-ce que t'en penses, Flaco ?

Sur le coup, ce dernier ne réagit pas, puis il dit à voix basse comme s'il soupesait encore l'idée de Lalo :

— Ouais, c'est pas fou ça comme idée, pas fou pantoute.

EN HIVER, les lignes blanches de la cour d'école disparaissaient sous la neige, et on abandonnait les parties de ballon chasseur au profit des matchs de football. Les Québécois de souche avaient beau rouspéter, préférant jouer au football américain qui leur était plus familier, les autres, majoritaires, pour qui le football était bien souvent le sport national de leur pays, faisaient la loi. Les filles, ne pouvant plus s'exercer au jeu de l'élastique, se métamorphosaient elles aussi en footballeuses. Comme les récréations filaient trop vite, on formait les équipes en classe en faisant circuler, de pupitre en pupitre, une liste où l'on apposait son prénom. On enfilait à la hâte bottes, manteau, tuque, mitaines, foulard, on marchait le plus vite possible, car il était interdit de courir dans les couloirs de l'école, on descendait les escaliers, poussant l'élève de devant, et, une fois arrivé dehors, on glissait sur la glace, on perdait l'équilibre et on tombait les uns sur les autres. Infailliblement, le surveillant en attrapait deux ou trois par le foulard et leur ordonnait séance tenante d'aller au piquet.

Une semaine auparavant, une rencontre d'athlétisme avait eu lieu contre l'école Notre-Dame-des-Neiges, située dans le même quartier que Saint-Pascal-Baylon. Nettement mieux entraînés, vous aviez remporté la plupart des épreuves, et Serge, ravi, avait fait remarquer, dans le vestiaire, debout sur un tabouret, que les passages du témoin s'amélioraient et que vous vous habituiez de plus en plus au stress des compétitions. Encore une fois, dans la course de relais comme dans le cinquante mètres, Cléo n'avait fait qu'une bouchée de ses adversaires.

Depuis un mois environ, depuis qu'il avait été placé en classe d'accueil en fait, tu voyais Cléo traîner de plus en plus dans la rue, le soir. Il avait toujours, d'après lui, fait ses devoirs en classe. Aussi, il avait moins besoin de s'occuper de sa mère, depuis que son père était revenu à la maison. Un après-midi, depuis la chambre de Cléo, tu as entendu Carole mettre son mari en garde : c'était la dernière fois qu'elle se réconcilierait avec lui, c'était clair ? Une autre escapade et c'était fini. Elle ne plaisantait pas. Lui affectait un ton plaisantin : était-ce sain dans un couple de se menacer comme ça ? Combien de fois devait-il lui dire que c'était strictement des voyages d'affaires ! Un silence, et puis la voix du père s'est voulue sincère, solennelle : tu te fais du mauvais sang pour rien, Carole. Son seul désir maintenant, c'était de vivre avec elle et avec son fils. Pourquoi refusait-elle de le croire ? Et elle, j'espère seulement que tu tiendras parole, cette fois-ci.

Comme Cléo te rendait visite quotidiennement, tu téléphonais chez lui les jours où il n'était pas encore venu, et Carole s'étonnait : c'est étrange, où pouvait-il bien être ? Toi, tu le savais, Marcelo : chez Carl, qui habitait à deux pas, rue Victoria. Les fins de semaine, ce dernier passait un coup de fil à Cléo et l'invitait aux partys qu'organisait son grand frère, quand leurs parents sortaient pour la soirée. Au début, Cléo refusait, prétextant une partie des Canadiens à la télé ou une grippe. Pourquoi tu mens à Carl comme ça? lui demandais-tu. Et lui se mouillait les lèvres: qu'il ne le dise à personne, mais c'était les filles qui le gênaient. Une fois, comme il commençait à en avoir marre, Carl l'a confronté pour de bon: pourquoi ne lui disait-il pas la vérité, hein? Je sais vraiment pas de quoi tu parles. On s'habitue aux filles, a expliqué Carl, t'as pas à être gêné, on est tous passés par là. Le lendemain, Carl est allé le prendre et a promis à Carole que son fils rentrerait avant minuit. Le surlendemain, Cléo t'a décrit sa soirée en long et en large, insistant sur les couples qui dansaient collés et qui parfois s'embrassaient longuement sur la bouche. Tu as posé toutes sortes de questions et puis tu as risqué: pourrais-tu venir la prochaine fois? Je sais pas, il faudrait que je demande à Carl. Mais je crois pas qu'il y ait de problème.

En effet Carl a accepté et, le samedi suivant, vous vous êtes retrouvés chez lui où, rappelle-toi, il faisait affreusement sombre car, dans le salon, il n'y avait comme éclairage qu'une ampoule rouge, ce qui donnait à l'appartement un air de bordel, un peu comme dans les films, Marcelo. La basse de la musique reggae faisait vibrer les murs, et tu n'avais pas pensé que tout le monde serait Haïtien. Presque toute la soirée, Cléo et toi êtes restés assis à vous moquer des couples qui se pelotaient dans les coins. À deux reprises, des filles se sont penchées sur vous et vous ont invités à danser, et tout d'un coup vos visages s'assombrissaient: non, merci, vous sortiez d'une séance d'entraînement d'athlétisme, vous étiez trop fatigués. Peut-être plus tard. Plusieurs garçons défilaient devant vous, à peine un peu plus âgés, une cigarette au bec, alors que d'autres, encore plus vieux, tiraient longuement, en plissant les yeux, sur des cigarettes qu'ils roulaient eux-mêmes. Ça propageait une odeur étourdissante, ça faisait tousser et, paraît-il, ça donnait le vertige. Alors pourquoi prenait-on ça, a demandé Cléo, si c'était si dégueulasse ? Les yeux vitreux, de la salive pâteuse aux commissures des lèvres, le grand frère de Carl lui a répondu que, de toute façon, il devait attendre le secondaire pour en prendre. Compris ? Puis il s'est tourné vers toi : la même chose pour toi, Latino.

Pendant les récréations, au lieu de se tenir avec les élèves de la classe d'accueil, Cléo préférait la compagnie de la classe de sœur Cécile, mais il insistait pour que Carl ait également le droit de se joindre à vous. Un jour, Cléo a donné par mégarde un coup de pied au ballon, qui s'est élevé très haut et a atterri sur la tête d'une fille encapuchonnée. Elle a pivoté : merde, c'est Manon, la sœur de Sylvain. C'était une belle rouquine, habituée à recevoir au moins une lettre d'amour anonyme par semaine. Sous l'effet de la surprise, après un moment d'hésitation, elle est partie d'un rire nerveux en se frottant la tête. Cléo et Carl se sont précipités vers elle, pour récupérer le ballon. Cléo est arrivé le premier et, quand il est passé devant Manon, il s'est immobilisé, comme s'il l'apercevait pour la première fois de sa vie. Une fourrure blanche synthétique bordait son capuchon, et on ne voyait que son visage fin, aux pommettes hautes et rouges. Eh que t'es belle, Manon! a-t-il fait d'un trait. Un moment, Manon l'a considéré bien en face, comme si elle allait répondre, mais elle a couru rejoindre ses amies. Carl a réagi aussitôt : y'a pas à dire, tu te dégênes avec les filles, mon gars !

L'équipe qui comprenait Cléo, Carl, Akira et toi, menait par un score si élevé sur l'équipe de Sylvain et Evangelos, que ces derniers vous ont fait des crocs-en-jambe jusqu'à ce que la cloche mette fin à la récréation. On s'est aligné classe par classe. Dans les rangs des filles, pour une fois plus turbulents que ceux des garçons, surtout celui de la sixième année b, la classe de Manon, on se tournait vers la fille derrière soi et on lui soufflait des mots à l'oreille. Une fois parvenue aux rangs des garçons de la cinquième année et donc aux oreilles de Sylvain, la phrase n'avait plus rien à voir avec le compliment initial « eh que t'es belle, Manon ! », mais se formulait comme suit : « Eh que t'es belle, guenon ! » À l'avant le surveillant a sifflé : les uns après les autres, les rangs ont défilé et ont gravi l'escalier. Sylvain, lui, a pivoté sur ses talons et, dès qu'il a aperçu Cléo, s'est rué vers lui. Un attroupement désordonné s'est créé autour d'eux.

— Qu'est-ce que t'as dit à ma sœur, toi ?

Cléo a haussé les épaules :

— Rien. J'ai rien dit.

— Quoi ? T'es pas assez homme pour répéter ce que t'as dit ?

Cléo s'est figé, il ne savait visiblement pas de quoi on l'accusait. Un moment, il s'est retourné vers Carl et toi. Sylvain n'osait lui sauter dessus, il savait que Carl viendrait à sa rescousse.

— Allez, répète un peu pour voir !

Manon s'est faufilée jusqu'à eux.

— Tu crois que ma sœur voudrait sortir avec un gars comme toi ? a demandé Sylvain.

Et il a passé un bras sur les épaules de sa sœur :

— C'est vrai, hein, Manon, que tu sortirais pas avec un épais comme lui ?

Manon l'a considéré de la tête aux pieds.

— J'aime pas les gars qui font leur smatt juste quand leurs chums sont là.

Oui, Marcelo, c'est elle, au fond, qui l'a achevé et non Sylvain. Pourtant, par la suite, pas de larmes, pas de tentatives d'explications, rien qu'une colère sourde. Manon est partie et, à la surprise de tous, Cléo a bondi sur Sylvain et tous deux se sont retrouvés par terre dans la neige. Cléo le martelait de coups, et le surveillant, comme il y avait foule, ne se doutant pas qu'on se bagarrait, ordonnait aux élèves de reprendre leur rang. Rappelle-toi son expression horrifiée en voyant Cléo : qu'il arrête immédiatement ! Ça va pas là-dedans ! Et Cléo, qui n'y voyait que du feu, que je te cogne, cogne, cogne ! Le surveillant l'a agrippé et l'a giflé avec violence. À l'évidence, Cléo ravalait avec peine sa colère. Sylvain, lui, se relevait : il saignait du nez et reniflait, les larmes aux yeux. Puis le surveillant a pris Cléo par l'oreille pour le conduire jusqu'au bureau du directeur. Allez, toi aussi Sylvain, suis-moi.

Dans la cour, après cette bagarre, on a changé à

l'égard de Cléo : on te veut dans notre équipe. Non, c'est nous qui l'avons choisi avant vous autres ! Oui, Cléo, on a hâte que tu reviennes de l'accueil, on s'ennuie de toi, mon gars. Et lui, pas moi de vous autres, en tout cas. C'est bien plus relax en classe d'accueil. Carl a souri : tu vois ? Qu'est-ce que je t'avais dit ?

SON COURS de mathématiques terminé, Flaco descend l'escalier, longe le couloir étroit et émerge au grand air, un soulagement délicieux l'emplissant. Il contourne le terrain, suit des yeux le match et s'assoit, adossé à l'arbre où la bande a coutume de s'installer. Des minus latinos couvrent de ridicule des minus asiatiques, et il savoure le plaisir de les voir jouer : une passe par ici, une autre par là, une talonnade, un amorti de la poitrine, une longue passe avec effet, s'il vous plaît… *¡Ay, ay, ay !* En l'apercevant, un des Latinos lui fait signe de la main, salut Flaco, et lui se contente de hocher la tête. Aussitôt, les dix autres joueurs latinos font pareil, salut Flaco : il lève la main nonchalamment, *hola compadres*. À quel moment a-t-on commencé à l'appeler comme ça ? Il remue la tête, pensif : il ne s'en souvient plus. Aujourd'hui, il n'y avait que sa mère qui l'appelait Marcelo. À quel moment ?

Bientôt Paulina apparaît au loin, et il observe sa démarche : elle avance toujours d'un pas précipité, comme poussée par une urgence. Tout le contraire de lui. Elle s'arrête, l'air vaguement tracassée : t'as attendu longtemps ? Non, pas du tout, et il lui fait signe de s'approcher. Ils s'embrassent longuement sur la bouche, comme s'ils se retrouvaient après une longue et pénible séparation. Depuis mardi, depuis que tous deux ont feint d'être malades pour manquer un jour d'école, quelque chose a changé : dans la manière dont elle le regarde, le touche, se comporte avec lui, elle a pris de l'assurance. Ce jour-là, elle est arrivée chez lui tôt le matin. Ils s'observaient à distance d'un air farouche, dans la pénombre du couloir, osaient à peine se toucher. Elle, que d'ordinaire aucune situation n'intimidait, baissait les yeux. Puis il l'a enlacée et, à sa grande surprise, bien qu'il fût avide de découvrir son corps, il a éprouvé une vive sensation de bien-être uniquement en la serrant contre lui. Plus tard, elle s'est dévêtue et s'est aussitôt empressée de se cacher sous les couvertures. Alors, nu lui aussi, il s'est collé à elle et lui a pris le visage entre les mains. Leurs bouches se sont effleurées puis se sont abandonnées, et il l'a sentie se détendre. L'odeur de Paulina l'enveloppait, l'emportait. Après l'amour, il lui a confié à quel point il avait besoin d'elle et s'est senti tout drôle de se mettre à nu de la sorte. Elle l'a étreint longuement et s'est dévoilée elle aussi : elle a fondu en larmes. C'est une des rares fois qu'il l'a vue pleurer.

Il contemple son visage : pourquoi a-t-il toujours l'impression que ses yeux jettent des étincelles ? Elle lui tourne le dos, s'assoit entre ses jambes sur le gazon et, d'un ton vague, un tantinet rêveur, il partage avec elle ses projets : travailler, partir en appartement, écrire. En septembre prochain, demande-t-elle, iras-tu au cégep ?

Il s'est inscrit, mais ne sait trop si d'ici là ça lui tentera toujours. Ils se taisent un moment, suivent le match, puis elle soupire : elle trouve qu'ils ne passent pas assez de temps ensemble. Il se dit qu'elle n'a pas tort. C'est vrai, Lalo, Teta ou une des filles les accompagnent partout où ils vont. C'est con, parce que lui aussi préfère se retrouver seul avec elle. Il lui promet de l'emmener au cinéma, samedi.

La cloche de midi interrompt leur conversation. Ils se mettent debout, enlèvent les feuilles mortes sur leur chandail, passent aux casiers chercher leur lunch et se rendent à la cafétéria : Paulina bifurque vers la table où se trouvent les Latino-Américaines, lui vers celle des Latino Power. Il serre la main de tous, s'installe entre Lalo et Pato et sort deux sandwichs et une pêche. R'garde, dit Lalo, lui mettant sous le nez un tract. Il lit : « Méga-Party, à l'église Saint-Pascal, vendredi 26 avril, organisé par la polyvalente Saint-Luc ». Il hausse les épaules, prend un sandwich et mord à pleines dents. Ça te tente pas ? demande Lalo, c'est demain, et lui, la bouche pleine, ouais, peut-être. Lalo lui raconte que sa mère est tombée sur les vieux souliers de course qu'il leur a prêtés. Comme prévu, il lui a dit qu'ils avaient fait un échange avec lui, juste pour quelques jours. Tes souliers sont tellement laids, poursuit Pato, qu'elle était en maudit, mon gars. C'est pourquoi, si elle téléphone, qu'il oublie pas d'expliquer à sa mère à lui qu'il s'agit d'un échange. Au cas où. O. K., Flaco ? Et lui, ouais, ouais, pas de problème.

Ils mangent en lorgnant les filles à trois tables

d'eux. Soudain, Dupaulin, le prof d'anglais, fait son entrée dans la cafétéria et toutes les têtes se tournent vers lui. Il passe devant les tables et longe le mur du fond, levant le nez comme s'il ne pouvait se résoudre à respirer le même air qu'eux. Tout à coup, surgissant de nulle part, un sandwich aux œufs tombe sur son veston gris. Le prof s'arrête, fait danser sa petite moustache en brosse à dents, plisse les yeux. Pas un élève ne bronche. Il leur fait un bras d'honneur et poursuit sa route, comme si de rien n'était. Un tonnerre de huées éclate, une dizaine de sandwichs sont largués sur lui. Deux ou trois l'atteignent, tandis qu'il continue sa marche, se couvrant à peine, et se perd dans la salle à manger des professeurs. Flaco a vu que le premier projectile a été expédié de la table des Bad Boys. Cela se répète infailliblement depuis qu'au début de la semaine Dupaulin a mis Mixon à la porte, parce qu'il a levé la main et lui a demandé le plus sérieusement du monde comment on disait « vieux sénile » en anglais.

Bien que Dupaulin ne soit plus dans les parages, la nourriture sillonne toujours la cafétéria. Les Bad Boys déplacent peu à peu leur cible vers la table des Latino Power. Évidemment, ceux-ci ripostent, lancent tout ce qui se trouve à leur portée. Bientôt, la cafétéria se transforme en un gigantesque champ de bataille où se promènent allègrement jus de tomate, sandwichs aux œufs, puddings au chocolat, bâtonnets de carotte et de céleri. Les surveillants courent, punissent au hasard, rudoient quelques élèves. À bout de munitions, on se calme, on constate les dégâts, on s'essuie le visage et on essaie en vain de faire disparaître les taches. L'estomac dans les talons, on s'en veut, finalement, d'avoir gaspillé son lunch. Plusieurs se lèvent, hors d'eux, fouillent leurs poches et se dirigent à grands pas vers les machines distributrices. Mais Eugène, un des surveillants, les oblige à se rasseoir. Il ne s'est pas encore aperçu qu'il trimballe une tranche de jambon sur son début de calvitie. Ayant couru à perdre haleine, il les interroge :

— Qui a commencé tout ça ? J'exige qu'il se lève immédiatement !

Des rires surgissent par-ci par-là. Les poings sur les hanches, il pivote rapidement comme s'il cherchait à prendre les élèves derrière lui en flagrant délit. Ça paraît que c'est un nouveau surveillant, se dit Flaco. Puis Gino, un surveillant d'expérience, pénètre dans la cafétéria d'un pas décidé. Il s'approche de l'autre, le soulage de la tranche de jambon qu'il jette par terre et lui chuchote quelques mots dans le creux de l'oreille. Il s'adresse ensuite aux élèves d'une voix lente, presque affable :

— Le prochain qui parle ou qui rit, je l'expulse.

À présent, on évite de croiser son regard.

— C'est la dernière fois qu'on fait nos gentils, reprend-il. Au prochain *food fight,* je me fous si je dois mettre à la porte quinze crétins, j'vais le faire.

Il les surplombe d'un regard qui se veut dégoûté.

— Ceux qui savent des choses mais qui ont peur de parler, venez nous voir au bureau du directeur.

Un moment, Gino cause à voix basse avec Eugène, puis quitte les lieux. La cafétéria se vide peu à peu. Les

Bad Boys se lèvent, passent devant les Latinos en les insultant tout bas. Ceux-ci répliquent de manière quasi automatique : *¡huevones, maricones de mierda!* Dès qu'ils sont hors de vue, Lalo s'adresse à Flaco :

— T'as vu ? Ils pensent vraiment qu'on a peur d'eux, qu'ils nous terrifient. S'il faut se battre à poings nus contre eux, s'il faut jouer du canif, moi je serai le premier à le faire.

— O. K., O. K., dit Flaco, on a compris. Ça sert à rien de s'emporter comme ça.

— Il faut un plan précis, suggère Teta.

— Je suis d'accord, aquiesce Lalo. C'est pas tout de casser des vitres. J'ai toujours pas récupéré mes *running*.

— Avez-vous remarqué que depuis qu'on a cassé les vitres du salon de CB dimanche et que son père nous a couru après tout un pâté de maisons, ils se tiennent plus tranquilles ? Pour moi ces gars-là trament quelque chose. Vous croyez pas ?

— Pato a raison, dit Flaco. Il faut préparer un coup avant qu'ils nous en fassent un. Mais quoi ? Voilà la question.

Flaco prend le tract sur la table et le frappe du revers de la main.

— C'est ça ! Demain, comme je les connais, ils vont sûrement être au party, et ils vont sûrement y aller avec leurs manteaux de cuir. Vous savez, ceux sur lesquels ils ont posé leur insigne dans le dos. Voici le plan. Pendant la soirée, on leur vole les manteaux. Ça va nous mettre en bonne position de négocier : ils vont devoir nous remettre les *running* et la montre qu'ils nous ont pris.

— C'est une bonne idée, opine Teta, parce que ces gars-là, il suffit de leur mettre un peu de rap et ils se mettent à danser pendant des heures, sans se soucier de quoi que ce soit. Il y aurait une troisième guerre mondiale qu'ils s'en rendraient pas compte.

— Exactement, dit Flaco. Pendant qu'ils dansent, nous autres, on se faufile dans le vestiaire et bang! on les vole!

— Ouais! s'anime Pato. Hostie de bonne idée!

— Comment veux-tu faire ça? demande Lalo. On peut pas juste arriver dans le vestiaire et prendre n'importe quoi. Ils placent toujours quelqu'un pour surveiller.

— C'est vrai, répond Flaco. Mais as-tu remarqué qui ils mettent au vestiaire d'habitude? Toujours une fille. Je te le dis, c'est infaillible. Un de nous la distrait un moment et les autres pendant ce temps-là prennent les manteaux. C'est pas plus compliqué que ça.

— C'est moi qui vais la distraire, s'enthousiasme Teta. Je vais la cruiser comme elle s'est jamais fait cruiser. Je vais m'amener avec des fleurs et je vais lui dire comme ça : *amorcito, te quiero, te amo, mi sol…* Elle va en mouiller ses culottes!

Les autres rient en secouant la tête.

— Il faut pas juste la cruiser, précise Flaco, il faut qu'elle quitte le vestiaire un moment.

— Pas de problème, dit Teta. Je m'en occupe. J'ai juste à l'amener dehors et à la frencher comme il faut.

Cette fois les autres le regardent, incrédules.

— Quoi? Qu'est-ce qu'il y a?

— Il y a que tu penses tout le temps à t'amuser, explique Flaco, et qu'aucun de nous te fait confiance. Pour l'instant, j'aimerais mieux que ce soit quelqu'un d'autre qui distraie la fille. Fais tes preuves et là on te donnera des jobs importantes.

— Moi je connais bien la fille qui va être au vestiaire, dit Pato. Elle est dans ma classe. C'est une Vietnamienne.

— Mets-en qu'il la connaît bien! dit Lalo. Elle arrête pas d'appeler à la maison. Même que ma mère est à la veille de lui parler pour qu'elle laisse son p'tit Pato tranquille. En tout cas, cette fille est folle de lui.

— Super, dit Flaco. T'es sûr que ça va être elle?

— Je te dis, elle arrête pas de me demander si je vais aller au party.

— Bon. Mais écoute-moi bien, Pato. Il faut que tu saches une chose. La job que t'as à faire est dangereuse. Faut avoir les nerfs solides. Après le vol, il faut que tu reviennes nous rejoindre, sans te faire prendre.

— Pas de problème. J'embarque.

— C'est cool alors, dit Flaco.

— Pis moi? demande Teta. Qu'est-ce que je fais pendant ce temps-là? J'me fourre les dix doigts dans le nez toute la soirée?

— Du calme, l'arrête Flaco. Toi, t'observes Pato et tu nous dis quand on peut s'amener.

Comme un ballon qui se dégonfle, Teta a un long soupir excédé.

— Tu t'arranges toujours pour me donner la job la plus téteuse ! Tu fais exprès, ou quoi ?

Les autres détournent la tête pour dissimuler leurs rires. Flaco soupire à son tour :

— C'est ce que tu vas faire. Si t'es pas content, viens pas. C'est tout. J'en ai assez de toujours t'entendre chialer.

Teta ronge son frein en mâchant une gomme imaginaire. Flaco ajoute pour les autres :

— Une dernière chose. D'ici demain soir, on se tient tranquilles. Si un des Bad Boys vient vous écœurer, serrez les fesses et encaissez les insultes sans rien dire. Il faut que demain ils se doutent de rien.

DANS TA CHAMBRE, il n'y avait comme éclairage que la petite télévision, où des singes sautaient d'un arbre à un autre en tentant d'attraper des noix de coco suspendues à des palmiers. Assis à l'indienne, à quelques centimètres de l'écran, Cléo tordait la manette, comme hypnotisé. *You have now reached step number two* et une courte mélodie enchaînait et se répétait trois fois. Il portait un veston gris, une chemise blanche et une cravate noire de soie. Tout à coup, le singe a glissé dans un fossé, une dizaine de noix de coco lui sont tombées sur la tête et les mots *Game Over* ont clignoté sur l'écran. Cléo a commencé une nouvelle partie. Quand il venait chez toi, ça se passait toujours de la même façon : comme il n'avait pas de Super Nintendo chez lui, il monopolisait le jeu et tu n'avais d'autre choix que de le regarder jouer. *You have now reached step number one.*

Tu as marché jusqu'à la fenêtre et tu as contemplé les gros flocons qui tombaient au ralenti, les pneus d'une Toyota qui patinaient et le chauffeur qui appuyait sans interruption sur l'accélérateur. Comme disait sœur Cécile, un Noël sans neige n'était pas un Noël. *You have now reached step number two.* Parce que tu avais quitté le Chili trop jeune pour en avoir des souvenirs précis, tu ne pouvais concevoir un Noël à trente degrés, sous les palmiers, comme te racontaient tes cousins dans leurs lettres. Tu es sorti de la chambre, tu t'es rendu jusqu'au bout du couloir et, la porte de la salle de bains se trouvant grande ouverte, tu as vu ton père : Roberto ajustait sa cravate devant le miroir et se regardait de profil, comme s'il vérifiait son rasage. Il t'a examiné de la tête aux pieds.

— Toi, t'as fait le nœud de ta cravate tout seul ?

— Tout seul. Maman m'a appris comment faire la semaine dernière, quand on est allés fêter l'anniversaire d'oncle Juan.

— Il va bien ton ami ?

Sans attendre ta réponse, Roberto a ajouté :

— Dis-lui que ce ne sera plus bien long. On part dans cinq minutes.

Quand tu es revenu à la chambre, Cléo ne jouait plus, la pièce était plongée dans l'obscurité. Au bout de quelques secondes, tu as pu reconnaître le contour des meubles et apercevoir la silhouette de Cléo se découpant sur le fond bleuté du cadre de la fenêtre. Tu as allumé.

— Tu penses à ta mère ?

Cléo s'est tourné vers toi :

— T'as vu le gars dehors qui arrive pas à sortir son auto ? Je pense que c'est le père d'Akira.

Tu t'es approché :

— Ben oui ! J'avais pas remarqué que c'était son auto.

— Akira m'a dit que, pour Noël, son père, lui et des amis japonais allaient au restaurant. C'est comme ça qu'ils fêtent Noël, eux.

— C'est qu'ils sont pas catholiques. Akira voulait faire sa confirmation pour pouvoir être avec nous, mais sœur Cécile lui a dit qu'il pouvait pas. Il avait pas été baptisé.

Tu t'es assis sur le lit.

— Tu crois que ta mère va s'en tirer ?

— T'en fais pas avec ça, Marcelo.

— T'es sûr ?

— Ouais. Hier, quand je lui ai dit que je voulais passer Noël avec toi, on a eu une longue conversation et elle arrêtait pas de me dire : qu'est-ce que tu crois, que c'est le premier Noël que je passe seule ? Bien sûr que ça va aller, qu'est-ce que tu t'imagines ? Elle disait que, de toute façon, ç'avait jamais rien signifié pour elle, les fêtes. Elle a même dit que ça lui ferait du bien de se retrouver toute seule. Qu'elle allait lire.

— Elle joue à celle qui n'a pas de sentiments. Mais, au fond, elle est triste. Je crois qu'elle aurait aimé que les choses s'arrangent avec ton père.

— Je t'ai déjà dit de plus me parler de ton père,

avait dit Carole. Ce salaud ne remettra plus les pieds ici. Tu peux être sûr de ça!

— Tu vois, as-tu dit, si elle veut pas parler de lui, c'est qu'elle est encore fâchée. Dis-moi, Cléo. Un moment, ton père est revenu s'installer chez vous et ç'avait l'air de bien se passer. Le moment d'après, ta mère le met à la porte. Qu'est-ce qui est arrivé?

— C'est à cause d'une autre femme, a répondu Cléo. C'est une amie de mes parents. La seule qui venait voir ma mère de temps en temps. Tu te souviens de madame Toussaint, le jour de mon anniversaire? Maryse Toussaint?

— Si elle ose téléphoner, celle-là, avait dit Carole, tu lui raccroches au nez. Je n'ai pas envie d'entendre ses excuses ou qu'elle me prenne en pitié.

— Oui, je me souviens, as-tu dit. Elle avait l'air vraiment gentille. Elle jouait avec nous et tout. Elle avait pourtant l'air à bien s'entendre avec ta mère.

— Hypocrite! avait dit Carole. Je comprends maintenant pourquoi elle me faisait toutes ces faveurs. Je vais t'aider avec ceci, je vais t'aider avec cela… C'était juste une façade, un jeu.

— Ta mère veut vraiment plus donner une chance à ton père? as-tu demandé.

— Plus jamais, avait dit Carole. Elle peut le garder si elle veut, cet homme. Tant pis pour elle. Elle sait pas avec qui elle s'acoquine, la malheureuse.

— Je crois que c'est plutôt mon père qui veut plus revenir avec ma mère, a expliqué Cléo. Il m'a dit qu'il la supportait plus, qu'elle était devenue trop « aigre ». Tu sais, quand quelqu'un est tout le temps de mauvaise humeur.

— J'aurais dû réagir avant, avait dit Carole, je voyais ça venir. Depuis mon accident d'auto à Port-au-Prince, il n'a pas cessé de s'éloigner de moi. Mon Dieu, qu'est-ce que j'vais faire…

— Comment elle a appris pour l'autre femme ? as-tu demandé. Il lui a dit ?

— Non, a répondu Cléo, pas du tout. Une nuit, il est rentré saoul. Ma mère dormait déjà et il s'est glissé sous les couvertures en faisant le moins de bruit possible, pour pas la réveiller. Il savait pas que ma mère dormait pas. Au bout de cinq minutes, il s'est mis à ronfler. Ma mère l'a secoué, parce qu'elle voulait lui parler, et c'est alors qu'il a dit : Maryse, s'il te plaît, laisse-moi dormir…

— Ah ! as-tu fait tout bas.

Enfin, Carmen est apparue dans l'encadrement de la porte, vêtue d'une robe de soirée noire, portant des bijoux discrets.

— On y va ?

Vous avez enfilé vos manteaux dans le vestibule et vous êtes sortis en vous encapuchonnant, pour vous couvrir du vent sec qui soulevait la neige comme des rafales de sable.

Quand tu avais demandé à tes parents si Cléo pouvait fêter Noël avec vous, Roberto avait eu un soupir contrarié. Il alléguait que, puisque Cléo ne connaissait pas l'espagnol, il ne pourrait pas suivre les conversations et allait donc s'ennuyer. Carmen s'était alors mise à parcourir la cuisine à grandes enjambées, avec force gesticulations : y a-t-il quelque chose de plus triste qu'un enfant qui passe Noël tout seul ? Pense un peu à ce que vit cet enfant en ce moment. Ne pense pas juste à toi, espèce d'individualiste. Bon, voilà que ça recommence, a soupiré Roberto en révulsant les yeux. D'accord, qu'il vienne, mais qu'on ne me demande pas au milieu de la soirée de le ramener chez lui parce qu'il s'emmerde. *¿Está claro ?*

L'auto a patiné plusieurs fois en gravissant Côte-des-Neiges, a failli faire un trois cent soixante degrés en tournant sur Queen Mary et a pénétré, en bringuebalant, dans le stationnement de l'Auberge. L'Association des Latino-Américains du Québec avait pris l'habitude de célébrer les fêtes dans ce local, situé au pied de l'oratoire Saint-Joseph, que les prêtres lui louaient pour une somme modeste. Quand vous êtes arrivés, la messe avait déjà commencé, et Carmen se cachait derrière ton père pour éviter d'être reconnue. Vous avez pris place tout en arrière, et Roberto te montrait du doigt les personnalités qui se trouvaient parmi les premières rangées, pour la plupart des hommes d'affaires de la communauté ayant établi leur commerce rue Bélanger ou rue Saint-Laurent. Il y avait là don Salazar, propriétaire de l'agence de voyage El condor pasa, don Balmaceda, propriétaire du chic restaurant Bolivar et les docteurs Ponce et Gutierrez, tous de grands gaillards à la moustache tombante et aux tempes grisonnantes.

Durant son sermon, le père Louis Cardinal, curé de l'église Saint-Pascal, ex-missionnaire en Amérique du Sud, sexagénaire menu à la peau rose et aux yeux clairs, est descendu de la tribune en s'appuyant à l'autel. Rappelle-toi comme la communauté l'aimait, notamment pour ses incessants efforts en vue d'aider les réfugiés. Il était l'antithèse du père Daoust qui, lui, refusait de dire la messe en espagnol. S'adressant à nous dans un espagnol au léger accent québécois, il a prié les « mieux nantis » de créer un climat de solidarité au sein de la communauté et de tendre la main aux « nouveaux arrivés et aux plus démunis ». *¿Entienden?* Les premières rangées ont acquiescé de la tête et ont solennellement fermé les yeux.

La messe terminée, on a dégagé l'autel, on a placé des tables, on s'est hâté de les couvrir d'une nappe et on les a entourées chacune de quatre chaises. Puis on a disposé le buffet, et les femmes en ont eu le souffle coupé : *¡ay que rico!* Les mets s'étalaient sur quatre longues tables : on y découvrait une *parillada* énorme, des *empanadas* chiliennes et boliviennes, des *humitas,* des avocats servis avec des crudités et des crevettes, et des salades de toutes sortes. Les « mieux nantis », tous regroupés aux mêmes tables, tout près de celle des organisateurs, où l'on apercevait également le père Cardinal, ont levé plusieurs fois leur verre de vin rouge, pour des toasts qui commençaient sentencieusement mais qui se terminaient invariablement par des remarques humoristiques sur leurs penchants pour les femmes et le vin. Un *¡salud!* à l'unisson s'ensuivait, puis une salve d'applaudissements ébranlait la salle.

Souviens-toi du repas, si long, copieux et épuisant,

Marcelo. Vous, les garçons, ne tenant plus sur vos chaises, aviez engagé une course effrénée en un élan d'énergie trop longtemps contenue. On a retiré les tables vers onze heures et quart, et la salle s'est transformée en une immense piste de danse à la lumière tamisée. Les musiciens ont installé leur équipement, ont testé le son et ont enchaîné *cumbia* sur *cumbia, merengue* sur *merengue, cueca* sur *cueca.* Zigzaguant entre les couples qui se déhanchaient, vous jouiez à la *tag,* et Cléo était si rapide que nul n'arrivait à le rattraper. Un garçon plus âgé que lui, visiblement froissé, l'a pourchassé avec obstination et Cléo, faisant volte-face, est tombé nez à nez avec une femme qui transportait les restes du buffet et n'a pu l'éviter. Tous deux ont croulé au sol dans un fracas de vaisselle. La robe de la dame, ta tante Gloria, était toute tachée. Celle-ci s'est relevée brusquement, prête à engueuler le garçon, mais quand elle a vu que c'était Cléo, elle a retenu ses réprimandes. Juan, son mari, déjà passablement éméché, fixait la robe dégoulinante de sauce : *¿qué pasa?, ¿qué pasó?* Rien, *querido,* ce n'est qu'un accident, a expliqué Carmen, qui s'est ensuite hâtée de ramasser la nourriture. Comment ça, rien? Et Carmen s'est relevée d'un coup : ce n'est qu'un accident, n'en fais pas toute une histoire, veux-tu.

Par la suite, comme on vous a interdit de courir, vous êtes allés flâner, mine de rien, du côté des filles. Une lueur moqueuse a traversé les grands yeux noirs de Carolina, la fille de Juan, qui vous a proposé de jouer à la bouteille. Quoi? avez-vous fait à l'unisson, vos cœurs battant la chamade. Non, merci, pas ici, pas devant les parents. Était-elle folle? Mais Carolina, de profil, les bras croisés, a eu un sourire suggestif: vous étiez des poules mouillées, ou quoi? Nous, des poules mouillées? T'es malade! Vous vous êtes consultés à l'instar d'une équipe de football planifiant le jeu avant de sauter sur le terrain, et Cléo s'est avancé, suave et cool, comme un chat: O. K., on va jouer et on va voir qui a peur de qui. Quand la bouteille cessait de pivoter, le garçon et la fille vers qui elle pointait se levaient et s'embrassaient sur la bouche pendant au moins dix secondes. De temps à autre, un adulte, passant par là, vous observait un moment de biais, puis repartait en souriant. Pendant ce temps, les robes des femmes balayaient la piste de danse à qui mieux mieux, tandis qu'autour, sur les chaises, on commérait ferme.

Le cul et le goulot de la bouteille ont pointé vers Cléo et Carolina. Elle a été la première à se lever, les joues en feu, les yeux brillant d'une fougueuse audace: j'ai jamais essayé avec un Noir. Autour, on toussait, on ricanait, on épiait Cléo. Eh ben, a dit un des garçons, le moment est venu d'en essayer un. Cléo s'est levé à son tour, ils ont fait un pas l'un vers l'autre et ont uni leurs lèvres avec délicatesse. Au bout d'un moment, ils s'embrassaient en se caressant le dos. Des sifflets ont jailli, des plaisanteries ont fusé et les rires qu'elles ont provoqués ont attiré l'attention. Juan s'est approché en titubant et les a observés un instant, les paupières mi-closes. Sa bouche mollement ouverte répandait une haleine d'alcool. Qu'est-ce que tu fais? a-t-il demandé à sa fille en perdant momentanément l'équilibre. Tu te respectes donc plus, *niñita* ? Ne l'ayant pas entendu, les deux s'étreignaient de plus belle, et Juan a tenté péniblement de les séparer. Enfin, il a agrippé le bras de Carolina, l'a tirée vers lui et l'a insultée vertement, mais elle l'a repoussé aussitôt en se pinçant les narines. Pas du tout démonté, Juan a fixé son attention sur Cléo qui, sans ciller, a soutenu son regard. C'était comme si Cléo lui disait tout bas : vous me faites pas peur, monsieur. Toi, qui t'a invité ? l'a questionné Juan de sa voix traînante. Et c'est toi, Marcelo, qui lui as répondu : c'est moi qui l'ai invité. C'est quoi le problème ? Dis-lui de rester tranquille, sinon gare à lui. Mais qu'est-ce qu'il a fait ? Tu veux blaguer, ou quoi ? a fait Juan, et il a eu un petit rire. T'as vu ce qu'il a fait. Rappelle-toi le sang qui battait tes tempes et la force, venue de tu ne sais trop où, qui s'emparait graduellement de toi. Quelques instants plus tard, déversant toute ta bile, tu accablais ton oncle Juan d'insultes à peine voilées : il n'était qu'un *borracho*, un ivrogne ! Il ne pensait qu'à boire ! Tais-toi, Marcelo, sinon tu vas y goûter, *caramba* ! Puis la bousculade, la musique qui s'est subitement arrêtée, les danseurs qui se sont immobilisés : qu'est-ce qui se passe, *por el amor de Dios* ? Ton oncle Juan ne tarissait plus : on ne voyait donc pas que ces enfants étaient une bande de dégénérés ! Roberto le retenait, le père Cardinal, pendant ce temps, levait les bras comme s'il implorait le ciel : voyons, *amigos*, c'était la journée la plus importante de l'année, on n'allait tout de même pas la gâcher pour si peu ! Dans le désordre et la confusion,

Cléo s'est esquivé et est parti s'asseoir à l'écart, caché derrière un haut-parleur. Il évitait tous les regards. Enfin, on s'est dispersé. Juan a disparu sans dire au revoir, et sa femme, avec force sourires et courbettes, s'est confondue en excuses : mon mari ne se sent pas bien, il ne pense pas ce qu'il a dit, je vous assure.

Le reste de la soirée, Cléo est demeuré dans son coin et, quand on venait lui offrir du jus ou un dessert, il ne répondait que par des hochements de tête dédaigneux. Vers deux heures, Roberto a fait irruption en tenant les quatre manteaux à bout de bras : il était temps de partir. Dans l'auto, le chauffage au maximum, il s'est brusquement tourné vers Carmen : tu vois ? Je t'avais dit que c'était une erreur ! Au premier feu de circulation, il a frappé plusieurs fois le volant et a détourné la tête vers la vitre givrée de la portière : mais non, il faut toujours que tu fasses à ta tête ! Sans riposter, regardant droit devant elle, pendant que les flocons hérissés comme des étoiles s'écrasaient contre le parebrise, Carmen secouait la tête comme pour dire non, non et non. Sur la banquette arrière, Cléo et toi aussi gardiez le silence. L'automobile s'est arrêtée devant son immeuble et, comme il relevait le bouton de la portière, tu as posé une main sur son épaule, mais il l'a esquivée d'un geste brusque : ta gueule, j'ai pas envie de t'entendre. Oui, souviens-toi : à partir de ce moment, quelque chose, quoi au juste ?, s'est brisé à tout jamais.

V

LA TÊTE lui tourne, une douleur lui vrille les tempes, et il suit du regard les automobiles balayant de leurs phares la chaussée du chemin de la Côte-des-Neiges. De l'autre côté, son école primaire, entourée d'une haute clôture métallique, cachée par des arbres sans feuilles. Flaco pense : la nuit, on dirait une prison. Sœur Cécile lui revient à l'esprit, avec ses cheveux blancs légèrement ondulés, son sarrau bleu ciel et ses lunettes à monture fine. Est-elle toujours vivante ? Assommante à la longue, avec ses obsessions religieuses. Et Akira, que devient-il à New York ? Et cet effronté de Sylvain ? De nombreuses familles, plus lucides que la sienne, ont quitté le quartier. Voilà la solution. On tire la manche de son chandail, la bouteille de vin a de nouveau fait le tour jusqu'à lui. Quelques-uns des Latino Power sont installés sur le banc, tout à leur aise, alors que d'autres comme lui se tiennent debout et font passer de temps en temps le poids de leur corps d'une jambe à l'autre. Flaco les considère un moment : a-t-il lui aussi le même air désabusé ? Il fait basculer la bouteille au-dessus de sa bouche jusqu'à la verticale et prend une longue lampée. Sur un banc à gauche, à une dizaines de mètres, des Indiens ou des Pakistanais les épient depuis un moment, comme s'ils cherchaient à comprendre leur conversation. Ce sont les derniers arrivés dans le quartier, ils ne savent pas ce qui les attend, les pauvres.

Lalo s'avance pour parler, reste un instant incapable d'articuler, essuie de la paume sa bouche teintée de vin rouge, et balbutie : il a hâte au vol. Hier et aujourd'hui, il a dû laisser des Haïtiens le niaiser à propos du taxage de dimanche, sans pouvoir se défendre. Teta se dresse brusquement et en remet : lui a hâte de leur voir la face après le vol. Mon manteau de cuir ! braille-t-il, mon manteau de cuir ! Les autres partent d'un rire sans entrain, ankylosé. La bouteille terminée, Lalo la renverse et une écume rougeâtre s'échappe du goulot. Il fait mine de viser au loin et projette avec force la bouteille, qui heurte le bord métallique de la poubelle et éclate en mille cristaux. Les Indiens marmonnent des sons gutturaux. Sur-le-champ, Lalo leur fait un bras d'honneur. Les Indiens hésitent puis lui rendent la pareille. Les deux groupes s'insultent un moment, tout y passe, leur mère, leur pays, leur race, les Latinos en français, les Indiens en anglais. Et Flaco fait signe aux siens : ça suffit, les gars, il est temps d'y aller.

Ils quittent la pelouse et, empruntant le trottoir, contournent le parc Kent. Combien de bouteilles ont-ils bu ? Trois, quatre ? Dans la nuit, ils avancent côte à côte, les uns gardent la tête baissée, les autres bombent le torse et hument l'air froid. Malgré le vin, leurs manières agressives et leurs mots impitoyables, Flaco sait que la peur leur dévore les entrailles. Il va pour traverser la rue et, arrivé sur la ligne jaune au milieu de la chaussée, par pure bravade, il marche à grands pas vers les voitures, dont les klaxons se mettent aussitôt à hurler. Oui, c'est dans ces moments qu'il se sent vivre, que son existence se mue en une aventure imprévisible. Devant l'entrée du sous-sol de l'église Saint-Pascal, des dizaines d'élèves s'agglutinent déjà. Les uns fument en groupe, les autres font la queue. Un martèlement sourd, provenant de l'intérieur, bat la mesure. Flaco prend la file, les autres l'imitent. Insouciant, il sent que son bonheur pourrait durer. Autour de lui, des rockers, des rappers, des *straights*, des alternatifs, des punks, des skins, mais aucun signe des Bad Boys.

Soudain, provenant de l'arrière de l'église, Paulina et Nena apparaissent. Cette dernière grille une cigarette, pas Paulina. Elles saluent de la main un groupe de Vietnamiennes, causent un moment avec elles et, les apercevant, s'approchent d'eux d'un pas lent, calculé. Il dévisage Paulina et, sur le coup, ses traits délicats lui semblent pareils à ceux d'une petite fille. Il l'embrasse en s'appuyant lourdement sur elle. T'as bu! Elle s'essuie la bouche et il lui sourit en haussant les épaules. Elle remue la tête de plus en plus rapidement comme si elle allait se fâcher, mais elle finit elle aussi par sourire. Il a pas de manteau? s'inquiète-t-elle. C'est frais, non? Mais non, on est au beau milieu du printemps, tu vois pas? Elle le regarde de travers : t'es vraiment saoul, Flaco. Cependant que la file avance, il lui tourne le dos, fixe la croix sur la façade de l'église et sent une brûlure de reproche sur sa nuque.

Quand il se retourne, Nena et elle se sont éclipsées. Est-elle partie ou entrée dans le sous-sol ? Un sentiment de remords le harcèle, il s'efforce de le chasser en pensant à autre chose. Ils attendent un bon moment et, juste avant d'entrer, pour camoufler leur haleine, Teta distribue de la gomme. À la caisse, Gino les renifle : est-ce que je rêve ou ça sent l'alcool ? Il a l'air d'un bulldog, pense Flaco, qui prend garde de se tenir à bonne distance et qui feint l'agacement : évidemment que tu rêves, mon gars. Gino l'examine de la tête aux pieds et braque son index sur lui : aujourd'hui, pas d'histoires, compris ? Flaco paie, t'en fais pas, prend la monnaie, on va être sages comme des images, et tend le revers de la main pour qu'on le lui marque du tampon. Les autres ricanent derrière et Gino se rebiffe : à la première, je vous mets à la porte, *capito* ? Lalo passe devant, le dos voûté, et se détourne pour cacher son irrésistible envie de rire : pogne pas les nerfs tout de suite, attends au moins qu'on ait fait un mauvais coup. Un moment Gino soutient son regard et les Latino Power éclatent en chœur : ¡ay ay ay! Gino est pas de bonne humeur aujourd'hui ! T'es *tough*, t'es *tough* ! Y'a pas à dire, t'as un look de tueur, Gino !

Il fait noir et la glace sèche stagne sur la piste de danse. Flaco distingue à peine les visages des silhouettes qui se meuvent comme des chauves-souris entre les cônes de lumière rouges, verts et bleus. Ils longent le vestiaire et, derrière le comptoir, une petite Vietnamienne aux cheveux lisses, en apercevant Pato, agite un peu la main près de son oreille. Ce dernier lui renvoie son salut, s'éloigne avec eux vers la piste et fend la foule. Deux gigantesques haut-parleurs, trônant de chaque côté de l'entrée, font vibrer le plancher comme un tremblement de terre. Les Latino Power forment un cercle, se mettent à danser discrètement, puis Teta secoue la tête en faisant semblant de tenir une guitare électrique entre les mains. Enfin, tous ils trashent, pour rire. Paulina, talonnée de trois autres filles, pénètre dans la salle, mais ne vient pas les rejoindre : elles dansent entre elles près du haut-parleur du fond. Où est-elle allée ? Lui en veut-elle, ou quoi ?

Une bonne demi-heure s'écoule pendant laquelle Flaco sent son mal de tête s'intensifier. Je commence à en avoir plein le cul de danser. Tout à coup, Lalo passe un bras sur ses épaules : regarde, *compadre,* qui s'amène au vestiaire. À travers un voile de fumée colorée de lueurs confuses, Flaco distingue CB et ses acolytes enlevant leur manteau de cuir. Tu vois, dit Flaco, j'étais sûr qu'ils les porteraient. À tour de rôle, les Bad Boys s'avancent vers la piste de danse, aperçoivent les Latino Power et rebroussent chemin, pour se consulter. Qu'est-ce qu'ils peuvent bien se raconter ? Des conneries probablement, n'empêche qu'il donnerait n'importe quoi pour les écouter à leur insu. Enfin ils se dirigent tous, y compris Ketcia, vers les toilettes des hommes. Ils s'en vont fumer un joint. Voilà, c'est le moment idéal pour passer à l'action.

Flaco fait un signe discret à Pato qui file au vestiaire

et gravit les marches deux à deux, puis il ordonne à Teta de se poster vis-à-vis de la porte des toilettes, de manière à les avertir quand les Bad Boys sortiront. Voilà, le plan est en marche, ils ne peuvent plus reculer. Flaco voit Pato se pencher sur le comptoir, souffler sans doute des mots doux à l'oreille de la Vietnamienne, car la fille ne cesse de sourire. Il n'a pas menti, elle a vraiment l'air amoureuse de lui. Va-t-il réussir à la déloger de là, par contre ? Il la prend à présent par les épaules, tente de lui bécoter le cou, mais elle fait non de la tête, trois, quatre fois, le repoussant en riant. Pato s'esclaffe à son tour mais, à la manière qu'il a de se plier en deux, cela augure mal : il a l'air trop saoul pour jouer au séducteur. Il lui parle dans le creux de l'oreille, pointe son index vers la sortie et, au bout de quelques instants, il vient vers Flaco : je lui ai dit que j'avais quelque chose d'important à lui dire, que je pouvais seulement lui parler en tête à tête, dehors. Aussitôt que le vestiaire va se dégager, elle a promis qu'elle viendrait. Flaco lève le pouce : O. K., dépêche-toi.

Cinq, six interminables minutes passent, et la Vietnamienne ne fout toujours pas le camp. Dire que d'un moment à l'autre les Haïtiens peuvent surgir des toilettes et venir tout chambarder. *Dios mío,* vraiment, c'est de la folie de vouloir voler ces manteaux ! Quelle idée stupide ! Qu'est-ce qui lui a pris ? Mais voilà que l'Asiatique monte l'escalier menant à la porte d'entrée et court rejoindre son p'tit Pato chéri, se dit Flaco, aux anges. Du côté de Teta, ça baigne dans l'huile. Parfait ! Les Latino Power se réunissent à la hâte, puis rasent le mur jusqu'au vestiaire. Ils sautent par-dessus le comptoir et Flaco éteint aussitôt les lumières, pour éviter d'attirer l'attention. À quatre pattes ils cherchent les manteaux, mais il fait tellement noir qu'ils peuvent à peine voir leurs pieds. Flaco s'en veut de ne pas avoir prévu cet inconvénient, une lampe de poche n'aurait pas été de trop. Cela les retarde terriblement : pour les voir, ils doivent trimballer les manteaux un à un à la lumière. Enfin, Lalo chuchote, s'étranglant presque : *¡aqui están!* Il sort de sa poche un sac à ordures et y glisse les manteaux. Aux environs, personne, sinon Teta qui se tient toujours roide, face aux toilettes, les bras croisés.

Tout à l'arrière du vestiaire, Lalo et Flaco lèvent les stores et s'attaquent chacun à une des deux grandes fenêtres en bois. De tous ses muscles, Flaco tente de tourner le verrou. Rien à faire. Ils doivent se mettre à deux sur une fenêtre. Voilà, le verrou cède ! Lorsqu'ils font signe à Teta de s'approcher, Mixon surgit des toilettes, arborant une tête d'oiseau surpris. Il toise Teta, l'insulte, et le Latino, gardant son sang-froid, l'incite au calme de ses mains. Toutefois, Mixon continue de l'injurier copieusement, comme s'il se doutait que quelque chose se tramait dans son dos. Il jette des regards vers le vestiaire, se risque vers le comptoir, pose les mains dessus, tend le cou, mais il ne peut les apercevoir : à quatre pattes sur le sol, ils s'efforcent de ne pas remuer, retiennent leur respiration dans l'obscurité. Il revient vers Teta, lui beugle à la figure, l'expédie au loin d'une bourrade, mais Teta, étonnamment, se maîtrise. De

nouveau son regard est attiré vers le vestiaire et, de nouveau, il vient vers le comptoir. Flaco lève les yeux :
¡putamadre! Un store ne cesse de claquer au vent !

Teta tente de le retenir, mais Mixon s'esquive
comme un chat et enjambe le comptoir. Désespéré,
Teta hurle en sa direction, gesticule tel un policier diri-
geant la circulation, mais l'autre s'avance à tâtons, attiré
par les battements du store. En dépit du rythme effréné
de la musique au loin, en dépit du bourdonnement
intense de ses oreilles, Flaco entend distinctement au-
dessus de sa tête le store qui claque de plus belle contre
le cadre de la fenêtre. Mixon fouille maintenant parmi
les manteaux et en fait tomber de plus en plus. Brusquement, il trébuche contre la jambe de quelqu'un,
celle de Lalo ?, mais ne tombe pas. Ça y est, il baisse les
yeux et, sur-le-champ, Lalo agrippe sa main et le tire
vers eux au plancher. À l'instant Teta s'amène, et ils sautent sur Mixon comme des piranhas : on pose une
main sur sa bouche, on immobilise ses bras et ses pieds.
Il se débat, tente de mordre, mais Flaco remarque qu'il
peine à garder les yeux ouverts. Oui, il ne s'est pas
trompé, ils ont fumé. Il lutte toujours pour libérer ses
mains et Flaco, excédé, pose une main sur sa gorge et la
lui serre : qu'il se calme, bon sang ! S'il fait ce qu'on lui
dit, il lui arrivera rien !

Mixon dégage un de ses bras et, par un coup de
chance, tapant dans le mille, il met son poing en plein
dans la figure de Lalo. Le Latino se fige un moment,
comme sonné, les larmes lui viennent aux yeux, la douleur lui crispe le visage, et un filet de sang jaillit de son

nez. Les nerfs à vif, Flaco gifle Mixon : tu vas te calmer, et tout de suite ! Il s'installe sur son ventre en lui faisant face, tandis que, derrière, Lalo immobilise ses bras tant bien que mal. Soudain, Mixon se tord de douleur, comme secoué d'un spasme aigu, tenace, dévastateur. *Dios mío*, qu'est-ce qui lui arrive ? Un moment, Flaco croit qu'il fait une crise, qu'il manque d'air. Bon sang, il ne bouge plus ! Il pose une main à plat sur sa poitrine : son cœur bat toujours. C'est alors qu'il voit Lalo remettre son canif dans sa poche : ça t'apprendra, négro, ça t'apprendra. C'est pas possible ? C'est pas vrai ? Teta s'écarte, comme épouvanté : t'es malade, ou quoi ? Et Lalo tente de s'expliquer : il m'a fessé, il m'a fait saigner, le maudit ! Flaco est paralysé, des images vertigineuses traversent son esprit. Imbécile ! rugit-il enfin à voix basse. C'était pas nécessaire, *¡huevón!* Lalo perd tout d'un coup son air héroïque. Flaco secoue Mixon pour le réanimer, mais il s'est probablement évanoui. Et maintenant, *putamadre*, qu'est-ce qu'ils vont faire ? Qu'est-ce qu'ils *peuvent* faire ? Il prend une grande respiration, s'éponge le front de son chandail. Lalo affiche un air navré : j'ai fait attention de lui jacker que le bras. Flaco vient pour l'injurier, mais se ressaisit. Une chose est sûre, ils n'ont pas de temps à perdre. D'un bond il se relève : allez, vite, on s'en va, on a pas le choix. Il prend le sac à ordures et jette un dernier coup d'œil sur Mixon : le Noir gît par terre, la bouche entrouverte, les jambes écartées, tandis qu'une flaque de sang autour de lui agrandit son cercle. L'un après l'autre, ils montent sur le radiateur et se faufilent à l'extérieur.

Flaco dissimule le sac dans des buissons jouxtant l'église. Non, il ne faut pas y penser, mais il revoit le corps désarticulé de Mixon. Il tourne la tête vers Lalo qui titube, pâle, enserrant, d'un geste étrange, sa poitrine de ses bras. Ils font le tour de l'église, cherchent Pato des yeux, mais tombent sur le groupe d'amies de Paulina. Ni elle ni Nena ne sont là cependant, elles doivent être rentrées chez elles. Voilà, assis sur les marches de l'église, Pato converse le plus naturellement du monde avec la Vietnamienne. Ils gravissent l'escalier, se penchent sur lui et lui susurrent qu'il est temps d'y aller, mais il est tellement ivre qu'il ne semble pas comprendre ce qu'on lui raconte. Un peu à l'écart, la Vietnamienne conseille à Flaco de le ramener chez lui. Ils le prennent par les épaules et descendent les marches une à une. Ils refont le tour de l'église en sens inverse, récupèrent le sac et se sauvent à toutes jambes. Chemin faisant, Flaco s'aperçoit qu'il grelotte, son chandail est tout trempé de transpiration. Déjà à une bonne distance, rue Barclay, l'église loin derrière, Lalo leur demande de faire halte un moment : il se sent pas bien, les gars. Il s'accote à une voiture et, après quelques haut-le-cœur, pressant les bras sur son ventre, il vomit toutes ses tripes.

LES SAMEDIS, les pistes du Bowling Barclay ainsi que son arcade, récemment aménagée, fourmillaient de monde. Des retraités, surtout des Juifs, engageaient des parties de quilles qui s'étiraient des après-midi entières jusqu'à l'heure du souper, tandis que des adolescents, autant des Latinos et des Arabes que des Haïtiens et des Asiatiques, se pressaient autour des jeux vidéo. Comme tu te faisais la main à la maison avec ton Super Nintendo, tu étais un cran plus habile qu'Akira à *Mortal Kombat*. Tu as remporté une autre partie et Akira, voyant la dépouille de son guerrier prendre feu, a asséné un violent coup de pied à la machine. De peur d'être vu, il a promené aussitôt des regards inquiets autour de lui : le dos tourné, le propriétaire engueulait avec force gesticulations un de ses employés. Akira t'a demandé l'heure et toi, ayant glissé deux autres vingt-cinq sous dans la machine, tu as jeté un œil rapide à ta montre avant d'entreprendre une nouvelle partie : il était quatre heures de l'après-midi. Tu te rends compte, a soupiré Akira, il est une heure et demie en retard.

Tu as répondu d'un simple hochement de tête : c'était loin d'être la première fois qu'il vous faisait le coup. Voyons voir, à deux occasions la semaine dernière, une autre fois cette semaine, oui, c'est ça, c'était la quatrième fois qu'il vous faisait poireauter comme ça. Depuis janvier, en dépit de vos coups de fil respectifs tous les deux ou trois jours, tu le fréquentais moins souvent. Selon son dire, Cléo n'avait plus un moment à lui : il devait ou bien donner un coup de main à sa mère avec le ménage, ou bien l'accompagner pour faire les courses, ou bien terminer ses devoirs, ou bien rendre visite à son père, et ainsi de suite. Un soir, il est allé jusqu'à inventer qu'il devait sortir le chien de sa voisine, madame Masaryk. C'était le comble, tu savais pertinemment que Cléo et sa mère détestaient cette femme qui, dès qu'ils mettaient un peu de musique, frappait avec acharnement sur le mur, de son balai. Encore ce matin, qui sait, il t'avait peut-être raconté un autre mensonge : à la demande de son professeur, il était tenu d'assister à des cours de rattrapage… la fin de semaine. Tout de suite après, il viendrait vous rejoindre au Bowling Barclay, promis juré ! C'était difficile à la fin de faire la part des choses, parce que tout de même il devait y avoir un peu de vrai dans ce qu'il racontait, non ? Depuis que sa mère s'était dégoté un emploi dans une manufacture de vêtements pour bébés sur la Main, elle exigeait, il est vrai, plus souvent son aide, afin de se laisser du temps pour peindre le soir.

En effet, Carole s'était aperçue qu'elle ne pouvait gagner sa vie seulement en vendant ses peintures. Aussi, elle en avait ras le bol d'être toujours enfermée entre les quatre murs du salon qui, pendant la nuit, se transformait en atelier. Cela devenait asphyxiant, disait-elle. Cléo t'a raconté que, lorsque Tony, le patron de la manufacture, l'a vue surgir de l'ascenseur, il lui a aussitôt dit sur le seuil de la porte qu'il n'y avait pas d'ouvrage pour elle, qu'elle pouvait faire demi-tour immédiatement. Mais Carole ne s'est pas laissé intimider : elle connaissait la petite musique, parce qu'elle était en fauteuil roulant, on ne voulait pas d'elle. Ça ne se passerait pas comme ça ! Non, monsieur ! Elle avait ouï dire qu'il y avait du boulot, et si on ne lui donnait pas sa chance, elle allait se plaindre. Ça se saurait ! Tony a hésité, puis s'est approché d'elle en souriant de toutes ses dents gâtées : ah, elle était une batailleuse, ça ne lui déplaisait pas ça, comme qualité. Bon, il allait la prendre à l'essai. Mais il l'avertissait, si n'elle arrivait pas à suivre les autres, elle prendrait la porte *rapido* : il n'était pas du genre à se laisser attendrir. Au bout d'une semaine, surgissant par derrière, Tony surprenait les autres employées, courbées face à leur machine à coudre, et leur serrait l'épaule : vous devriez avoir honte, les filles ! Carole est plus rapide que vous autres ! C'est étrange, disait Cléo comme se parlant à lui-même, depuis que sa mère avait commencé à travailler, c'est comme si elle avait repris goût à la vie. Parfois, très tôt le matin vers cinq heures et demie, il l'entendait siffler. Je te jure, mon gars ! Mais qu'il se détrompe, faisait remarquer Carole à son fils, ce n'était pas qu'elle aimait son emploi. Seulement avec tout ce que la vie lui avait fait endurer récemment, ça lui changeait les idées.

La seule visite que Carole recevait à l'occasion était celle d'un couple de vieux amis haïtiens, les Sarrazin. Il fallait qu'elle voie son emploi comme une occupation temporaire, insistait madame Sarrazin, tous les immigrants passaient par là, eux-mêmes avaient vécu des moments difficiles au début. La chance finirait par lui sourire, Carole, qu'elle ne s'inquiète pas. Une fois qu'elle aurait stabilisé ses finances, elle pourrait trouver un emploi relié aux arts plastiques. Ensuite, elle pourrait même quitter ce quartier, hasardait monsieur Sarrazin. Qu'est-ce qu'elle en disait ? Oui, répondait Carole, elle en avait marre de composer avec les coquerelles. Toutefois, comme elle savait que les Sarrazin visitaient son mari et sa maîtresse, elle s'arrangeait toujours pour leur soutirer des informations à leur sujet. À propos, avaient-ils vu d'autres de leurs amis récemment ? Les Sarrazin échangeaient un regard embarrassé, puis madame Sarrazin venait s'asseoir près de Carole : je préfère ne pas te parler de ton mari, sinon je me fais l'effet d'une espionne. Mais non, vas-y, je t'assure, puisque je te dis que ça ne me fait plus rien. Puis, voyant que madame Sarrazin se taisait, elle posait une main sur la sienne : qu'elle ne soit pas stupide ! Elle ne lui en voulait même plus à son mari ! Madame Sarrazin soupirait : bon, d'accord, mais je t'aurai avertie ! Écoute, Carole, il veut le divorce, mais il n'ose pas te le demander. Alors Carole se mettait à sourire comme une condamnée à mort : mais quel con, je le lui donne tout de suite ! Avez-vous apporté les papiers ? Donnez-les-moi et je les signe tout de suite pour qu'on en finisse ! Et monsieur Sarrazin se raidissait : ah non, nous, on joue juste aux messagers, pas aux avocats. C'est déjà assez pénible comme ça, comme rôle ! Vous réglerez les papiers entre vous. Soudain, le visage de Carole s'assombrissait, et elle répétait tout bas, le regard dans le vide : je le lui donne tout de suite, le divorce, s'il le veut…

Quant à Cléo, il s'était trouvé une nouvelle occupation. Depuis qu'il ne te secondait plus dans la distribution des journaux le samedi, la *Gazette* lui avait confié l'avenue Lavoie. À l'aide de sa montre numérique, il se chronométrait. Un jour, il est entré en coup de vent dans le hall d'un immeuble et est tombé sur

Guylain, l'incorrigible poivrot du quartier, qui ronflait, recroquevillé, couvert de papier journal. Cléo a voulu s'esquiver, mais Guylain s'est éveillé en sursaut, a étiré les bras au-dessus de sa tête et, se frottant un œil du revers de la main : hé, j'veux te parler ! Aie pas peur, mon p'tit gars, et il s'est levé avec peine. Il a plissé les yeux et lui a montré le pouce : toé, je te vois passer tous les matins, tu cours vite en crisse. Ses yeux l'ont scruté longuement, d'une manière qui se voulait pénétrante : j'te le dis, un jour tu vas faire les Jeux olympiques. J'ai jamais vu quelqu'un flyer comme toé. Cléo a souri du compliment et a fait mine de partir, mais son interlocuteur l'a retenu par le pan de son manteau : pourquoi au cent mètres, y'a juste des Noirs, hein ? Guylain s'est courbé d'un air conspirateur, le visage secoué de tics bizarres. Cléo a haussé les épaules : aucune idée, m'sieu. Il faut que j'y aille maintenant. Il gravissait l'escalier, lorsqu'il a entendu à nouveau la voix nasillarde de Guylain : tu sais rien, mon p'tit gars, tu penses tout connaître, mais tu sais rien.

Comme il aimait trop courir pour en faire une obligation, il s'entraînait uniquement quand ça lui disait. Il comprenait cependant qu'avec cette attitude il ne serait jamais un grand athlète et cela ne le peinait pas plus que ça. De quoi tu parles, t'es-tu fâché un jour au bout du fil, dans toutes les compétitions t'es le meilleur, je te dis que t'as des chances. Peut-être, mais il voulait faire autre chose dans la vie, il savait pas quoi encore. En attendant, il y avait les Jeux de Montréal qui approchaient à grands pas, et il avait hâte. Pour l'instant ce qui l'intéressait, c'était d'avoir du *fun*! Les choses se passaient plutôt bien pour lui depuis qu'il se tenait avec Carl : plus personne ne le niaisait à l'école. On le respectait enfin.

Akira et toi, vous vous êtes installés sur un long banc en bois, face à la piste de bowling, pour suivre les parties. Une demi-heure plus tard, on a vu Cléo qui, d'un pas nonchalant, descendait les marches de l'entrée, Carl et un autre Haïtien de la classe d'accueil lui emboîtant le pas. Il s'est avancé en faisant des rotations de la tête, l'ébauche d'un sourire moqueur sur les lèvres :

— Salut, les gars.

— Où t'étais? as-tu demandé en te levant.

— M'excuse. Le cours de rattrapage s'est terminé y'a pas mal de temps, c'est vrai. Sauf qu'après, on est tous allés manger chez McDonald. C'est le prof qui invitait. Le temps a passé super vite. Il est cool, ce prof-là. Pas vrai, les gars?

Les Haïtiens ont acquiescé d'un signe de tête.

— M'excuse encore. On oublie ça.

Akira et toi n'avez pas bougé d'un poil.

— Je vous paye chacun une partie de *Mortal Kombat*, O. K.?

— On est écœurés de jouer, as-tu grogné. Ça fait deux heures qu'on t'attend.

Alors, ne pouvant réprimer un sourire caustique, Carl a passé une main sur sa bouche :

— *Man,* paraît que t'as des belles cousines?

Tu as baissé le front.

— Au prochain party que vous faites, a poursuivi Carl, je veux être sur la liste des invités. Oublie pas, hein ?

Tu ne savais trop s'il se moquait de toi ou pas.

— Tu me dois ça. Moi, je t'ai déjà invité à des partys chez nous.

Tu as pensé : il m'a invité une seule fois, puis plus jamais.

— J'aimerais ça rencontrer tes cousines, a-t-il insisté. Des belles p'tites filles, paraît-il. Surtout, comment elle s'appelle déjà... Carolina ?

Tu as posé les yeux sur Cléo, dont la lèvre inférieure tremblotait : lui aussi contenait avec peine son envie de rire.

— En tout cas, ç'a l'air pas mal cool, vos partys, a dit Carl. On m'a raconté qu'on se saoulait la gueule comme il faut.

— C'est pas si l'*fun* que ça, as-tu répliqué. Souvent, je m'ennuie. Et y'a des gens qui sont là qui me tapent sur les nerfs.

— Ouais. Sont pas toujours corrects, les Latinos.

— Qu'est-ce que tu veux dire par là ?

— À la polyvalente Saint-Luc, où je vais aller l'année prochaine, on m'a dit qu'il faut faire attention à eux. Ils sortent leur canif pour tout et pour rien.

— Ah oui ? as-tu fait, entendant ce type de commentaire pour la première fois.

— Ben oui. Tu leur tournes le dos et paf ! ils te le sortent. On m'a dit aussi qu'y'a pas plus voleur qu'eux autres. C'est des as !

— Mais ils sont pas tous comme ça, a nuancé Cléo. Y'en a des cool.

— Ah, ça c'est pas interdit qu'il y en ait des cool de temps en temps. Mais je parle de la majorité. Et pas juste des jeunes. Des vieux aussi. Pas vrai, Cléo?

— De quoi tu parles? a fait Cléo.

— Tu sais, l'incident là, que tu m'as raconté, a expliqué Carl en baissant la tête, comme s'il était embarrassé. Avec le gros Latino qui t'a insulté…

— Quoi? a demandé Cléo. Qu'est-ce tu racontes? J'me souviens pas.

— *Come on,* tu sais celui qui t'a…

— Dis-le, Cléo! as-tu crié hors de toi. Dis-le que mon oncle est un raciste! Pourquoi tu le dis pas?

Ils ont tourné la tête vers toi, le front plissé, la bouche entrouverte.

— De quoi tu parles, mon gars? a demandé Carl. C'est quelque chose qui est arrivé à Cléo dans le métro. Un gros Latino voulait pas enlever ses pieds pour qu'il puisse s'asseoir. Cléo lui a demandé de s'enlever et le gars a commencé à l'engueuler comme du poisson pourri.

— Qu'est-ce qui te prend? t'a demandé Akira à voix basse, comme en aparté. Pourquoi tu réagis comme ça?

Maintenant, tu les évaluais du regard, allant de l'un à l'autre, fébrilement. Et Carl a donné un coup de coude à Cléo:

— Mais de quoi il parle, celui-là? Tu sais de quoi il parle? Son oncle t'a fait quelque chose?

Souviens-toi, Marcelo : tu les as quittés brusquement et tu t'es rué vers l'escalier. Au moment où tu gra-
vissais les marches, tu t'es aperçu que Cléo te talonnait :
reviens, Marcelo, sois pas con. D'un geste dégoûté, tu
as dégagé ton bras : laisse-moi tranquille. Il ne t'a suivi
que jusqu'à la porte : qu'est-ce qui te prend ? J'te comprends pas. Sans avoir remonté la fermeture éclair de
ton manteau ni mis ta tuque, tu as parcouru deux pâtés
de maisons, presque sans t'en rendre compte. Puis tu
t'es arrêté net : pourquoi te mettais-tu dans cet état ?
Qu'est-ce qui te prenait, puisqu'il n'avait rien dit ? Tu
avais eu envie de revenir, mais tu en avais été incapable.

LES PORTES de l'ascenseur s'écartent et Ketcia aperçoit CB et les parents de Mixon, installés dans la salle
d'attente, au bout du corridor, sur des chaises en plastique. À une extrémité, affaissé de tout son long,
presque en position horizontale, les jambes écartées,
CB feuillette un *Sports Illustrated*, à l'autre, le père a le
regard dans le vide, et la mère, quand Ketcia passe, la
suit de ses yeux impitoyables. Ketcia s'assoit et soutient
effrontément son regard : c'est sa moustache qui lui
donne cet air méchant. Elle tend à CB un sandwich au
jambon et un Coke. Il les dépose sur ses genoux, se
frotte les mains et a un sourire de satisfaction. Affamés,
ils mangent bruyamment, cependant que la mère de
Mixon les guette de biais. Plus tôt, avant de descendre
à la cafétéria, Ketcia lui a proposé de lui rapporter à
manger, mais elle a détourné la tête : quand j'aurai

envie de quoi que ce soit, petite, je descendrai moi-même. Elle leur en veut, pense Ketcia, elle est convaincue que rien de ceci ne serait arrivé si son fils ne se tenait pas avec eux. Dès que le médecin, un jeune roux aux manières efféminées, a parlé du joint, elle a changé du tout au tout à leur égard : elle est restée sourde à leurs paroles réconfortantes, les scrutant d'un air soupçonneux. Cela a dû confirmer ce qu'elle s'était déjà mis dans la tête : soi-disant que Mixon était à la merci de l'influence de CB et de la sienne. À l'entendre, et c'est le plus drôle, on croirait que Mixon est un garçon modèle, un ange. Connaît-elle si mal son fils ? Le père lui a d'emblée inspiré une plus grande sympathie : il a des yeux doux et bavarde sans retenue.

Ketcia mord dans son sandwich et lève les yeux vers le cadran : il est trois heures et dix du matin, et ils n'ont pas encore rendu visite à Mixon. Depuis que l'ambulance est arrivée à l'hôpital Sainte-Justine, on n'a cessé de le trimballer en civière, dans l'ascenseur, d'un étage à l'autre. D'abord, on l'a amené à l'urgence, ensuite en radiologie, puis à la salle de chirurgie. Ne tenant plus debout, Ketcia allait et venait dans la salle d'attente, mais cela a irrité CB qui lui a demandé de se rasseoir. En fait, ils ne savent pas si ses blessures sont graves. L'os a peut-être été atteint, il y a peut-être risque d'infection, voilà tout ce que leur a révélé le médecin. Puis vers deux heures, on a monté Mixon au deuxième et les parents ont pu constater les dégâts *de visu*. Il ne va pas si mal, les a informés le père, mais a l'air terriblement fatigué. Il aurait été poignardé au bras uniquement et aurait perdu beaucoup de sang. Ensuite, un policier s'est pointé, et il se trouve toujours dans la chambre de Mixon qui, espérons-le, ne les vendra pas.

Chose certaine, CB a réussi un beau coup plus tôt en soutirant aux parents la permission de le voir. Au début, la mère, c'était prévisible, leur a tenu tête : je ne veux plus que Mixon fréquente ces bons à rien, a-t-elle ronchonné à l'intention de son mari. Le père a pris leur défense : n'oublie pas que c'est grâce à eux que Mixon a été transporté si rapidement à l'hôpital. Toi, tu oublies que c'est grâce à eux aussi que ton fils se drogue. Le père a eu un soupir de découragement : tu simplifies tellement les choses que tu les déformes. C'est Mixon qu'il faut responsabiliser, pas ses amis. Je refuse de tout mettre ça sur le dos des jeunes. Elle n'a pas cillé, puis elle a tourné les talons et est allée se rasseoir. Lui a haussé les épaules, leur a souri et est allé la rejoindre.

Ce qui s'est produit au sous-sol de l'église est confus pour Ketcia. Elle voit un tourbillon aveuglant de lumières au milieu d'une fumée étourdissante, des attroupements précipités d'élèves, elle entend l'écho du martèlement de la musique. Une chose est sûre, il y a avant et après le joint : dans un premier temps, les gestes suivent un ordre et paraissent logiques, dans un second, le paysage devient nébuleux, irréel, menaçant. Elle se souvient très bien qu'ils se trouvaient dans une cabine des toilettes des hommes, autour de la cuvette, à faire circuler le joint. Après quelques bouffées, Mixon s'étranglait de rire, et les traits de CB se sont durcis : tu te calmes ou tu prends la porte ! Qu'est-ce que j'ai fait,

CB ? De toute manière, il faut quelqu'un pour avoir les Latinos à l'œil. Envoye ! Mixon a claqué la porte de la cabine : c'est pas juste ! À partir de là, le fil conducteur se perd, bien qu'elle se rappelle avec netteté l'angoisse grandissante qui l'assaillait. À leur tour, ils sont sortis des toilettes en clopinant et, malgré qu'ils l'aient cherché partout, ils ne trouvaient plus Mixon. Ils ont même cru à un moment donné qu'il était rentré chez lui, vexé.

Adossée au mur, elle s'est laissée glisser et s'est assise sur ses talons, harcelée par des pensées macabres et des images furtives de son enfance. La fumée prenait des formes fantasmagoriques animales et, ses oreilles étant bouchées, la musique battait littéralement la mesure dans sa tête. Soudain, la petite Vietnamienne au vestiaire s'est mise à hurler, puis à pousser des petits cris aigus, intermittents, comme si elle allait s'asphyxier, et Gino est arrivé en courant. La bande a emboîté le pas au surveillant, et c'est alors que Ketcia a aperçu Mixon gisant par terre, parfaitement immobile, comme s'il était mort. CB s'est précipité sur le corps : qu'on appelle une ambulance, bon sang ! Et Gino est parti téléphoner. CB ne semblait pas faire grand cas de ses mains tachées de sang, alors qu'elle, elle s'en veut à présent, osait à peine s'approcher du corps. Entre-temps, cela a jeté comme une douche froide sur le party : la musique a cessé, la plupart des fêtards sont partis. Quand les ambulanciers sont arrivés avec la civière, CB a insisté pour accompagner Mixon dans le véhicule. C'est bon, a fait un des ambulanciers, comme ça, vous pourrez téléphoner de l'hôpital aux parents du blessé. CB a demandé aux autres membres de la bande de venir les rejoindre à l'hôpital, mais ils se sont tous défilés en prétextant des maux de tête et la fatigue. Plus tard, dans la salle d'attente, CB a tapé plusieurs fois du poing dans sa paume : j'ai mon voyage ! Même pas capables de venir voir leur ami qu'on vient de jacker, sacrament !

CB termine le sandwich et reprend le magazine qu'il parcourt en passant une main suave sur sa barbiche. Ketcia aspire son Coke avec la paille et un gargouillis grave résonne au fond de la canette, ce qui attire de nouveau les petits yeux glacés de la mère de Mixon. Voilà, le policier, un gorille de six pieds, quitte la chambre et s'avance vers les parents. Au ralenti, il sort un calepin qu'il feuillette après s'être mouillé l'index, les interroge et note surtout ce que la mère lui raconte. Ketcia n'arrive à saisir que des bribes de phrases. Deux fois, il tourne la tête vers eux et CB, un rictus lui fendant le visage de bord en bord, lui fait bye-bye. Au bout d'un moment, le policier vient lentement vers eux, les bras ballants, et promène des regards obliques autour de lui comme pour avertir les infirmières et les parents des malades qu'il les a à l'œil. Il manquait rien que ça, pense Ketcia, un moron de première. Il s'immobilise devant eux et, par automatisme, se racle la gorge : il ne va pas leur faire perdre leur temps, il va être direct. Ils ont une idée de qui aurait pu poignarder leur ami ? CB pousse un soupir excédé, évite de le regarder, tandis que Ketcia, se sentant obligée de répondre, ne serait-ce que pour qu'il leur fiche la paix, lui dit simplement qu'ils n'en ont aucune idée. Ils n'ont pas d'ennemi par hasard? Non, répond sèchement Ketcia. Tout le monde en a, non? insiste le policier, un sourire vague flottant sur sa figure bouffie. Cette fois, se demandant si elle n'a pas commis une erreur en lui répondant la première fois, elle ne daigne même pas le considérer. Le policier fait un pas vers CB : et toi? CB lève les yeux, je sais rien, puis les détourne. Le policier grommelle entre ses dents, gribouille dans son calepin et s'éloigne sans leur dire au revoir.

Les portes de l'ascenseur se referment sur le policier et, sans perdre de temps, ils se dirigent vers la chambre de Mixon, sous le regard scrutateur de la mère. Quand ils passent devant le premier lit, un enfant au visage blême, de six ou sept ans, ouvre des yeux au contour violacé. Sur les deux lits opposés les patients dorment. Plus loin, près de la fenêtre, Mixon est éveillé, les bras croisés sur le ventre, la tête sur le côté. De nouveau, sur le coup, Ketcia a l'étrange impression qu'il est mort. Il tourne lentement la tête vers eux et sourit avec peine. CB prend place tout près de lui, alors que Ketcia s'installe au pied du lit.

— Z'avez vu ça? demande Mixon. Un policier est venu me voir.

Le timbre de sa voix est étonnamment clair. Ketcia examine avec un certain soulagement son visage déconfit : elle ne sait trop pourquoi, elle s'attendait à bien pire. Son bras, par contre, couvert de pansements, enflé et violacé jusqu'à la main, ne donne pas des signes très encourageants.

— Ouais, acquiesce CB, il est venu nous poser

quelques questions aussi. Comment ça s'est passé ? Il a pas été trop agaçant ?

— Je lui ai raconté une histoire sans queue ni tête, s'efforce de sourire Mixon, les paupières mi-closes. Il avait pas l'air de me croire, mais comme je faisais semblant d'avoir des douleurs de temps en temps, comme ça, « ayooooye ! », il a pas osé trop insister.

Les trois rient, Mixon ne peut s'empêcher de fermer les yeux.

— C'est comme ça qu'il faut les traiter, dit CB.

— Et à propos du joint ? s'enquiert Ketcia. Il t'a demandé quelque chose ?

— Juste si j'en vendais. Évidemment, j'ai dit que non. Je lui ai dit : je vous le jure, m'sieu, c'était la première fois que je prenais une *puff* de ma vie. Je voulais savoir comment c'était. C'est tout. Il a eu l'air agacé et il a dit : ça va, ça va… Et il a plus posé de questions là-dessus.

— Comment tu te sens ? demande Ketcia.

— Correct, je suppose.

Mixon jette un coup d'œil sur son bras, et Ketcia a l'impression qu'il va éclater en sanglots. Mais c'est comme si, de toutes ses forces, il se contenait.

— J'ai eu cinq points de suture. C'est sûr, j'ai mal quand je le bouge. Le docteur m'a dit que j'allais quitter l'hôpital demain matin ou, si c'est vraiment grave, dans une semaine. En tout cas, je me croise les doigts. J'ai pas le goût de téter ici toute une semaine.

— T'as l'air super bien, dit CB. J'suis sûr qu'on va te laisser aller demain. Tu vas voir, en quelques jours, tu sentiras plus rien. Tu vas me battre au bras de fer.

CB sourit, le regarde chaleureusement.

— Et tes parents, demande-t-il, ils sont venus te voir tantôt, non? Est-ce qu'ils t'ont posé des questions sur le joint?

— Avec eux, ç'a été un peu plus compliqué. Je crois que c'est le médecin qui leur a dit qu'on avait fumé. Ma mère a pogné les nerfs. Elle m'a dit : pourquoi, Mixon? Pour l'amour de Dieu, pourquoi tu te drogues? On ne t'a pas assez répété que c'est dangereux? Et des tas de trucs de ce genre-là.

— On abordera le volet drogue à la maison, veux-tu, est intervenu son père. C'est assez gênant comme ça, je ne veux pas qu'on en parle ici. Et puis Mixon doit récupérer, il doit se reposer.

— D'accord, a consenti la mère. Mais au moins qu'il nous dise qui lui a fait ça. T'es en danger, Mixon? Tu dois de l'argent? À cause des drogues, c'est ça?

— *Wow!* s'exclame CB. Elle commençait à capoter, ta mère!

— Mais non, maman, a répondu Mixon. C'était que des voleurs, ces gars-là. C'était même pas des gars de la polyvalente. Ils étaient beaucoup plus vieux que nous autres. Pour moi, c'était des pickpockets professionnels.

— Tu lui as dit ça? fait CB. C'est bien!

— Mais s'ils ne voulaient que te voler, a dit sa mère, alors pourquoi ils t'ont fait ça? Ce n'est pas logique…

— Ils m'ont jacké, a expliqué Mixon, parce que je voulais pas leur donner mon portefeuille. D'abord, je me suis battu avec l'un d'eux et, comme j'avais le dessus, un autre est arrivé par derrière et m'a jacké. Voilà.

— Tu changeras donc jamais, commente Ketcia en riant. T'es le meilleur menteur que je connaisse.

— Jacké? a fait sa mère. Qu'est-ce que tu veux dire? Qu'est-ce que c'est que cette expression?

— Tu sais donc rien! s'est exclamé Mixon. C'est quand on te sort un canif et qu'on te poignarde.

— Une chose est certaine, t'as eu ta leçon, a fait remarquer son père. La prochaine fois, tu leur donnes tout de suite ton portefeuille. Plus question de jouer au héros, compris?

— Ouais, compris, a répondu Mixon. Et après ça, mon père a dit qu'il fallait pas trop me fatiguer et ils sont partis.

— Il est correct, ton père, opine Ketcia. Il est plus cool que ta mère, en tout cas. J'ai peur qu'une fois à la maison, elle, elle recommence à t'écœurer avec cette histoire de drogue.

— Ouais, soupire Mixon, ça se peut. Mais d'ici là, elle aura eu le temps de se calmer un peu. Enfin, j'espère.

Ils restent un bon moment sans rien dire.

— Maintenant, dit CB en se penchant vers lui, tu vas nous raconter ce qui s'est vraiment passé.

Mixon ouvre grand les yeux, comme pris de stupeur puis, ponctuant ses phrases de longs silences, il leur décrit en détail les événements qui se sont produits dans le vestiaire. Lorsqu'il a fini son récit, CB pose les deux mains sur ses joues, reste longuement dans cette position, puis avance à voix basse sur un ton de conspiration :

— Le but premier des Latino Power, c'était de voler nos manteaux. Ça c'est clair. Mais le fait qu'ils t'aient jacké, on dirait que c'est un accident, que c'était pas prévu. Comprends-moi bien, Mixon. J'essaie pas de les excuser, mais simplement de comprendre ce qu'ils avaient derrière la tête.

D'un des lits jouxtant celui de Mixon, de courtes syllabes pleines de *o* leur parviennent, comme si quelqu'un parlait dans son sommeil.

— Je veux te poser une question, reprend CB. Mais je veux vraiment que tu y réfléchisses avant de me répondre… Qui t'a jacké ?

Un instant Mixon plisse le front, grimace comme s'il n'arrivait à supporter la douleur qu'à grand-peine.

— Je sais pas, répond-il. C'était trop confus.

— C'était Flaco ? insiste CB.

— Je pense pas. Peut-être.

— Il faut maintenant passer à l'action, suggère Ketcia. Ça presse, si on veut récupérer les manteaux. Et vous le savez, si on fait rien, ils vont croire qu'on est une bande de poules mouillées.

— J'ai déjà une idée, dit CB en se frottant les mains. Tous les dimanches, j'ai remarqué quelque chose à propos du gros de la bande. Comment ils l'appellent déjà ?

— Tu veux dire, Teta ? demande Ketcia.

— Oui, c'est ça. Teta.

LE CENTRE Pierre-Marquette accueillait-il réellement les Jeux de Montréal cette année-là ou ta mémoire te fait défaut, Marcelo ? Ce qui est sûr, c'est que les stades se ressemblent et qu'enfant on porte peu attention aux noms des lieux, encore moins à l'architecture ou à la décoration. Tôt le matin, émerveillés et excités, vous avez défilé et vous avez salué la foule surtout composée d'élèves venus encourager leur école. Dans les gradins, on se levait, on vociférait, on faisait la vague. Mais le défilé s'est éternisé, les esprits se sont échauffés et, au beau milieu de la piste, une bagarre a éclaté. La musique s'est interrompue, vous avez cessé de parader. Un attroupement fébrile s'est formé autour de deux élèves qui s'assenaient à qui mieux mieux des coups au visage. Le désordre était tel que les surveillants n'arrivaient pas à leur mettre la main dessus. La foule s'est enflammée : par des injures et des provocations, elle les incitait à la confrontation. Enfin, on les tenait. Ils sont apparus à la vue de tous : pas du tout embarrassés, ils riaient dans leur barbe, fiers d'avoir tout fichu en l'air. Les organisateurs ont obligé les athlètes à dégager la piste. On avait perdu assez de temps comme ça. Allez, ouste !

Akira et toi, vous vous êtes hissés tout en haut des gradins, là où se trouvaient les supporters de votre école. On ne parlait que de la bagarre. Pour éviter que d'autres incidents de la sorte se produisent, la moitié des surveillants s'est placée entre les allées, l'autre s'est dispersée sur la piste. Par des messages claironnants qu'émettaient les haut-parleurs, on vous rappelait constamment à l'ordre. Enfin, les courses de qualification ont débuté, et cela a eu comme effet de réanimer la foule qui s'est mise à gueuler de plus belle. D'une école à l'autre, on s'envoyait des confettis et des boulettes de papier, et les surveillants accouraient aussitôt. Les professeurs d'éducation physique s'en mêlaient et, parfois, perdant patience, ils ordonnaient aux plus turbulents d'aller s'acquitter d'une série de *push-ups*.

Akira et toi, vous avez repéré Cléo à l'autre extrémité sur les bancs rouges, qui se faufilait parmi la cohue dans l'allée. Lorsqu'il est passé devant l'école Saint-Antonin, un ballon rempli d'eau a été largué et a éclaté sur sa poitrine. L'école au complet ricanait en le montrant du doigt. Il a essuyé longuement son T-shirt, les a considérés un moment et, en redescendant les marches, a lancé : allez-donc-tous-chier-ma-bande-de-caves ! Les élèves ont été pris de court, puis lui ont expédié une averse de boulettes de papier. Mais Cléo a continué mine de rien de descendre l'escalier, s'est arrêté devant une machine distributrice, s'est acheté un Coke et, de manière à éviter ses agresseurs, est revenu en empruntant l'autre allée, là où vous vous trouviez, Akira et toi. Au passage, Akira lui a offert un T-shirt de rechange, Cléo l'a accepté. Il s'est changé sur place et s'est assis un moment avec vous. Alors, as-tu demandé, qu'est-ce que tu fais de bon ? On te voit presque plus. Bof, rien de spécial. Ses parents allaient divorcer, mais ça lui faisait pas grand-chose, ça s'annonçait depuis tellement longtemps. À part ça, comme sa mère travaillait beaucoup, elle lui laissait plus de liberté. Rappelle-toi, Marcelo, c'était comme s'il racontait la vie de quelqu'un d'autre.

Et toi, comment tu allais ? Moi, correct, je suppose. L'autre soir, Akira et moi, on est allés voir une partie de hockey avec son père. Oui, s'est exalté Akira, tu aurais dû être là, Cléo ! Les Canadiens avaient blanchi les Flyers, cinq à zéro ! Puis tu as remarqué que le condor pendait à son cou. Je vois que tu le portes toujours. Il l'a palpé, l'a pris entre ses doigts : oui, ça me porte chance. Ensuite, toute la conversation s'est déroulée sur l'air de deux vieux amis qui se retrouvent et qui se promettent de se revoir, sachant très bien que ce n'est plus possible. Oui, tu étais assis là devant lui, il te parlait, autour l'animation battait son plein, et tu te demandais sans cesse, de manière obsessionnelle, ce qui avait bien pu se passer entre vous. *Dios mío,* d'où provenait cette force occulte, sournoise, qui vous éloignait ainsi l'un de l'autre ? Tu as senti, oui, qu'il vous regardait de haut, qu'il vous dépréciait, comme s'il se croyait plus mûr que vous. Il a gravi l'escalier et est retourné s'asseoir auprès de Carl et du reste de la classe d'accueil.

Peu avant midi, Cléo a remporté la finale du cinquante mètres, il devenait l'élève de cinquième année le plus rapide de Montréal. Serge l'enlaçait et lui passait sans arrêt la main dans les cheveux. Dans l'après-midi, il lui a prodigué maints conseils et trucs en vue de le préparer pour la course de relais. Tour à tour, les garçons venaient lui serrer la main, t'es le prochain Carl Lewis, Cléo, alors que les filles se poussaient du coude en gloussant, salut, le beau Cléo. Saint-Pascal-Baylon a récolté trois autres médailles aux épreuves individuelles, mais aucune autre d'or, ce qui a terrassé Serge une bonne partie de la journée. Un professeur ami, venu assister aux compétitions, le consolait, un bras sur ses épaules, la voix doucereuse : dans l'après-midi, il y aurait des courses de relais, et c'est là qu'ils avaient les meilleures chances de récolter des médailles, non ?

Vers quatre heures, après d'exténuantes qualifications, il ne restait plus que huit équipes finalistes, dont celle de Saint-Pascal-Baylon, pour le relais quatre fois cent mètres de la cinquième année. Tu as eu un excellent départ, Marcelo. Ce jour-là, transporté par la foule, tu te sentais léger comme un oiseau. À la sortie de la courbe, tu menais par une bonne avance et tu as été le premier à passer le témoin au deuxième coureur, en l'occurrence Akira qui, malgré sa manière désordonnée de courir, a creusé encore plus l'écart entre votre équipe et les autres. Tout à coup, de manière si inattendue, Akira est tombé. Merde ! Pendant un bon moment, il s'est tortillé de douleur sur la piste. Deux coureurs ont dû sauter par-dessus lui pour éviter de le piétiner. Rappelle-toi : il s'était foulé la cheville. Tous les coureurs l'ont dépassé, il s'est relevé et a boité jusqu'à Yuri qui, allongeant de plus en plus ses foulées, a réussi à remonter jusqu'à la sixième position. Puis Cléo a reçu le témoin et est parti comme une balle : il a étonné le public et a soulevé Serge qui se rongeait les ongles avec obstination. Au premier tournant, il a dépassé le cinquième coureur ; dix mètres plus loin, le quatrième ; il n'a devancé le troisième qu'à grand-peine, au ralenti. Il ne restait qu'une vingtaine de mètres, et le deuxième coureur maintenait une cadence surprenante. Alors que Cléo allait dépasser son rival, la ligne d'arrivée l'a rattrapé. L'équipe adverse s'est aussitôt mise à sauter et à lever les bras, confiante d'avoir remporté la médaille d'argent. Serge s'est précipité vers Cléo, ils ont discuté un moment et ont filé vers les officiels qui comparaient leurs chronos. Vous vous moquiez de la victoire, seul vous importait cette deuxième position permettant d'accéder aux Jeux du Québec. Au bout de quelques minutes, Cléo et Serge sautaient à leur tour, et la réaction de Saint-Pascal-Baylon n'a pas tardé : sous une avalanche de cris libérateurs, des confettis et des serpentins ont constellé le stade.

Les quatre coureurs, vous vous enlaciez, vous vous donniez des poignées de main fermes, et on consolait Akira, dont la cheville trempait dans un seau rempli de glace. Heureux, mais tendu comme une corde de guitare, Serge vérifiait ses propres pulsations carotidiennes, deux doigts contre l'angle de sa mâchoire, tout en parlant : l'important, les amis, c'était de s'être qualifié pour les Jeux du Québec, une première pour leur école. Alors, on montrerait à tout le Québec de quel bois on se chauffait, n'est-ce pas ? Et vous, tous en chœur : mets-en ! Après la séance de remise des médailles, lorsque Carl et Cléo sont sortis par les portes de derrière du centre sportif, le frère de Carl a klaxonné, le coude posé sur le bord de la fenêtre d'une Dodge bleu ciel : allez, qu'ils se bottent le cul, il n'avait pas que cela à faire ! Ils se sont installés sur la banquette arrière, ont baissé la vitre et, l'auto accélérant, ont sorti la tête : on a gagné ! À l'appartement, la mère de Carl a appris la nouvelle des victoires de Cléo et, tout en mettant la table, elle a coulé des yeux brillants d'admiration vers lui : c'est avec des exploits comme ça que la communauté haïtienne se fera accepter une fois pour toutes. Elle s'est approchée de lui, déjà assis à table, a fléchi les genoux et a souri généreusement : si tu continuais comme ça, tu pourrais te rendre loin, tu sais. Mais Cléo s'est contenté de hausser les épaules : ouais, je sais pas. Ils ont mangé un rôti de bœuf, avec du riz haïtien, ont commenté en long et en large les compétitions et ont anticipé sur celles à venir. Le soir, comme les parents de Carl sortaient voir un film, les frères ont demandé à leur mère d'une voix doucereuse s'ils pouvaient organiser un party. D'accord, mais s'il vous plaît, les garçons, ne cassez pas mes verres cette fois-ci, et elle a talonné son mari vers la porte. On sera sages, maman, on te le promet. Aussitôt qu'ils furent partis, le frère aîné de Carl s'est sèchement tourné vers eux : vous voyez, je vous avais dit qu'elle avait remarqué les verres cassés. Ils ont gagné le salon : les frères se sont étirés de tout leur long sur le sofa, alors que Cléo s'est assis sur le fauteuil, les bras croisés. Elle est cool, votre mère, elle vous laisse faire ce que vous voulez. Et Carl s'est mis à souffler sur ses ongles et à les polir sur son T-shirt : c'est que mes parents, c'est des parents modernes !

Le grand frère est parti à la cuisine et est revenu quelques instants plus tard avec des verres et de la bière.

Apeuré, Cléo décochait des coups d'œil nerveux vers Carl : bon, O. K., juste un p'tit peu, j'ai pas le goût d'avoir mal à la tête. Carl a décapsulé deux Molson Dry, les a versées dans des verres, en a bu longuement comme s'il avait l'habitude et, sur un ton rêveur, en contemplant le plafond, s'est enquis auprès de Cléo en lui tendant un verre : où sont les plus belles filles au monde ? Les plus belles plages, hein ? Cléo a trempé ses lèvres dans la bière, la mousse lui a fait une moustache, et ses pupilles se sont agitées : attends, laisse-moi penser. Imbécile, s'est écrié Carl, dans ton pays ! Et Cléo, c'est vrai ? T'es sûr ? Alors le grand frère de Carl s'est rué vers lui et, mi-figue, mi-raisin, a braqué son index sur la figure de Cléo : mets jamais une chose pareille en doute dans ma maison ! La prochaine fois je te botte le cul et je te sors dehors, tête première ! T'as compris ? Le frère de Carl est allé vers la radio portative, a enfoncé une cassette et, le dos tourné : dis-moi une chose, tu te considères quoi, Haïtien ou Canadien ? Je sais pas, un peu les deux. Les frères ont baissé la tête et l'ont secouée théâtralement. L'aîné est venu s'asseoir auprès de Cléo, lui a passé un bras sur les épaules et a parlé de manière sentencieuse : y'a rien au monde de plus triste que quelqu'un qui connaît mal ses origines. Il faut que tu connaisses bien ton pays, ti-cul, t'as compris ? Cléo a lentement fait oui de la tête, les yeux inquiets. Autre chose, il faut être fier de ses origines. Allez, répète : je-suis-fier-d'être-Haïtien…

À mesure que la soirée avançait, le salon devenait de plus en plus bondé de jeunes. Le grand frère de Carl faisait le disque-jockey, et la plupart se tortillaient sur la piste de danse en tenant nonchalamment leur bière. Vers dix heures, on a allumé quelques joints. Quand une main lui en tendait un, Cléo faisait non de la tête, vivement. Carl s'est assis près de lui sur le bras du fauteuil, et Cléo a ingurgité une autre petite gorgée de bière : mon gars, c'est comme si un carrousel tournait dans ma tête. Bientôt, il riait pour tout et pour rien, trinquait avec Carl, et ils buvaient en même temps, cul sec. Je vais danser ou pas ? s'est-il enquis auprès de Carl. Tu devrais, t'as pas à être gêné, on est entre nous, on est en famille. Ils reluquaient les filles et, imitant les habitudes des plus vieux, passaient des commentaires sur leurs « proportions ». De temps à autre, le frère de Carl arrivait par derrière et s'interposait entre eux : y'en a des pas pires, hein, les gars ? Laquelle qui te plaît, p'tit frérot ? Carl avait repéré une fille aux longues jambes, qui se trémoussait langoureusement à l'autre extrémité de la pièce. Le grand frère a eu à la fois un rire de satisfaction et d'étonnement : je vois que tu les aimes plus vieilles que toi. Si tu la veux, si tu la veux vraiment je veux dire, tu vas l'avoir ! Et toi, Cléo ? Moi ? Euh, moi, je sais pas. Qu'est-ce que j'entends là ! Tu vas pas me faire accroire qu'y'en a pas une seule qui te tente ! Ça se peut pas ! Ou bien ça va pas là-dedans toi ou bien… Et Cléo s'est hâté de désigner une fille assise seule, pas spécialement belle, mais qui ne cessait de tourner la tête vers lui : celle-là. La main du frère de Carl lui a serré l'épaule : eh bien, tu l'auras, mon gars, j'te le promets ! Il est parti discuter avec les deux filles en question et, au bout de quelques minutes, elles venaient vers eux : comme ça, vous êtes du genre timide, les gars ? Ils ont échangé un regard surpris, et les filles leur ont pris la main et les ont traînés vers la piste : allez, allez, c'était pas le temps d'être assis !

Au beau milieu du salon, Carl s'efforçait d'avoir l'air naturel sur une chanson de Bob Marley, tout en ayant à l'œil son ami. Il y avait à peine un mois, Cléo n'aurait jamais accepté de danser comme ça, en couple avec une fille. On avait beau dire, l'alcool avait ses bons côtés. Il semblait aux anges, libéré de quelque chose qui pesait sur lui depuis trop longtemps. Lui qui, au début de leur amitié, souffrait d'une telle timidité, était méconnaissable aujourd'hui. De temps en temps, la fille lui tournait le dos et pliait les jambes en balançant les fesses, et Cléo suivait les courbes de ses hanches, les yeux exorbités. Plus tard, les deux couples sont revenus s'asseoir et le frère de Carl est repassé pour leur distribuer de la bière. Carl, qui avait déjà observé le comportement de son frère avec les filles, l'imitait : il racontait blague sur blague, ce qui provoquait des cascades de rire aigu chez sa partenaire. Dans le coin de Cléo, comme ça se passait plutôt silencieusement et qu'il ne cessait de se gratter la nuque et les avant-bras comme s'il avait de l'urticaire, la fille qui l'accompagnait s'est soudain tournée vers Carl : c'est vrai que Cléo est en secondaire un ? Et Carl, voyant les simagrées de son ami, a compris : oui, oui, il va à la polyvalente Saint-Luc. Une demi-heure plus tard, Cléo placotait avec la fille comme s'il la connaissait depuis toujours. Il buvait sa troisième bière par goulées, si bien que Carl a dû lui confisquer sa bouteille. Les mains libres, il s'est mis dans la tête qu'il devait embrasser la fille. S'étant aperçue qu'il était ivre, elle le repoussait gentiment. Elle lui a proposé de danser plutôt, et lui, enthousiaste, a tapé des mains : comme tu veux ! Mais il avait toute la peine du monde à tenir debout et il s'appuyait au bras et à l'épaule des autres danseurs. Très vite, ils ont dû se rasseoir, et Carl a entendu qu'il disait à la fille qu'il l'aimait, qu'il ferait des folies, qu'il irait jusqu'à tuer pour elle. Elle riait aux éclats, lui donnait des petites tapes sur les joues : t'es un p'tit séducteur, toi. Bon, d'accord, a-t-elle fait, et elle a déposé un baiser sur sa joue, puis un très court sur ses lèvres, comme ça : *mouah*. Bientôt, personne n'a pu les séparer.

VI

LES LATINO Power sortent à la queue leu leu d'un bâtiment dont la peinture verte s'écaille par plaques et, groupés autour d'une vieille qui donne le bras à Teta, ils inspectent scrupuleusement la rue dans les deux sens. L'air est doux et le bleu vif du ciel, en ce dernier dimanche d'avril, les fait battre des cils comme des poupées Barbie. Rapidement, Flaco repère les têtes des Bad Boys à une fenêtre de l'autre côté du terre-plein : ils lui font signe de la main en ricanant. Lorsque la vieille et Teta passent devant, ouvrant la marche, il pointe son index vers la fenêtre à l'intention des Latino Power qui, les apercevant, érigent le majeur et poursuivent leur escorte.

Depuis le party au sous-sol de l'église, les choses se sont passablement gâtées. Pour Flaco, le coup de poignard à Mixon n'a fait que confirmer sa décision de quitter la bande pour de bon. Au cinéma hier soir, en compagnie de Paulina, il n'arrivait pas à s'intéresser à la mission de Schwarzenegger, pourtant pleine de rebondissements et d'épisodes sexy. Comme si dans l'obscurité il trouvait le courage de se confesser, il n'avait qu'un seul désir, tout raconter à Paulina. Cela l'a apaisé de partager ses angoisses, rendu plus lucide. À plusieurs reprises, elle a insisté pour qu'il cesse la guerre, mais il secouait la tête : c'est pas dans mes habitudes de faire les choses à moitié. Depuis la correction qu'on a infligée à Pato et à Alfonso, il a promis aux autres qu'on ne leur manquerait plus de respect et il ne démordrait pas aussi facilement de cette promesse. N'était-elle pas là ce jour-là ? Elle a détourné la tête et fait mine de s'absorber dans le film, les bras croisés, les lèvres pincées. D'autres aspects de l'affaire le travaillent, lui. Bien que Lalo, depuis l'incident du sous-sol de l'église, lui ait avoué faire des cauchemars sanglants, Flaco lui en veut d'avoir agi comme une brute, surtout que devant les autres il s'en vante sans cesse. Qu'est-ce qu'il peut bien avoir en commun avec un gars capable d'un geste pareil ? Au moins, se dit-il, pour se consoler, la police ne semble pas les soupçonner et les Haïtiens, assez étonnamment, ont respecté l'entente tacite de régler les différends entre eux.

Par contre, les Bad Boys ne cessent depuis de les harceler peu importe où ils vont. À la tombée d'un soir, Teta est sorti sur son balcon prendre l'air et Ketcia, qui passait par là, l'a interpellé, les mains sur les hanches, un sourire caustique aux lèvres : si vous pensez que vous vous en tirerez avec des égratignures, vous vous mettez le doigt dans le nez jusqu'au coude. Un conseil, ouvrez l'œil, on va cogner au moment où vous vous y attendrez le moins, qu'il y ait du monde autour ou pas. Comme Teta est le dernier d'une famille de huit et que ses frères et sœurs sont partis de la maison depuis belle lurette, mariés ou assez vieux pour gagner leur vie, il a hérité de la lourde responsabilité de prendre soin de sa mère, *señora* Eugenia — une veuve au visage sillonné de rides, portant éternellement un foulard de soie sur la tête ainsi que des verres fumés style aviateur, pour cacher un œdème de la cornée. Puisqu'une de ses obligations sacrées est de l'escorter à l'église, Teta, mort de peur à la suite des menaces de Ketcia, a aussitôt téléphoné à Flaco : la bande pouvait-elle les accompagner sa mère et lui, dimanche ? La perspective de ne pas faire la grasse matinée et de perdre une partie de sa journée n'a guère enchanté Flaco, mais il savait trop bien que Ketcia ne plaisantait pas, il s'était lui-même fait avertir par une lettre lapidaire au possible : veille sur tes brebis, si tu veux pas qu'on te les saigne. Avant de se coucher hier, il a donné un coup de fil aux autres de la bande et a remonté son réveil, pour se lever à l'heure.

Señora Eugenia, un sourire édenté aux lèvres, se penche vers son fils :

— Pour une fois ils sont gentils, tes amis.

Puis tendant le cou vers les autres d'un mouvement circulaire :

— Mais ce n'était pas la peine de tous m'accompagner.

Du regard Flaco passe la rue au peigne fin et lui rend son sourire.

— Puisque je vous dis que ça nous fait plaisir, *señora* Eugenia.

— *Muchas gracias, niño.*

Le sourire de Flaco se mue en une grimace clownesque : il déteste qu'on le traite d'enfant. Arrivés à Côte-des-Neiges, ils passent devant le McDonald, des restaurants libanais, vietnamiens, chinois, puis devant les balançoires du parc Kent déjà assiégées par une cohue de garnements. En empruntant l'allée donnant sur l'église Saint-Pascal, Flaco reconnaît à son grand dam les Bad Boys, tout de noir vêtus, cachés derrière les arbustes bordant le presbytère. Pour être déjà là, pense-t-il, ils ont dû prendre un raccourci, probablement par Lavoie et Plamondon. Ils ne vont tout de même pas venir les attaquer dans l'église ! Les autres Latinos les aperçoivent aussi, et Flaco leur fait signe des mains de se maîtriser. Il seconde Teta pour aider *señora* Eugenia à monter l'escalier et, en entrant, tous baissent la tête et font le signe de croix, quelques-uns y vont même d'une génuflexion. Des hommes et des femmes, dans la cinquantaine pour la plupart, dans leurs habits du dimanche, causent sans façon assis sur les bancs ou debout dans l'allée centrale. Flaco les connaît, puisqu'il les côtoie depuis son enfance et, comme il se doit, en salue plusieurs avec une politesse excessive. Un petit Guatémaltèque au visage bouffi, ami de son père, vient vers lui, tout sourire, *hola niño,* lui tend la main, tu diras bonjour à tes parents, et il se perd dans la foule agglutinée près des premières rangées. Puis Lalo s'avance vers lui et, d'une voix préoccupée, lui murmure à l'oreille :

— Dis-moi pas qu'on va devoir assister à toute la messe ?

— Ç'a ben l'air, mon gars.

Ils échangent un regard abattu. Le curé monte d'un pas grave les marches du sanctuaire, se place derrière l'autel, et *señora* Eugenia insiste de sa voix geignarde, attirant toute l'attention vers eux, pour qu'ils viennent s'asseoir avec elle tout en avant, sur le premier banc. Pour être le plus près de Dieu possible, ajoute-t-elle. Sentant peser sur lui des dizaines d'yeux réprobateurs, Flaco toussote et lui fait savoir qu'ils préfèrent rester à l'arrière, qu'ils se reverront à la fin de la messe. Elle remue la tête comme pour dire qu'elle n'approuve pas, et Teta fait une grimace soupirée, se voyant obligé d'accompagner seul sa mère à l'avant. Les Latino Power s'entassent sur le dernier banc tout au fond de l'église mais, après avoir souhaité à tous et à toutes la bienvenue, le père Cardinal, les sourcils levés, leur fait promptement signe de la main : pourquoi est-ce que nos jeunes là-bas au fond ne se rapprochent pas ? Il y a d'excellentes places ici en avant. Se massant frénétiquement la nuque, la bande se lève comme un seul homme et vient rejoindre *señora* Eugenia, dont le visage est traversé d'un éclair de joie. Ils vont voir, ils vont être beaucoup mieux ici. Quand le sermon est bon, on vibre !

La messe s'éternise. Pour Flaco, c'est une succession irritante de moments inattendus où il faut s'asseoir, se lever, se rasseoir, s'agenouiller. Elle se déroule en espagnol et, à deux reprises, le père Cardinal ne trouvant plus ses mots, il se fait souffler par les fidèles. Au moment de communier, à la demande de *señora* Eugenia, les Latino Power se mettent en file. À tour de rôle, ils murmurent « amen », ouvrent la bouche et, dès que l'hostie est déposée sur leur langue, bien qu'ils sachent que c'est défendu, la mastiquent. La messe terminée, le petit Guatémaltèque se hâte de prendre la parole devant l'autel : *amigos y amigas,* qu'il aient la gentillesse de se rasseoir, s'il vous plaît. Il veut seulement leur rappeler que le tournoi de football, la coupe Allende, a lieu au parc Kent toute la journée aujourd'hui. Les meilleures équipes de la communauté s'affronteront, c'est absolument à ne pas manquer. S'ils ont à faire, il faut au moins venir à la finale ce soir. *Es imperativo…* Les Latino Power filent vers la sortie, mais *señora* Eugenia s'arrête net au beau milieu de l'allée, comme une mule rétive.

— Quoi encore ? grince des dents Teta.

— Tout à l'heure, à la maison, tu m'avais promis que tu allais te confesser. Et maintenant, tu changes d'avis. *¿Cómo es eso ?*

— Je te disais ça pour que tu me laisses tranquille, répond-il en faisant la moue. De toute manière, je me suis confessé il y a à peine un mois. Et j'te jure, j'ai rien fait de mal depuis.

Les poings sur les hanches, elle respire par le nez et remue lentement la tête, comme si elle était en train de se convaincre d'une évidence.

— Vous savez quoi, propose-t-elle, vous devriez tous vous confesser.

— Pourquoi vous dites ça ? demande Flaco. De toute façon, qu'est-ce qu'on aurait à lui dire, au père ?

— Mon garçon, je suis peut-être vieille, mais je ne

suis pas stupide. Tu crois que je ne sais pas que vous faites des mauvais coups ?

Elle tourne la tête et pose ses yeux de taupe sur Lalo.

— *Señora,* fait ce dernier, je sais vraiment pas où vous voulez en venir. Vraiment pas !

Furtivement, les Latino Power échangent des regards inquiets.

— Les enfants, je ne partirai pas d'ici avant que vous vous soyez tous confessés.

Un « ah non ! » collectif accueille sa sommation.

— Sinon, reprend-elle, je fais un scandale, je dis tout ce que je sais.

La phrase leur glace le sang. Autour, les gens quittent l'église, leur disent au revoir. Que sait-elle au juste ? Bluffe-t-elle ? Il faut que Flaco en ait le cœur net.

— Je crois que vous inventez n'importe quoi pour qu'on se confesse, avance-t-il d'un ton presque railleur. Je vous dis qu'on a rien à se reprocher. Et avec tout le respect que j'ai pour vous, *señora* Eugenia, j'aime pas beaucoup qu'on nous fasse du chantage comme ça.

Sans perdre contenance, la vieille marche à tâtons vers lui, s'immobilise à quelques centimètres et, la bouche ouverte, lui envoie son haleine d'ail en plein visage.

— Écoute-moi, mon garçon. Que vous ne me disiez pas la vérité à moi, dans un sens, je vous le pardonne. Mais que vous ne disiez pas la vérité au Seigneur, ça c'est grave. Je ne tolérerai pas ça…

— Et qu'est-ce que vous allez faire ? demande Flaco. Nous dénoncer au Seigneur tout-puissant ?

Il a un petit rire.

— Et les manteaux de cuir que mon fils cache dans son placard ? Vous les avez achetés, je suppose ? Non, répond-elle elle-même. Vous les avez volés !

Le sang de Flaco ne fait qu'un tour. La vieille ne bluffe pas. *¡Putamadre !* Et maintenant quoi ? Tout avouer ? Se plier à sa volonté ? Presque malgré lui :

— Des manteaux de cuir ? s'étonne-t-il.

— Cesse de jouer la comédie, mon garçon. Je suis vieille, je sais quand on me ment.

Flaco jette un coup d'œil vers les autres : les poings dans les poches, ils détournent la tête, soupirent, Lalo et Pato sifflotant un air sans mélodie. Toujours la même histoire ! Ils s'attendent toujours à ce que lui, le chef, sauve les meubles. Il revient à la vieille :

— Qu'est-ce que vous savez d'autre ?

— Cela a peu d'importance. Je vous promets de ne rien dire à personne, pour autant que vous vous confessiez.

— Et si on se confesse, vous nous laissez tranquilles, c'est ça ?

Elle fait oui de la tête. Flaco hésite, prend une longue respiration.

— Bon, O. K.

Ravie, *señora* Eugenia demande à Teta de faire signe au père Cardinal, et indique aux autres, qui jurent à voix basse, de se diriger à la queue leu leu vers le confessionnal. C'est à peine croyable ! pense Flaco. Ils viennent avec les meilleures intentions du monde et voilà qu'ils se font dicter quoi faire par cette vieille, alors que dehors les Bad Boys attendent, tapis, prêts à leur sauter dessus comme des fauves. C'est le comble! Sitôt que le père termine de ranger les objets dans la sacristie, il descend l'allée centrale et, sans les regarder, s'engouffre dans le confessionnal. À la demande de sa mère, Teta passe le premier et prend un temps fou, ce qui inquiète Flaco : et si ce crétin est en train de tout raconter au père, hein? Qu'est-ce que je fais? À deux reprises il entend son fou rire, et cela lui donne la chair de poule. Quand il sort, Lalo et lui le mitraillent des yeux, et Teta les rassure : j'ai inventé n'importe quoi, qu'est-ce que vous croyez? Alors, vient le tour de Lalo, qui s'éternise lui aussi. Il ouvre la porte et frôle Flaco au passage : j'ai trois *Je vous salue Marie* à dire. Ensuite passent Alfonso puis Pato. Ce dernier, en sortant, murmure à l'oreille de Flaco qu'il n'a rien dit, rien du tout, chef, j'te le jure. Flaco s'ébroue en s'avançant vers le confessionnal, ferme la porte qui gémit et pose son derrière sur le petit banc austère, aussi confortable qu'une pierre. Le père Cardinal ouvre la grille, murmure des mots en latin et se signe.

— Dans quelle langue désirez-vous vous confesser? En français ou en espagnol?

— Ça m'est égal. On peut faire ça en français si ça vous arrange.

— Le Seigneur est prêt à entendre vos péchés, dit le père.

— Avant de commencer, je voudrais m'assurer d'une chose. Je veux être certain que tout est confidentiel.

— Absolument, mon garçon. Considérez-moi comme un simple intermédiaire entre le Seigneur et vous.

— O. K. Mais j'ai une autre question, par exemple. Comment vous expliquer ça… En quoi ça peut bien m'avancer de raconter toutes mes histoires à Dieu. Disons, c'est quoi l'avantage ?

Le père reste un moment sans rien dire.

— Mon garçon, quel est ton prénom ?

— Marcelo. Mais tout le monde m'appelle Flaco.

— Écoute-moi bien, Marcelo. Deux choses. D'abord quand on se confesse, c'est pour se faire pardonner ses péchés par le Seigneur. C'est ça l'« avantage », comme tu dis. Le Seigneur t'écoute puis il te donne l'absolution. Mais si tu n'es pas sûr de ton coup, si tu hésites, je te conseille d'aller te recueillir tout seul en faisant une prière.

— O. K., O. K. Mais une dernière question. Disons que je joue le jeu et tout et tout. Est-ce que vous pouvez me conseiller… s'cusez, je veux dire est-ce que Dieu peut me conseiller si je lui demande de l'aide ?

— Bien sûr ! fait le père Cardinal, enthousiaste. Il est là pour ça, pour que tu dialogues avec lui. Tu peux le considérer comme un ami.

Flaco tousse et regarde à travers la grille : le père garde la tête baissée et les yeux fermés.

— Avez-vous entendu parler de Mixon, le garçon qui a été blessé au bras vendredi dernier ?

— Bien sûr. C'est arrivé dans le sous-sol de notre église…

— Eh bien, mon père, je crois que je suis en partie responsable de cet incident.

— Qu'est-ce que dis, mon garçon? fait le père.

Sentant qu'il se départ peu à peu de sa gêne, Flaco se met à tout lui raconter en détail. En cours de route, il trouve même que l'exercice a quelque chose d'apaisant, un peu comme lorsqu'il se confie à Paulina. Mais au bout de quelques minutes, le père Cardinal l'interrompt en toussant et se redresse sur son siège.

— Écoute-moi attentivement. Si tu veux me dire des choses compromettantes avec la justice des hommes, mon garçon, ça c'est autre chose.

— Mais je croyais que je pouvais lui demander conseil.

— Ça, tu peux le faire en priant, tout simplement. Tu te recueilles tout seul, dans l'intimité de ta chambre, par exemple.

— Dans ma chambre? Mais à quoi ça mène, tout seul?

— Tu ne comprends pas ce que j'essaie de te dire, mon garçon. Essaie un peu de comprendre ma position. J'ai déjà eu des démêlés avec la police dans le passé, parce qu'on m'avait raconté des choses que j'aurais préféré ne pas savoir. Tu saisis maintenant?

— Mais mon père, qui alors peut m'aider?

— Comme je viens de te le dire, si tu t'adresses à lui, Dieu peut te guider. Mais tu peux également trouver un autre type d'aide, celle des autorités. Sincèrement, mon garçon, je crois qu'un policier pourrait mieux t'aider que moi.

Sans insister, Flaco sort du confessionnal et, avant d'aller rejoindre les autres, se retourne un moment : qu'est-ce que tu dis de ça ? En le voyant, *señora* Eugenia s'avance vers lui et le remercie en lui prenant les mains. Flaco les retire brusquement et lui dit qu'il est temps d'y aller. Dehors, aucun membre des Bad Boys n'est en vue, ils se sont probablement écœurés. Peut-être que de se confesser n'a pas été une perte de temps, après tout, se dit-il amer. Ils avancent sans mot dire et, prétendant que ses rotules sont en feu, *señora* Eugenia leur demande de temps à autre de faire halte.

Ils s'arrêtent devant l'immeuble de Teta et jettent un ultime coup d'œil autour : tout a l'air tranquille. Flaco ordonne tout de même à Pato, par mesure de précaution, d'accompagner Teta et sa mère jusqu'à leur porte en haut. On t'attend, ajoute-t-il. Avant de les quitter, Teta demande si ça leur dit dans l'après-midi, après le dîner, d'aller au parc Kent, au tournoi de football. Bonne idée ! s'écrient les autres. Lalo propose qu'on se rejoigne devant chez lui vers une heure et demie. *Chao, señora Eugenia. Hasta luego, niñitos. ¡Un millon de gracias!* Teta redonne le bras à sa mère, alors que Pato part comme une flèche leur ouvrir les portes. *Señora* Eugenia monte l'escalier une marche à la fois et s'arrête pour de longues pauses. Il fait sombre, le propriétaire ne change plus les tubes fluorescents depuis qu'on les lui chipe. Arrivée au troisième, le souffle court, *señora* Eugenia fouille dans son sac à main, en sort un trousseau de clés et à tâtons cherche la serrure. O. K., tu peux y aller, fait Teta, on se revoit tantôt. Pato salue *señora* Eugenia et descend les marches deux à deux. Pendant que celle-ci ouvre la porte, Teta sent qu'on lui agrippe les bras et qu'on le retient par derrière. Il essaie de se dégager, mais aussitôt un objet acéré lui pique le dos. Il veut crier, mais une main s'abat sur sa bouche.

— Alors, tu viens? demande sa mère, déjà dans l'appartement.

Teta reconnaît la voix traînante de CB lui enjoignant, tout bas, de rester tranquille. Puis la main quitte sa bouche. Il suit longuement de ses yeux effarés la silhouette vacillante de sa mère, et finit par dire:

— Je reviens tout de suite.

Señora Eugenia enlève ses verres fumés, passe la tête dans l'encadrement de la porte et se frotte les yeux.

— Où tu vas?

— J'ai oublié de remettre quelque chose à Flaco.

— Ça peut sûrement attendre à plus tard, non?

— Non, maman. J'ai bien peur que non.

Elle lève les bras au ciel:

— Ah Seigneur! Y'a que la rue qui les intéresse!... N'oublie pas de revenir dîner, *niñito*! Je t'attends.

Il voit sa mère fermer la porte et l'entend mâchonner des mots qu'il n'arrive pas à saisir.

QUAND CLÉO s'est éveillé en sursaut, Carl, les mains derrière la tête, se repassait comme un film le party de la veille. Couvert d'un édredon de laine, Cléo gisait par terre sur le tapis, placé parallèlement au lit, duquel Carl, alangui, l'observait à présent. Cléo a reniflé son T-shirt blanc et a fermé les yeux béatement, un sourire lui gonflant les pommettes : il sentait le parfum de fille, mon gars. Carl a ri de bon cœur, tandis que l'autre s'est dressé sur son séant, le dos contre le mur : tu te souviens du party chez toi après les Jeux de Montréal ? Carl s'est frotté les yeux du revers de ses mains, a fait oui de la tête, et Cléo s'est animé : tu te souviens de la fille que j'avais embrassée toute la soirée ? Pourquoi est-ce qu'on la voyait plus, hein ? Aux deux partys suivants, il ne l'avait pas croisée, et hier non plus. Carl s'est assis sur son lit, le sommier a grincé, puis il a frissonné des orteils à la racine des cheveux : c'est qu'elle sort avec quelqu'un maintenant. Un gars de secondaire trois, je crois. Mais qu'est-ce que ça peut te faire, toi ? En tout cas, hier soir, t'avais pas l'air de t'ennuyer d'elle, t'as pas arrêté de feeler les seins de Marjorie. C'était pas qu'il s'ennuyait d'elle, s'est défendu Cléo en passant un doigt sur l'épiderme de son bras, c'était juste qu'il se demandait ce qu'elle devenait, c'est tout. Carl l'a regardé droit dans les yeux : quoi, tu les veux toutes pour toi tout seul, ou quoi ? Cléo a eu un haussement d'épaules et est parti d'un rire embarrassé, et Carl a remué la tête, amusé : espèce de don Juan !

Cléo a enfilé son pantalon, est allé à la fenêtre et a tiré les rideaux, cependant que Carl prenait le calepin et le stylo sur la table de chevet. Cléo s'est plongé dans la contemplation de ce qu'avait à lui offrir la fenêtre, puis il a murmuré en passant vaguement une main dans ses cheveux : j'ai fait un drôle de rêve. C'est pas possible, a pensé Carl, il m'imite dans tout ce que je fais. En effet Carl lui racontait souvent ses rêves, du moins ceux qui retenaient son attention, ayant pris l'habitude de les noter le matin, pour éviter de les oublier. C'est son grand frère qui lui avait enseigné à les interpréter. Tu veux me le raconter ? a-t-il demandé tout de même, laissant de côté stylo et calepin. C'est la deuxième fois qu'il faisait ce rêve. Alors Carl l'a interrompu : c'était pas possible, on faisait jamais le même rêve deux fois. Combien de fois devait-il le lui dire ? Je voulais dire, s'est repris Cléo, qu'il y a environ trois, quatre jours, j'ai fait un rêve similaire.

En gros, voici comment ça se passait. Son père et lui mettaient la tête à la fenêtre de sa chambre. Une brume épaisse et basse se déplaçait lentement rue Linton. Il est temps d'y aller, faisait son père. Ils enfilaient leur manteau, sortaient et montaient à bord d'une Cadillac noire. Le chauffeur, que Cléo ne pouvait apercevoir à cause de la vitre teintée entre les deux banquettes, démarrait en trombe. Papa, où on va comme ça ? Mais son père, comme s'il venait de s'adresser à lui dans une langue étrangère, plissait le front. Il sortait une cigarette et la frappait sur sa cuisse plusieurs fois. Cléo appuyait sur un bouton et la vitre descendait. À genoux sur le siège, il passait la tête par la fenêtre. Toutes les rues étaient enduites de la même brume onctueuse.

Au bout d'un moment, la brume se dissipait et la Cadillac s'immobilisait. Ils entraient dans une maison tout en longueur, au toit vert. Une odeur de pourriture s'infiltrait par tous les pores de sa peau. Au garde-à-vous, des hommes, qu'il ne connaissait pas, étaient postés tout le long d'un interminable couloir. De toute évidence, une pièce au fond les attendait. Ils s'y rendaient, mais s'arrêtaient sur le pas de la porte. Un cercueil ouvert occupait le milieu de la chambre, un feu crépitait dans un coin et ses flammes se reflétaient sur les murs comme les pattes d'une araignée. Cléo s'approchait du cercueil : sa mère était à ce point maquillée qu'il avait peine à la reconnaître. Elle n'était pas morte, sous les paupières closes ses yeux remuaient. Lentement, il se penchait, l'embrassait sur la bouche et goûtait la saveur fuyante et amère de son rouge à lèvres. Son père, lui, les observait, le regard neutre. Enfin, un flot d'invités faisait irruption dans la pièce et applaudissait à tout rompre.

Wooooooooow, mon gars, s'est écrié Carl, c'est écœurant ! Crime, tu fais des rêves *heavy* ! Il fallait absolument qu'il le raconte à son frère, ça allait sûrement l'intéresser. Cléo a eu l'air content puis, étrangement, a baissé les yeux et son visage s'est rembruni : il voulait lui parler de sa mère. Carl avait pris l'habitude de l'écouter lorsqu'il sentait le besoin de se confier à quelqu'un. La semaine dernière, a-t-il expliqué, ses parents avaient divorcé et, même si concrètement dans la vie de sa mère ce papier légal ne changeait pas grand-chose, cela l'avait beaucoup affectée : elle ne peignait plus, faisait des heures supplémentaires à la manufacture et, le soir à l'appartement, elle qui pourtant détestait la télé, restait là, affalée dans le fauteuil du salon, à zapper pendant des heures. Cléo la voyait peu et, dans un sens, ça l'arrangeait. Aussi, rarement lui adressait-elle la parole. Se rendait-il compte, Carl ?

Un soir il se préparait à sortir, et elle l'avait fait venir dans le salon : où allait-il ? Tu le sais, maman, chez Carl, je te l'ai dit ce matin. Elle fixait la télé de ses yeux durs : tu deviens comme ton père. Et lui, qu'est-ce que tu veux dire ? Elle exagérait pas un peu ? Comme si elle ne l'avait pas entendu, elle a poursuivi : même que tu lui ressembles de plus en plus physiquement. Mais non, maman ! Ça, c'est ton imagination ! Dis-moi, t'en as assez de vivre avec une folle, toi aussi ? Maman, pourquoi tu parles comme ça ? Cléo, je t'ai posé une question ! Il a observé ses mains qui se tordaient : parle pas comme ça, maman, s'il te plaît. Allez, qu'il lui dise sur-le-champ, il croyait qu'elle était folle, oui ou non ? Arrête, maman. Sans se tourner vers lui, elle a murmuré, le regard mauvais : il allait voir, un jour il ferait comme son père, il allait l'abandonner lui aussi.

Cléo a regardé Carl de ses yeux implorants : pourquoi sa mère à lui n'était pas comme ça, hein ? Et Carl a feint de piquer une colère : je t'ai déjà dit de pas comparer, c'est pas correct. Bon, il était temps d'y aller. Ils sont chacun rapidement passés à la salle de bains, puis ont enfilé comme s'ils se faisaient compétition leur manteau et leurs bottes. Tandis qu'ils traversaient le couloir à grands pas, Cléo a demandé : tu crois pas qu'on devrait prendre un bol de céréales ou quelque chose ? Impossible, on a pas le temps, on est déjà en retard. En descendant l'escalier de l'immeuble, Carl a remonté la fermeture éclair de son manteau de cuir et a ajouté : on mangera des hot-dogs au stade. Dehors, une mince couche de neige faisait scintiller le pare-brise des voitures, et l'air glacé leur a brûlé les poumons. Avançant à foulées de géant, ils ont relevé le col de leur manteau. Ils ont pris à droite rue Lavoie, puis ont descendu Van Horne, et voilà que, de l'autre côté de la rue, Marcelo sortait d'une boulangerie. Aussitôt Cléo s'est accroupi derrière une auto. Qu'est-ce qui lui prenait ? s'est étonné Carl, toujours debout. Chut ! a fait Cléo, un doigt sur les lèvres, et il l'a tiré par la manche de son manteau. Ils ont attendu que Marcelo tourne le coin de la rue. C'est quoi ton problème ? s'est enquis alors Carl. Je te dis que t'as des drôles d'idées des fois ! Il voulait pas saluer son ami ? Mais non, a répondu Cléo en se relevant. C'est que des fois Marcelo l'appellait, et lui, il lui disait toujours qu'il allait le rappeler, mais il oubliait. En tout cas, je te dis, t'es *weird*, a dit Carl en l'examinant d'un air inquiet.

À la station Plamondon, leurs deux amis, des Haïtiens de sixième année, étaient étendus de tout leur long sur la rampe de l'escalier mécanique. En voyant Cléo et son ami, ils se sont aussitôt relevés et se sont avancés pour leur serrer la main : salut, les gars. L'un d'eux, arborant un sourire plaisantin, a fait à l'intention de Carl : écoute, *man*, écoute, j'en ai appris une bonne. Il a pris une longue inspiration et a récité, un rictus vaniteux sur les lèvres : *Astros, Astros, ra, ra, ra, flush them down the toilet, ah, ah, ah…* Max et moi, on va crier ça au stade. Elle était bonne, hein, Carl ? Qu'est-ce qu'il en pensait ? Eh qu'ils étaient cons ! a soupiré Carl. Tout le monde la connaissait, cette *joke*-là ! Bon, assez niaisé comme ça, sinon ils allaient manquer la première manche.

Ils se sont laissés glisser sur la main courante, sont tombés les uns sur les autres et, recroquevillés sur le plancher en béton, sont partis d'un éclat de rire homérique qui s'est répercuté longuement. Ils ont couru jusqu'au guichet et, comme le contrôleur n'y était pas, ils ont sauté à pieds joints par-dessus les tourniquets. Sur le quai, Richard et Max ont mis le casque d'écoute de leur Walkman et, simultanément, ont entrepris les mêmes pas syncopés et la même gestuelle de rappers. Une vieille, vêtue d'un manteau beige à carreaux noué à la ceinture, a louché vers eux au passage, et Richard a brusquement cessé de danser : tu veux ma photo ? Le métro est entré en gare, les portes se sont écartées avec fracas et chacun s'est étendu sur une banquette à deux places. Cléo n'avait d'yeux que pour les casquettes marron, marquées de l'emblème des Bulls de Chicago, et les amples jeans de Richard et de Max. Il leur a demandé, en interrompant leur discussion, où ils se les étaient procurés. Tu veux renouveler ta garde-robe ? s'est enquis Max. Y'était temps ! Justement au party hier, la fille avec qui tu neckais me disait qu'elle t'aimait bien et tout, qu'elle te trouvait mignon, mais que tes pantalons en flanelle, elle préférait pas les regarder. Pendant un bon moment Max et Richard se sont tenu les côtes, ne pouvant s'arrêter. De temps à autre, Richard reprenait sa respiration et répétait tout bas : elle préférait pas les regarder ! Ouais, pourquoi portait-il ce pantalon ? a demandé Carl tout bas. C'est pas de ma faute, s'est défendu Cléo, c'est ma mère qui me l'a acheté.

À la station Lionel-Groulx, comme le métro de la ligne un tardait, ils se sont amusés à remonter en sens inverse les escaliers mécaniques mais, bientôt, ils se sont lassés et se sont installés près d'une rampe pour reluquer les gens en bas. Tandis que Richard proposait de cracher sur un quinquagénaire chauve comme une balle de billard, le métro a glissé en gare. Dans le wagon, ils sont tombés face à face avec un groupe de jeunes Italiens qui, vêtus de salopettes, s'empiffraient, le bout des doigts orange, de *Cheetos* au barbecue. Des yeux, Richard tentait de tailler les bretelles de leur pantalon, et ses lèvres remuaient à peine : ils se pensent ben cool, ben ben cool… Au métro Peel, les Italiens ont quitté le wagon en file indienne et, dès que les portes se sont refermées, ils ont frappé contre la vitre et craché dessus. Richard a bondi comme un ressort, a martelé à son tour la glace et leur a fait un bras d'honneur : je savais qu'ils feraient ça, bande de peureux ! Cléo suivait la scène, la bouche ouverte, les yeux ronds comme des trente sous. De son pied il a effleuré la botte de Carl et, d'un discret hochement de tête, il a questionné : quoi, ils les connaissaient, ces gars-là ? Richard et Max ont éclaté d'un rire railleur. Mais non, espèce de con ! a répondu Richard, qui avait bondi sur ses pieds. Il voyait pas ? C'était des Italiens ! Il avait pas envie de les connaître !

AGGRIPÉS AU bras de Teta, ils traversent le terre-plein en sifflant et s'engouffrent dans un immeuble dont la brique est d'un orange outrageusement délavé. Ketcia devance le groupe, gravit les marches à la hâte et insère la clé dans la serrure. Ils se faufilent dans l'appartement, passent à la chambre de CB et, après avoir tendu l'oreille un instant pour s'assurer qu'ils sont seuls, ils verrouillent la porte. Une pénombre tiède baigne la pièce, alors qu'une odeur de transpiration et de renfermé s'exhale des murs, du lit défait et de l'amoncellement de vêtements dans le coin sombre, près du fauteuil. CB traîne la chaise de son bureau jusqu'au milieu de la chambre et ordonne à Richard et à Max d'y ligoter Teta, ce qu'ils font sans mal. Les quatre Bad Boys s'assoient genou contre genou sur le lit et observent l'otage un moment. Deux minuscules yeux noirs, prisonniers d'une grosse face de lune, les scrutent. Richard et Max éclatent d'un rire nerveux, puis le premier s'avance vers Teta et braque son index sur son visage :

— T'as l'air de quoi là, hein ?

Il attend la réplique du Latino, puis décide de répondre lui-même :

— D'un pauvre cave ! C'est dommage que Mixon soit pas là pour te régler ton compte lui-même.

Richard contourne Teta, passe un bras autour de son cou et lui serre la gorge en se mordant la lèvre inférieure. Teta geint et l'autre colle la bouche à son oreille, comme s'il allait la lui mordre : gros Latino puant ! Puis il lance assez fort pour que les autres puissent entendre :

— Ça t'apprendra, imbécile !

— Et maintenant, qu'est-ce qu'on fait ? demande Ketcia d'une voix inquiète.

CB l'arrête d'un geste et change de langue :

— *Minit la !...* Quand on parle stratégie, on le fait en créole. Compris, tout le monde ?

Il leur ordonne de former un cercle autour de lui. D'une voix basse et monotone, il leur explique qu'à la base l'idée c'est de se faire respecter. Il ne leur cache pas qu'il a envie de se venger. Ce qu'ils ont fait à Mixon est impardonnable, ils s'entendent là-dessus, mais l'important pour l'instant c'est de récupérer les manteaux. Avec Teta comme otage, il ne s'en fait pas, les Latino Power devront céder. Après ils verraient, tout dépendrait. Qu'une chose soit claire, par contre : la vengeance est traîtresse, il faut la manier avec beaucoup de précautions, il faut savoir frapper au bon moment. Comprennent-ils ce qu'il essaie de leur dire ? Un à un ils hochent la tête, puis ils reportent leurs yeux vers Teta.

— On a besoin de toi, Teta, dit CB. Si tu coopères, tout devrait se dérouler dans le calme et la bonne humeur.

— T'es mieux de parler, mon hostie, s'emporte Richard, sinon je te réduis la face en compote !

CB saisit le bras de Richard, le lui tord et ce dernier, le visage crispé, pousse un cri déchirant.

— *A p rekòumanse sa a, m ap jete l dewò !* le rabroue CB.

Richard se lève précipitamment en se frottant le bras. CB pose à nouveau ses yeux rusés sur l'otage.

— Dis-moi, Teta, où avez-vous caché les manteaux?

La figure du Latino demeure aussi éteinte que celle d'une momie.

— Tu réponds, on récupère nos manteaux et t'es un homme libre, Teta. Je te donne ma parole d'honneur.

Teta renâcle, penche la tête et crache par terre une salive verdâtre.

— Tu perds ton temps, CB. Je dirai rien.

Comme s'il venait de se brûler la main au troisième degré, Richard se met aussitôt à l'agiter fébrilement, en sautillant.

— *A p tou mèm pa lèsse l fè sa nan yon tàpi!* s'emporte Richard. *M ap pini l idio! S'il te plè! A p lèse mwen vange onè nan Mixon!*

CB vrille Richard des yeux, et ce dernier enfouit les mains dans ses poches et s'arrête net. CB se lève, s'approche de la fenêtre et observe longuement ce qui se passe dehors: deux garçons, accoutrés de chandails des Canadiens beaucoup trop grands pour eux, jouent paresseusement au hockey dans l'allée devant l'édifice, l'un comme gardien de but, l'autre comme attaquant.

— Tu me laisses pas le choix, dit-il à l'intention de Teta, sans le regarder. Richard meurt d'envie de te défigurer. Si tu veux tout simplement pas collaborer, je vais devoir lui donner le feu vert.

Il revient vers Teta, s'agenouille devant lui et

s'efforce de lui parler d'une voix persuasive, fermant les yeux pendant les pauses :

— Tu comprends ce que j'veux dire, Teta ? Moi, je suis de ton bord. C'est eux qui te veulent du mal. Moi, je te demande juste de répondre à ma question. Où sont les manteaux, Teta ?

Une grimace de dégoût s'est installée sur les lèvres de Teta, dont les oreilles, par ailleurs, remuent tant il bouillonne de rage. CB regagne la fenêtre et lance à l'intention de Richard, sans la moindre hésitation dans la voix : *va zi !* Maintenant, il s'examine les ongles, fredonne un air à la mode et, de temps à autre, jette un regard furtif vers Teta. Ravi, Richard se place vis-à-vis de Teta, crache dans ses mains et se les frotte avec jubilation. Affichant une mine de criminel, il serre le poing, se le mord, puis prend un élan. Mais au moment de frapper Teta, il arrête son bras, la respiration courte. Il regarde autour de lui, arbore un large sourire, comme surexcité. Max suit ses gestes avec stupeur, prêt à se cacher les yeux avec le bras, alors que Ketcia, la tête détournée, fixe le tapis. Teta, lui, garde désormais les yeux fermés, et d'innombrables rides se dessinent tout autour de ses longs cils. Richard se repositionne, balance quelques fois le bras et, prenant son élan de côté comme font les filles, il atteint Teta à l'oreille. *¡Ayyyyyy!* CB se cure les ongles, siffle le même air. Et comme s'il avait surmonté sa peur, Richard assène à l'otage deux autres coups successifs : l'un à la joue, l'autre au nez. En larmes, le visage cramoisi, Teta est pris d'un long accès de toux, fin prêt à cracher ses poumons. Un filet de sang tombe de son nez et, mû par un réflexe, il avance la tête pour ne pas tacher son T-shirt.

— *Check,* CB, montre Richard du doigt. Il salit ton tapis.

CB vient vers Teta et, du bout des doigts, lui replace la tête pour que le sang lui tombe dessus.

— Tu vas parler, maintenant ?

Alors que les larmes ruissellent sur son visage, Teta grince des dents et fait non de la tête.

— Je crois que tu lui as cassé le nez, dit CB d'un ton neutre comme s'il faisait un commentaire sur la température.

À présent, le Latino est secoué de sanglots pathétiques.

— O. K., assez joué comme ça, reprend CB. Si tu veux pas t'ouvrir la trappe, c'est pas plus grave que ça au fond.

CB va à son bureau où trône un mélange inextricable de linge sale, de feuilles mobiles froissées et de livres. Il ouvre le tiroir du bas.

— Ce gars-là parlera pas, je le sens, explique CB en créole. C'est une tête de mule. On a pas le choix. Je vais appeler Flaco et lui dire que son p'tit ami a le visage en sang. On va voir si ça va lui faire plaisir.

Il sort un calepin noir, le feuillette à la hâte et corne une page. Puis, à grandes enjambées il quitte la chambre et, au bout de quelques secondes, revient, un téléphone à la main. Il le branche et compose un numéro.

— Bonjour, madame. Je peux parler à Flaco ?… C'est CB qui parle, un ami de votre fils… D'accord, je

rappellerai ce soir. Attendez, je peux laisser un message ?… Dites-lui de rappeler CB… Oui, il a mon
numéro… Dites-lui que c'est urgent. Au revoir.

Il raccroche.

Il demande à Ketcia de faire le guet devant la
fenêtre et à Max de lui apporter du papier hygiénique.
Ketcia ne comprend pas ce qu'elle doit guetter, mais
n'ose pas le demander. Elle s'assoit sur le bureau de CB
pour avoir la meilleure vue possible.

— T'as peur que ton père rentre, CB ? hasarde-
t-elle.

— Les fins de semaine, il reste chez sa blonde. Pas
de danger.

— Quoi, il a une blonde *steady*, maintenant ?
s'enquiert Richard.

— Une de ses blondes, je veux dire.

Max réapparaît sur le seuil de la porte, un paquet
de papier hygiénique à la main, et CB lui fait signe du
menton d'essuyer le sang sur le tapis. Puis, les mains sur
les hanches, CB fait quelques pas, passe une main dans
ses cheveux et résout de s'étendre sur le lit. Richard
se laisse tomber dans le vieux fauteuil au fond de la
chambre, tandis que Max, aussitôt qu'il a terminé, jette
les papiers tachés de sang dans la corbeille et, hésitant,
revient vers CB.

— On pourrait pas enlever Teta de la chaise, pour
que je puisse m'asseoir ?

CB fixe les fissures au plafond, les mains derrière
la tête. Max soupire, s'essuie les mains sur son pantalon
et s'assoit sur le tapis, adossé au mur.

C'est comme si, après tant d'émotions, pense Ketcia, ils avaient besoin d'un peu de silence, de repos. Personnellement, elle n'aurait jamais cru que ça en viendrait là. Elle trouve toujours dommage de devoir recourir à la violence mais, parfois, c'est vrai, CB l'a dit, ils n'ont pas le choix. L'image de Mixon lui revient à l'esprit, il est sorti hier de l'hôpital. Comme ses parents veulent qu'il récupère pendant la fin de semaine, ils ne lui permettent pas de sortir. Elle repense à la curieuse soirée d'hier chez Mixon, quand la mère a invité à souper tous les membres de la bande ainsi que leurs parents. Tout le monde est venu, sauf CB, évidemment, qui ne se dérange jamais pour ce genre d'occasion. Après avoir mangé, pendant qu'ils étaient tous assis dans le salon, la mère de Mixon s'est levée, les mains jointes, et leur a parlé solennellement, ayant à l'évidence préparé un discours : ce qui est arrivé est grave et on a voulu en discuter avec vous. Surtout avec vous, les parents. Une longue tirade ennuyeuse comme ça n'est pas permis sur les mœurs décadentes des villes modernes a suivi. Pour conclure, la dame s'est longuement lamentée sur le déclin de la foi en le doux Jésus.

Dans l'eau bouillante, la mère de Ketcia a alors toussé et laissé tomber qu'elle avait à faire. Est-ce que c'est terminé, madame ? a-t-elle ajouté. Ketcia sourit : maman est terrible, elle a jamais eu sa langue dans sa poche. Alors, la mère de Mixon a paru désemparée, puis blessée, enfin elle voyait rouge. Oui, maintenant qu'elle y pense, c'est comme si la mère de Mixon avait voulu se venger : il y a autre chose. Nos enfants se droguent.

Babas, tous les membres de la bande se sont tournés vers Mixon. Merde, a pensé Ketcia sur le coup, qu'est-ce qu'il a bien pu raconter, celui-là ? Plus tard, dans sa chambre, visiblement honteux de sa lâcheté, Mixon leur a expliqué que, sous la pression de ses parents, il avait dû leur avouer certaines choses, sinon il serait resté prisonnier chez lui pendant un mois. Ayez un œil sur vos enfants, a ajouté la mère de Mixon, fière de reprendre le dessus. À la maison, aussitôt après avoir suspendu son imperméable au portemanteau, la mère de Ketcia l'a prise à partie : qu'est-ce que c'est que cette histoire de drogue ? Ketcia a évité ses yeux, a soupesé les choix qui s'offraient à elle et a menti avec naturel : mais non, maman, elle raconte n'importe quoi, cette femme. Toi-même tu l'as dit, c'est une folle ! S'étant affalé dans le fauteuil du salon, son père lui a lancé de loin : Ketcia, tu nous dis la vérité, n'est-ce pas ? Et elle a senti comme un chatouillement dans son estomac, puis elle a répliqué d'un trait : peut-être que Mixon a fumé, mais pas nous. En laissant échapper ces mots, elle s'en est immédiatement voulu parce que, CB le dit toujours, la pire chose, c'est de dénoncer les autres. Sa mère l'a prise par les épaules et l'a secouée : que je ne t'attrape jamais à faire de telles idioties !

Ketcia se tourne vers les autres : CB et Max semblent s'être assoupis, alors que Richard, dans le coin sombre, cogne des clous. Teta, lui, la regarde avec des yeux tristes, somnolents, suppliants. Tu te trompes royalement, pense-t-elle, si tu crois que parce que je suis une fille t'as des chances de m'attendrir. Il est vrai qu'il fait pitié, par contre : une croûte de sang et de morve a séché sous son nez et son T-shirt est couvert de taches rouge écarlate. Mais aussitôt, elle s'efforce de penser à Mixon, à son bras, à son bandage, à sa figure défaite. Dehors, c'est plutôt tranquille, les deux garçons qui jouaient au hockey sont rentrés chez eux depuis un bon moment. Elle consulte sa montre : une heure s'est écoulée, c'est pas croyable comme le temps file. Elle fait des rotations du cou pour s'éviter un torticolis. Voilà, respirations et ronflements aux tons divers lui indiquent que tous, y compris Teta, dorment. Pourquoi n'a-t-elle pas sommeil, elle ? Quand elle voit le véhicule de police se garer en douce devant l'immeuble de Teta, elle comprend subitement pourquoi CB lui a demandé d'avoir un œil sur ce qui se passait dehors. Elle tape des mains : ils sursautent, jurent et se lèvent en titubant.

— La police est là ! lance-t-elle, oubliant de parler créole.

— J'en étais sûr, s'écrie CB en se ruant vers la fenêtre.

Teta se met à vociférer de tous ses poumons et, pendant un bon moment, pris de panique, ils se figent, les yeux exorbités. CB se précipite finalement sur lui, passe derrière la chaise, lui couvre la bouche d'une main et lui serre le ventre de son bras, comme pour lui vider l'estomac. Le Latino s'étouffe, tousse et cesse de crier. CB ordonne à Max de lui apporter un T-shirt sale, puis CB le passe sur la bouche de Teta, le nouant vigoureusement. Ensuite, il revient à la fenêtre.

— Qu'est-ce qu'on fait ? s'enquiert Max d'une voix chevrotante. *Shit*, ça devient sérieux en hostie.

CB ne répond pas, il suit les policiers qui se dirigent à grands pas vers l'immeuble de Teta.

— Tu crois pas qu'on devrait le laisser aller?
reprend Max. Qu'on a assez attendu?… Ça devient
heavy, man.

— Pas question, ordonne CB d'une voix forte,
sans le regarder. Il faut aller jusqu'au bout.

— Mon gars, insiste Max, la police est dehors.
C'est pas drôle. Si elle décide de faire une fouille com-
plète des immeubles autour, hein? Qu'est-ce qu'on fait?

— Ta gueule, espèce de lâche!… Tu me fais
honte!

CB considère Max avec dégoût, jette un coup
d'œil à sa montre et, autoritaire, ajoute:

— On a pas d'autre choix que d'attendre l'appel
de Flaco.

— COMPLÈTEMENT NUE? as-tu demandé.

— Mais non, a répondu Carmen, ne sois pas
idiot, c'est une façon de parler. Elle portait une robe de
chambre tout de même, on est au mois d'avril. Qu'est-
ce que tu penses?

— Tu devrais savoir, a fait remarquer Roberto,
que ta mère est incapable de raconter quoi que ce soit
sans se sentir obligée d'en remettre. Avec elle, tout est
possible, une toute petite araignée prend les proportions de Godzilla.

— Veux-tu pas te mêler de ça, toi! a dit Carmen.
Que je sache, ce n'est pas à toi que je parle! De toute

façon, toi, tu n'as rien vu. Monsieur ronflait quand c'est arrivé.

— Elle est sortie en chaise roulante sur le balcon, as-tu dit, et puis après ça ?

— Alors moi je m'habillais pour venir préparer le déjeuner, a-t-elle poursuivi, quand j'entends des cris. Non, attends, ce n'était pas des cris, c'était comme des hurlements. Je m'approche de la fenêtre, je l'ouvre et c'est là que je l'ai vue sur le balcon. Après ça, c'est comme si elle se parlait toute seule, elle disait des mots en créole, j'imagine, je ne comprenais pas ce qu'elle racontait.

— Bon ! l'a interrompue Roberto. Là ton histoire a plus d'allure.

— Elle n'est pas tombée de sa chaise parce qu'elle se tenait après la rampe du balcon, mais elle remuait sans arrêt les bras comme ça… C'est comme si elle avait mal au ventre ou quelque chose. Des gens se sont arrêtés sur le trottoir, mais ils repartaient aussitôt. Un homme a continué tout droit, sans même la regarder, comme si de rien n'était. Je n'arrivais pas à le croire…

— T'aurais dû appeler l'ambulance tout de suite, a dit Roberto. Un cas comme ça, tu ne laisses pas ça traîner. Ça peut exploser.

— C'est ce que j'allais faire, Roberto, je te l'ai dit. Mais une fois au salon, quand j'ai pris le téléphone, j'ai vu l'ambulance arriver. Quelqu'un d'autre aux alentours a dû appeler. Je ne l'ai pas fait plus tôt pour une autre raison aussi, j'attendais que Cléo finisse par apparaître sur le balcon.

— Probablement qu'il était même pas chez lui,

as-tu dit. La fin de semaine, il dort toujours chez un de ses amis. Mais qu'est-ce que tu penses qu'elle avait, maman?

— C'est difficile à dire. Je ne connais pas les détails de sa vie privée, moi. Tout ce que je sais, c'est ce que tu me racontes. Toi, t'es mieux placé que moi pour expliquer les choses. Remarque, je l'ai croisée à deux ou trois reprises cette semaine.

— Ah oui? a fait Roberto. Tu ne m'avais pas dit ça…

— Oui. Elle aussi travaille dans une manufacture rue Saint-Laurent. Elle m'a confié qu'au début ça allait, mais que maintenant elle étouffait au milieu de toute la poussière au travail. Si je me souviens bien, elle a dit qu'elle n'avait plus la force de continuer à travailler. Même que la dernière fois elle songeait à retourner en Haïti.

— Marcelo, tu devrais peut-être appeler Cléo avant que tes cousins arrivent, a suggéré Roberto. Il a probablement besoin de compagnie en ce moment. Sa mère vient d'être hospitalisée, ça ne doit pas être facile pour lui.

— C'est qu'on se voit moins souvent maintenant, as-tu expliqué. On est plus d'aussi bons amis.

— C'est vrai? s'est étonné Roberto. Vous vous êtes disputés?

— Non, je sais pas. Des fois, j'ai moi-même de la difficulté à m'expliquer ce qui s'est passé.

— Pour une fois, a avancé Carmen, je suis d'accord avec ton père. Tu devrais l'appeler.

— Tu crois? Tu crois vraiment?

— Bien sûr! C'est la moindre des choses que d'appeler quelqu'un quand il en a besoin. Ça vous permettra aussi de repartir à neuf.

— Il est probablement même pas chez lui.

— Te fais pas prier, veux-tu, a insisté Carmen. Allez, vas-y.

Souviens-toi, Marcelo : tu avais gagné le salon, tu avais pris le récepteur et tu avais composé son numéro, sans trop te faire d'illusions. En entendant son allô, tu t'étais dit : c'est Cléo? Comme tu ne lui parlais presque plus, sa voix te semblait avoir mué. Tu as hésité et tu as fait simplement, craignant un refus ou sa mauvaise humeur : ça va? Il a mis du temps avant de te répondre, comme s'il n'avait pas encore décidé s'il allait te parler ou non. Ouais, ça va. Et ta mère, elle va mieux? D'une voix indolente mais intriguée, il s'est enquis : tu l'as vue sur le balcon? C'est ma mère qui l'a vue. Et lui, elle est correcte, elle va aller. Rappelle-toi son petit rire je-m'en-foutiste, Marcelo. Pourquoi? Ensuite, uniquement pour te faire un peu la conversation, il a ajouté qu'il se trouvait chez Carl quand l'incident s'était produit, que c'était des amis haïtiens qui l'avaient averti. Elle avait pris trop de calmants, voilà tout. Un silence pesant a suivi, pendant lequel tu as cru entendre des voix confuses par-dessus le va-et-vient de sa respiration. Je te dis, a-t-il repris, elle a rien de grave. T'es sûr que t'as besoin de rien, Cléo? Non, ça va aller, merci. C'est pas la première fois qu'elle fait ça. O. K., c'était juste pour savoir si t'avais besoin de quelque chose. Pas de problème, Marcelo. Salut, salut.

Tu as raccroché et tu es demeuré un long moment sans bouger. Pourquoi est-ce que Cléo te parlait de la sorte ? Pourquoi avais-tu l'impression qu'il t'en voulait ? Parce que, oui, un ressentiment, habilement camouflé sous une indifférence feinte, pointait dans les inflexions de sa voix. Sur le coup, tu t'es juré de ne plus jamais lui parler, puis l'image de Carole en fauteuil roulant, les bras tendus, t'est revenue, et la honte t'a brûlé les joues. Que penser de tout ça ? Hé, champion, qu'est-ce que tu fais ? t'a-t-on lancé, coupant court à tes réflexions. Enrique et Toño, tes deux cousins, venaient de faire irruption dans le salon, après s'être faufilés chez toi sans sonner. T'en fais une tête d'enterrement, Marcelo ! a commenté Toño. C'était rien, tu avais pas eu assez de sommeil, c'est tout. On y va ? Tu as enfilé ton coupe-vent, tu as demandé à tes cousins de patienter un moment et tu es allé dire au revoir à tes parents. Ils t'ont demandé ce que Cléo t'avait dit. Tu vois, t'as bien fait d'appeler ton ami, a approuvé Carmen. Oui, maman, tu avais raison.

Dehors, il faisait frisquet, et Enrique s'est énergiquement frotté les bras à travers les manches de son coupe-vent : vous pouvez pas savoir comme j'ai hâte que l'été arrive ! Souviens-toi : Enrique et Toño, des frères jumeaux, avaient immigré au Canada en août de l'année précédente et, depuis qu'ils avaient emménagé dans le quartier un mois plus tôt, tu les voyais presque tous les jours. Ils te considéraient comme leur frère benjamin, et la rapidité avec laquelle ils t'avaient pris sous leur aile t'avait surpris et fait plaisir. En tout cas, a repris Enrique, pour ce qui est de la température, le Chili a pas son pareil! Qu'est-ce que t'en sais, a riposté Toño, puisque tu ne connais que le Canada et le Chili. Enrique lui a décoché un regard noir, mais il l'a aussitôt adouci, comme s'il se ravisait. Vous avez descendu Légaré en cabotinant, puis vous avez traversé Van Horne et Kent au pas de course, pour éviter les automobiles. Sur le trottoir, deux jeunes filles aux yeux bridés, portant des pantalons moulants, vous ont dépassés. Enrique s'est empressé de siffler, les yeux rivés à leurs fesses qui montaient et descendaient à chacun de leurs pas : hé, regardez-moi ça! Pas mal pour des Asiatiques, hein, Marcelo? Surpris, tu n'as pas répondu. Dis-moi, t'as une petite amie? s'est enquis Enrique. Moi? Donne-moi le temps, je suis juste au primaire. Et Toño a essuyé de son avant-bras une sueur improbable sur son front et s'est impatienté : ben oui, il est trop jeune encore. La mine épanouie, Enrique a passé un bras autour de vos épaules et vous a enlacés : de quoi vous parlez, les gars? Lui, au Chili, déjà au primaire, avait plein de filles à ses trousses. Elles venaient par dizaines frapper à sa porte! Pas vrai, Toño? Souvent, même, ça se terminait par des chicanes terribles. Et des filles, quand ça se battait, ça niaisait pas, ça se tirait les cheveux et tout! Ici, à la polyvalente, il avait juste à poser son derrière sur un banc et ils pouvaient être sûrs qu'il les attirait comme un aimant! C'est simple, il faisait des ravages peu importe où il passait! Sourire en coin, Toño s'est bruyamment éclairci la gorge : t'es sûr que t'exagères pas un peu? Comment peux-tu dire une chose pareille! s'est offusqué Enrique. Il avait bien vu qu'aux récréations, il y en avait toujours deux ou trois qui gravitaient autour de lui, non? Toño a soupiré : oui, mais t'es en secondaire quatre, Enrique, et tu sors tout le temps avec des filles de secondaire un ou deux. Comment t'expliques ça? La figure d'Enrique s'est refermée, puis il a riposté, la voix fluette sous l'effet de l'irritation montante : qu'est-ce que ça change? C'est des filles pareil, non? C'est mieux que toi en tout cas, pogné avec la même *chick* depuis qu'on est arrivés au Canada. En plus, avec une Chilienne! Lui, au moins, il explorait, il avait essayé les Libanaises, les Vietnamiennes. Il était aventureux, lui! Toño a échangé un regard complice avec toi et a haussé les épaules, en signe d'impuissance amusée.

Vous avez pénétré dans le stationnement souterrain de la Plaza Côte-des-Neiges et, au bout de quelques pas, vous avez aperçu deux garçons à la peau de jais, vêtus tous deux de T-shirt délavés et de jeans, qui s'avançaient vers vous en riant à gorge déployée. Au passage, Enrique a fixé sur eux un regard glacial, se mordant la langue, et les Noirs, étonnés, ont cessé tout d'un coup de s'esclaffer. Vous avez vu? a demandé Enrique. Quoi? as-tu interrogé de la tête. Tu vois pas que c'est de nous qu'ils riaient, ces gars-là. Vous avez franchi les portes tournantes du centre commercial, et tandis que vous longiez un salon de coiffure, Enrique a raconté : l'autre jour à la polyvalente, quand j'ai dit à un Québécois que j'habitais le quartier Côte-des-Neiges, vous savez ce qu'il m'a répondu? Hein, vous savez? Il m'a répondu : Côte-des-Nègres, tu veux dire ? C'est plein d'immigrants ce quartier-là. Vous vous rendez compte ? Enrique a remué énergiquement la tête comme si de la fumée allait lui sortir par les oreilles, et a ajouté : en tout cas, une chose est sûre, le quartier se remplit de nègres à vue d'œil ! Toño s'est détourné : eh que t'es con, t'as tellement de préjugés ! Alors Enrique s'est emporté : toi, on le sait pourquoi tu défends les nègres. À cause de ton chum, Andrew, le Jamaïcain. Laisse-moi te dire qu'ils ont pas besoin de toi pour se défendre, ils sont assez nombreux comme ça. Dans l'escalier mécanique, il se penchait maintenant vers son frère jumeau et lui envoyait de temps en temps son index roide en plein sur la poitrine : tu sais ce qu'il nous a dit le prof d'anglais après la bagarre entre les Italiens et les Latinos ? Tu sais ce qu'il a dit, hein ? *Please stick with your own people !* À ça, j'ajouterais pour toi, Toño : défends les tiens avant de défendre les autres !

Souviens-toi, Marcelo : devant les tourniquets chromés du Zellers, tu avais vite senti que quelque chose ne tournait pas rond, qu'Enrique s'énervait dangereusement. Il se retournait et dévisageait tous les quidams et, quand tu lui posais une question, il répondait sans te regarder : quoi ? qu'est-ce que t'as dit ? Bon, a fait Toño, moi je vais aller au magasin de sports en bas, je crois qu'ils en ont des ballons de football. On regarde les prix et on se rejoint ici, près du Pick-Nick. Il s'est perdu derrière des tables où une dizaine de garçons en tenue de basket-ball avalaient des hot-dogs, mais il est revenu au bout de quelques secondes en tapant de l'index sur sa tempe : regardez bien la qualité du ballon et la marque aussi. Ouais, ouais, a répondu Enrique, comme exaspéré. Dès que son frère vous a quittés, Enrique s'est remis à promener des regards fébriles autour de lui, comme s'il cherchait à repérer quelqu'un, et il s'est penché sur toi : écoute attentivement, petit cousin. Toi, tu restes ici, a-t-il fait en détachant minutieusement chacune des syllabes, et si tu vois quoi que ce soit d'anormal, viens me rejoindre dans le magasin, compris ? Enrique s'éloignait quand tu l'as retenu par le pan de son coupe-vent : je comprends pas. Si je vois quoi d'anormal ? Enrique a fixé l'ascenseur au loin comme si c'était le bout du monde et a grommelé, un rictus de découragement lui tordant la figure : utilise ton cerveau des fois, Marcelo. Sois pas *huevón* ! Et il a franchi les tourniquets et s'est perdu entre les rayons, tandis que tu te demandais, avalant ta salive avec effort : mais qu'est-ce que je fais, moi ? Je reste ici, je m'en vais ?

Au bout de cinq longues minutes, Toño est réapparu. Les ballons étaient ou bien monstrueusement chers ou bien de piètre qualité, du genre en plastique mais sans que ça paraisse trop. Pour mieux te fourrer, mon enfant ! a ajouté Toño. Trois fois plus cher qu'au Chili, tu te rends compte ? À présent, il tapait nerveusement du pied, épiait sa montre. Puis, vous avez aperçu Enrique qui s'amenait à toute vitesse vers vous, slalomant entre la foule bigarrée. Il fallait y aller, les gars, il ne plaisantait pas. Toño, qui fredonnait une mélodie sinueuse, lui a demandé d'un geste de la tête : alors, t'as trouvé quelque chose ? J'espère que t'as eu plus de veine que moi. Mais Enrique se sauvait déjà à grands pas vers la sortie : t'es sourd ? Il venait de dire qu'il fallait y aller ! Vous lui avez emboîté le pas et, dès que vous vous êtes retrouvés à l'extérieur, d'un accord tacite, vous vous êtes mis à courir à fond de train. Une fois rue Barclay, Enrique s'est faufilé comme une anguille dans le hall d'entrée d'un immeuble, et vous l'avez rejoint, poussés par une sorte d'automatisme. Une main contre le mur, une grimace de douleur lui tordant le visage, Toño répétait en remuant la tête : dis-moi que c'est pas vrai, dis-moi que t'as rien fait, Enrique, dis-moi que c'est juste une blague… Enrique a descendu la fermeture éclair de son coupe-vent, a fait tomber son pantalon et a tiré de dessous son T-shirt et ses sous-vêtements un ballon dégonflé. D'un air victorieux, il l'a brandi longuement sous le nez de son frère. Toño est resté coi, a furieusement passé une main dans ses cheveux. Si ça peut te consoler, a fait Enrique, c'était pas le meilleur qu'ils avaient. À présent, Toño le toisait de bas en haut de ses yeux plissés : mais t'es vraiment un imbécile ! C'est quoi ton problème ? Pourquoi faut-il toujours que tu voles ? Espèce de… de… Il n'a pas terminé sa phrase, il a baissé les bras et s'est tourné vers la porte vitrée. Souviens-toi, Marcelo : immobile, comme frappé par la foudre, tu te disais que tu avais eu raison, devant le magasin à rayons, de penser ce que tu avais pensé.

VII

LORSQUE FLACO rentre chez lui et s'arrête à l'entrée du salon, Carmen est assoupie sur le divan, enfouie sous un poncho gris, et Roberto, assis dans le fauteuil, le dos droit, les jambes croisées, garde obstinément les yeux rivés sur la télé. Plus tôt, dans les gradins du parc Kent, il a aperçu son père entouré de ses amis, qui assistait lui aussi à la finale de la coupe Allende. Quand la foule s'est levée d'un seul coup pour ovationner un joueur qui venait de marquer un but, leurs regards se sont croisés et il a cru un instant que son vieux détournerait la tête mais, après quelques secondes troubles, celui-ci lui a fait un vague salut de la main. Pourquoi cette hésitation? A-t-il honte de lui? Depuis des mois maintenant, il ne lui adresse la parole que pour lui demander de lui passer le sel à table, de faire son lit ou de baisser le volume de la musique quand il se cloître dans sa chambre. Un jour, depuis le couloir, il a surpris un bout de conversation à voix basse dans la cuisine entre son père et son oncle Juan. La voix de Roberto s'était faite ironique : relation? quelle relation? J'aime mieux ne pas en parler, Juanito, crois-moi, y'a pas grand-chose à raconter. Flaco vient s'asseoir sur le bras du divan aux pieds de Carmen, tandis que Roberto, déterminé à l'ignorer, continue de fixer l'écran. Des prisonniers creusent un tunnel en faisant circuler, de main en main, des seaux remplis de terre. Carmen s'étire, bâille et ouvre des yeux mouillés en cillant. Elle se redresse subitement, arbore un air soucieux et marmonne des mots qu'il ne saisit pas. Elle répète :

— Teta était-il avec vous ?

— Non. Je l'ai pas vu de la soirée.

Elle lui raconte que *señora* Eugenia a téléphoné plusieurs fois. Après la messe, Teta était censé venir le voir pour rentrer ensuite dîner à la maison, mais il n'est jamais revenu chez lui. A-t-il une idée où il se trouve ? Son cœur s'affole et, un moment, son esprit part à la dérive, imagine le pire : corps déchiqueté, sang, visages défaits, pleurs. *¡Pobre Teta!* Non, *Dios mío,* faites qu'il soit en lieu sûr. Il jette un coup d'œil vers son père, qui semble obnubilé par le film.

— Tu ne sais vraiment pas où il se trouve ? insiste Carmen.

— Non, maman, j'te le jure. Nous, on était au parc. On lui avait donné rendez-vous en début d'après-midi mais, comme il arrivait pas et qu'il nous fait toujours attendre, on s'est écœurés et on est partis. On s'est dit qu'il viendrait nous rejoindre plus tard, tout seul.

Carmen lui raconte que *señora* Eugenia, rongée d'inquiétude, a fini par appeler la police. La vieille est sûre qu'il s'est passé quelque chose de grave, elle a eu toutes sortes de pressentiments qui ne laissaient présager rien de bon. Il sait comment elle est, cette vieille. Va savoir si ses angoisses sont justifiées ou pas. En tout cas, elle est dans tous ses états !

— Elle a parlé aussi de manteaux de cuir volés, ajoute-t-elle. Qu'est-ce que c'est que cette histoire ?

Voilà, Roberto tourne la tête vers eux.

— Des manteaux de cuir ? Quels manteaux de cuir ?

— Elle dit qu'elle a trouvé un sac plein de manteaux avec des dessins de panthères et des mots en anglais écrits dessus.

— Je suis au courant de rien. J'te jure.

— C'est ce que je pensais. Je lui ai dit : écoutez, madame, je ne suis pas stupide, je sais que nos enfants ne sont pas des saints, mais ils ne sont tout de même pas du genre à voler… Pour moi, Teta est probablement avec une fille et elle est là à se faire du mauvais sang.

La dernière phrase a une inflexion interrogative qui n'échappe pas à Flaco.

— Nous-mêmes, avance-t-il, on se demandait où il pouvait bien être. Oui, peut-être qu'il est avec une fille, c'est possible. Je vais appeler *señora* Eugenia.

Il s'approche de la petite table ronde où repose le téléphone et prend le récepteur, qu'il coince entre l'épaule et l'oreille.

— Ah oui, j'allais oublier, dit Carmen. T'as reçu un autre appel. Un certain CB, si je me souviens bien. Il veut que tu le rappelles. Il a dit que c'était urgent.

¡Putamadre! Le corps égratigné, meurtri, violacé

de Teta, lui revient à l'esprit. Une croûte de sang séchée sous le nez, le T-shirt en lambeaux. Il fléchit les genoux, débranche le fil et prend le téléphone.

— Qui c'est? demande-t-elle.

— Bah! fait-il, laissant mollement tomber une main, juste un ami de la polyvalente.

Il longe le couloir, verrouille la porte de sa chambre et s'abat comme une masse sur la chaise de son bureau. Il enveloppe sa tête de ses deux mains et expire lentement par la bouche : il n'en revient pas! Ils l'accompagnent exprès à l'église pour éviter qu'il se fasse enlever, et c'est exactement ce qui se produit. Comment diable s'y sont-ils pris? Il branche le téléphone, mais hésite entre tout envoyer promener et appeler la vieille. Il le savait, lors du rendez-vous devant l'immeuble de Lalo, c'était une erreur de ne pas avoir attendu Teta. Il aurait dû insister pour qu'ils restent jusqu'à ce que Teta se pointe. C'est Lalo qui, le premier, les a pressés pour qu'ils partent sans lui. Ensuite, comme les autres ne voulaient pas manquer le début du premier match, ils ont décidé de lever le camp. Il compose le numéro, la sonnerie ne retentit qu'une seule fois et une voix chevrotante répond.

— *Buenas noches, señora Eugenia.* C'est Flaco.

— *Dios mío…* Teta est avec toi?

— Non, *señora.* Il est pas venu nous rejoindre au parc.

Une longue lamentation s'ensuit, puis elle implore la miséricorde de Dieu pour qu'il lui rende son fils. Comme une asthmatique, la vieille a la respiration courte. Il tente de la tranquilliser, mais lui avoue aussi qu'il ne sait pas où se trouve Teta.

— J'ai été assez tolérante avec vous. Maintenant, cesse de me mentir et dis-moi où se trouve mon fils.

— Écoutez-moi. Je sais pas. C'est la pure vérité. Tout ceci me prend autant par surprise que vous. Mais je crois avoir une idée où il *pourrait* être.

— Dis-le-moi tout de suite, *niñito*! implore-t-elle. Ou je vais être obligée de tout raconter à la police au sujet des manteaux! Ne m'oblige pas à faire un tel geste, Flaco, ne m'oblige pas à le faire!

— Calmez-vous et écoutez-moi jusqu'au bout. J'ai besoin que vous me fassiez confiance, comprenez-vous? Je vous demande de me laisser jusqu'à une heure du matin. Si vous avez pas eu de mes nouvelles d'ici là, vous pourrez dire tout ce que vous voulez à qui vous voudrez. Il faut que vous me laissiez ce temps, pour pas que cette histoire prenne encore plus d'ampleur.

Flaco l'entend geindre et glousser. Il ajoute d'une voix mielleuse :

— Je suis sûr qu'il a rien, qu'il est sain et sauf.

— C'est pas ce que je crois, Flaco…

Au bout du fil, des reniflements ponctuent le silence, et la vieille se mouche un bon coup, mais un sifflement persiste à accompagner sa respiration.

— Qu'est-ce que vous voulez dire? reprend Flaco.

— Je vois toutes sortes de choses qui ne me plaisent pas, Flaco, sanglote-t-elle. Je vois des ombres, beaucoup de rouge, c'est très mauvais signe tout ça. J'ai peur. Très peur.

— Calmez-vous, *señora*. Je vous le ramène d'ici une heure, je vous le promets. Mais il faut me faire confiance. Il le *faut*.

La vieille éclate en une crise frénétique de larmes qui ressemblent à un rire houleux. Peu à peu, elle reprend ses esprits.

— Je t'ai toujours préféré aux autres amis de mon fils, Flaco. Tu as toujours été bon avec lui. Tu es un garçon loyal.

— Je traite mes amis comme s'ils étaient mes frères, *señora*.

— Ne me déçois pas, s'il te plaît, ne me déçois pas.

— Vous le regretterez pas, *señora* Eugenia. Je vous donne ma parole d'honneur.

À contrecœur, intercalant à nouveau des reniflements dramatiques dans ses phrases, elle lui dit que c'est bon, qu'elle accepte, qu'elle va attendre son appel. Flaco la réconforte une dernière fois, puis il raccroche. Pendant une bonne minute, il se trouve dans un tel état de confusion qu'il fixe le réveil sur la table de chevet, conscient que, l'une après l'autre, les secondes s'envolent. Il se lève, titube, se passe les mains sur le visage. Et maintenant ? Il reste longtemps debout, immobile. Il va vers la commode, tire sur le tiroir du haut, y prend le condor et le fourre dans sa poche. Il regagne le salon : seul son père s'y trouve, toujours absorbé par le film.

— Je peux te parler ? demande Flaco.

Un moment Roberto fait la sourde oreille, puis il pose ses yeux noirs sur lui. Flaco vient s'asseoir tout près, sur le divan. Ils se guettent sans mot dire. Flaco scrute son visage dur, ses joues creuses, son nez droit, sa moustache tombante. Les yeux sont exagérément petits : est-il juste fatigué ou est-ce signe qu'il se tient sur ses gardes ? Roberto prend la commande à distance et baisse le volume de la télé.

— Écoute, commence Flaco. Je sais pas comment t'expliquer ça. Mais il faut que je te parle de quelque chose qui m'arrive. C'est à propos de Teta.

Roberto suit les gestes de ses mains d'une attention méfiante.

— Je crois que je sais où il est. Mais je sais pas quoi faire, papa. Je me sens pris comme dans un piège et je veux…

Roberto l'arrête d'un geste, s'éclaircit la gorge.

— Je veux que tu comprennes une chose. Tu n'as pas besoin de m'expliquer quoi que ce soit. J'en sais plus que tu crois.

Flaco a un geste de recul.

— Ça te surprend ? Qu'est-ce que tu penses ? Que je n'ai jamais été jeune ?

Ses yeux perdent subitement leur air fatigué.

— Tu crois que je ne me suis pas rendu compte que tu mentais tout à l'heure au sujet des manteaux ? Tu peux cacher bien des choses à ta mère, mais pas à moi, Flaco. Ça, ne l'oublie pas.

— Mais c'est pour ça que je viens t'en parler, papa.

Une grimace contrariée barre la figure de Roberto. Puis il reste quelques secondes à battre des paupières comme s'il réfléchissait intensément.

— Ça ne marche pas comme ça, Flaco. Tu te rends compte ? Je ne sais même plus qui tu es. Tu veux savoir, tu es devenu un étranger pour moi. Tu penses que je n'en ai pas souffert au début ? Remarque, je ne t'en veux même plus.

Il lisse sa moustache.

— Tu as voulu faire ta vie, ériger une barrière entre toi et nous ? Vas-y maintenant, vas-y jusqu'au bout.

— Mais justement, papa, je veux que ça revienne comme avant entre nous.

— Aujourd'hui, parce que tu es mal pris, tu viens me voir. Non, Flaco. T'es un adulte maintenant. Tu vas prendre tes décisions tout seul.

Un bon moment Flaco demeure coi, estomaqué. Des phrases toutes faites, pleines d'une sincérité désespérée lui viennent à l'esprit, mais il n'arrive pas à les prononcer. Roberto agrippe la commande à distance pour éteindre la télé, se lève et s'éloigne vers la porte du salon. Déjà dans la pénombre du vestibule, il s'immobilise et se retourne lentement.

— Je vais te donner un seul conseil, Flaco. Un seul. Autant que possible, évite les bains de sang.

Puis, braquant son index sur lui :

— Je sais que t'en es rendu là.

Il remue la tête, pince les lèvres et se perd dans l'obscurité du couloir. Flaco ressent une pressante envie de pleurer mais, au bout d'un moment, son chagrin le fâche et, de toutes ses forces, il retient ses larmes : c'est pas le moment. Il sort à la hâte, il a besoin d'air frais.

Dehors, après quelques pas, il s'aperçoit qu'il tremble, qu'il claque des dents. Il traverse le terre-plein, passe sous deux réverbères et contourne un immeuble : c'est bien, il y a de la lumière aux fenêtres du deuxième. En gravissant l'escalier, il entend la voix enjouée d'un animateur de télévision et une pluie d'applaudissements. Il frappe trois fois à la porte. Le large sourire d'un petit garçon apparaît dans l'entrebâillement : qu'est-ce que tu veux ? T'es venu voir ma sœur, hein ? Par bravade le garçon ouvre un peu : il porte un pyjama bleu parsemé de camions de toutes sortes. Et lui, j'ai pas le temps de jouer, Diego, je niaise pas. Elle est là ? Et le garçon, je sais pas, peut-être, et il part d'un rire aigu. Des pas s'approchent et Paulina surgit. Elle donne une petite tape sur les fesses du garçon : allez, allez, à cette heure-ci les enfants de ton âge sont tous au lit !

Flaco se faufile dans le vestibule, lui dit qu'il doit lui parler. Elle frôle son visage de ses doigts, t'es tout pâle, lui prend la main, qu'est-ce qui t'arrive ? Viens, on va aller à la cuisine, répond-il. Ils passent devant le salon, Flaco salue les parents de Paulina d'un signe de tête, et le père, tirant une bouffée après l'autre de sa cigarette, lui fait signe de la main : *hola, pibe*. Dans la cuisine elle allume, et la lumière jaunâtre de l'ampoule nue, suspendue très bas au-dessus de la table, se réfléchit sur les murs huileux. Ils s'assoient de biais l'un devant l'autre, elle l'observe et ne cesse de lui caresser les mains. Quand il a fini de raconter, il arque ses sourcils en accent circonflexe : qu'est-ce qu'elle en pense ? Elle retire ses mains, se lève et plonge ses yeux dans les siens : il sait déjà ce qu'elle va lui conseiller. Elle est sûre ? Oui, Flaco, c'est la chose à faire. Que peux-tu faire d'autre ? À l'heure actuelle, soupire-t-il, il est sûr de rien. Ou plutôt, il est sûr d'une seule chose, il a besoin d'elle. Vraiment. Elle couvre à nouveau ses mains des siennes et les presse, un sourire bienveillant aux lèvres : bien sûr, il peut compter sur elle. Il doit d'abord aller chercher le sac avec les manteaux chez Teta, explique-t-il. Le problème, c'est que, comme il faut les prendre à l'insu de la vieille, il a besoin de quelqu'un pour la distraire. Elle lui dit qu'il peut compter sur son aide, et elle le dit de façon si spontanée qu'il l'enlace. Ils retournent au salon et Paulina s'avance vers ses parents : je reviens tout de suite. *¡Un momento, niñita !* fait sa mère en claquant des doigts. Où tu vas à cette heure-ci ? Je sors, pas longtemps, maman. Mais il est tard, Paulina. Allez, juste quinze minutes, s'il te plaît. Laisse-la sortir, intervient le père, et il pointe son doigt comme un pistolet vers Flaco et cligne de l'œil en guise d'au revoir. Ramène-la-nous saine et sauve, *pibe*. Promis, sourit Flaco, et il pense : il m'aime bien, le vieux.

Dès qu'ils sortent, ils se dépêchent de traverser la rue et s'introduisent dans l'immeuble où vit Teta. Arrivé au troisième étage, prenant de grandes respirations pour calmer son souffle, Flaco se cache dans l'escalier, tandis que Paulina sonne. Les pas lents de *señora* Eugenia font craquer le plancher, elle demande qui c'est, déverrouille dès qu'on lui répond, et Paulina affiche un sourire charmeur : *buenas noches,* elle vient lui tenir compagnie un moment. Elle a eu vent de ce qui est arrivé. Le visage affaissé de la vieille sourit faiblement : comme t'es gentille, *niñita* ! Bien sûr, entre, et la porte se referme. Comme Paulina tarde à revenir lui ouvrir, Flaco finit par s'asseoir sur les marches. Les tubes fluorescents au-dessus de sa tête s'allument et s'éteignent inopinément, bourdonnant comme un régiment de guêpes furieuses. Enfin Paulina entrebâille la porte, lui livrant tout juste un passage. Flaco se glisse dans l'obscurité du vestibule, et elle lui chuchote à l'oreille : pas de danger, elle est dans le salon. Par précaution, Flaco se déchausse, prend ses souliers de course dans ses mains et se dirige vers la chambre de Teta, tandis que Paulina retourne au salon et entame aussitôt une conversation avec *señora* Eugenia. Sans allumer, il va droit vers le placard, qui exhale une odeur nauséabonde de vieilles chaussettes, et y enfouit la tête. Le sac ne semble pas s'y trouver. Il se rue sur la commode et tire sur tous les tiroirs, mais rien. En dessous du lit ? Non plus. Aux quatre coins de la pièce ? Non, pas de chance. ¡*Putamadre!* Il manquait plus que ça !

Tout à coup, il entend des pas : c'est pas vrai ! Il s'étend à plat ventre sous le lit, la porte s'ouvre et un vif rayon de lumière fend le plancher. On allume : Flaco ? Il reconnaît les souliers de course de Paulina, là debout devant lui, tenant le sac à ordures. Il était dans le garde-manger de la cuisine, chuchote-t-elle. Il se dresse d'un bond et ouvre le sac : les manteaux y sont bel et bien. C'est bon, il agrippe le sac, le fait basculer sur son dos et se dirige vers l'entrée, suivi de Paulina. Sur le pas de la porte, pendant qu'il remet ses souliers, elle lui dit à voix basse qu'elle va rester encore un peu. Ils s'embrassent sur la bouche, et un moment elle le retient. Il se dégage et elle s'enquiert, la voix fuyante : et maintenant ? Il la considère d'un air désolé, puis son visage se referme et il ne lui répond pas. En tout cas, pas d'héroïsme, O. K., Flaco ?

Chez lui, tout est plongé dans l'obscurité, son père est probablement parti se coucher. Dans sa chambre, il dépose le sac, souffle un moment, assis sur la chaise du bureau, et, décidé, agrippe le combiné du téléphone.

TU ENTAMAIS ton deuxième tour de réchauffement, joggant côte à côte avec Akira et humant l'air frais du matin, lorsque tu as bifurqué en douce vers la porte de derrière de l'école. Tu as traversé le gymnase, silencieux et désert, et tu as poussé la porte des toilettes des gar- çons. Tu t'es précipité sur un des urinoirs en te tenant l'entrejambe à deux mains.

— Qui est là ?

Tu as regardé autour de toi : étrange, tu ne voyais personne. Qui est-ce que ça pouvait bien être ? Quand tu as eu fini d'uriner, tu as appuyé sur la manette, l'eau a coulé dans l'urinoir, et tu as fait quelques pas vers l'endroit d'où la voix avait semblé provenir.

— Cléo, c'est toi ?

Des toussotements ont résonné, puis une voix s'est élevée tant bien que mal :

— Salut, Marcelo. T'es pas avec les autres ?

— J'avais envie d'aller aux toilettes, mais j'ai fait attention pour pas que Serge me voie.

— Tu trouves pas qu'il est fatigant avec ses règlements?

— Il veut pas qu'on perde de temps. Tu sais combien c'est sérieux les compétitions pour lui.

Tu as aperçu un filet de fumée bleutée qui montait de la cabine où Cléo était enfermé.

— Alors? a-t-il demandé. Qu'est-ce qui se passe de bon avec toi?

Tu lui as raconté quelques-unes de tes sorties avec tes cousins qui, plus âgés, t'initiaient à toutes sortes de sports nouveaux pour toi, comme le football ou le tennis sur table. Puis il a ouvert la porte et s'est avancé en tenant une cigarette entre l'index et le majeur. Il portait un T-shirt démesurément large où l'on pouvait lire *Public Enemy* et des souliers de basket-ball à la semelle épaisse, munis de gros lacets rouges et qui montaient jusqu'aux chevilles. Il s'est remis à tousser, a baissé les yeux, puis a plaqué une main contre le mur.

— Moi, a-t-il fait, de ce temps-ci, je prends ça relax.

Il est retourné dans la cabine, a lancé sa cigarette dans la cuvette, a tiré la chasse et est revenu vers toi.

— Je me rends compte qu'avant j'étais juste un p'tit-cul. Tu te souviens du jour où je suis arrivé à l'école? Du premier cours d'éducation physique?

D'une voix neutre, tu as répondu que oui, tu t'en souvenais.

— Ça me semble tellement loin… Aujourd'hui, personne oserait me baver.

— Y'a pas à dire, as-tu commenté, moqueur, t'es devenu un vrai *tough*.

Ta remarque a fait son effet : Cléo est parti d'un rire las, un rire que tu ne lui connaissais pas, Marcelo.

— Tu sais, a-t-il fait remarquer, toi t'es le seul gars que je pourrais pas planter.

— Comment ça ?

— Je sais pas. T'es un gars trop correct.

— Trop correct ?

— Ouais, tout le monde t'aime, tu cherches jamais la bagarre.

— Peut-être que j'suis plus *tough* que tu le penses.

— Peut-être, mais j'crois pas. Je te connais assez bien, il me semble.

La conversation a roulé sur ce que vous alliez faire cet été, puis sur vos familles respectives.

— Ma mère ? a dit Cléo. Elle va mieux. Même que l'autre jour, avec des amis à elle, on est allés au restaurant. C'était la première fois qu'elle sortait de la maison depuis des semaines. Tu sais, ma mère, ça prendrait un miracle, au fond. Des fois, je crois que ça va jamais vraiment aller. C'est une dépressive.

— Une quoi ?

— Une dépressive. Mon père dit que c'est une personne qui a plus le goût de rien, qui a toujours des idées bizarres dans la tête. Tu comprends ?

— Des idées bizarres comme quoi ?

— Tu sais, des idées noires, comme dégoûtées de la vie. En tout cas moi, je vais essayer de travailler cet été. Comme ça je vais pouvoir m'acheter ce qui me tente, sans toujours devoir quêter à ma mère ou attendre après mon père. Je voudrais m'acheter un Super Nintendo comme le tien.

— Si tu veux jouer, t'as juste à m'appeler et venir chez moi. Tu le sais ça, hein?

Cléo a souri et a hoché la tête:

— Ouais. J't'appellerai.

Sur le coup, souviens-toi, tu t'étais dit: ouais, ouais, paroles en l'air.

— En tout cas, as-tu coupé, il faut que j'y aille. Sinon, Serge va pogner les nerfs.

Vous êtes retournés ensemble vers la cour de l'école. Les élèves étaient déjà assis sur l'asphalte tout autour de Serge. En vous apercevant, le professeur s'est interrompu.

— Où étiez-vous?

— Juste aux toilettes, as-tu répondu.

Serge a mis les poings sur les hanches, a eu un soupir excédé et a fixé Cléo.

— Depuis trois semaines, t'arrives toujours en retard. Tu peux m'expliquer un peu ce qui se passe?

Les têtes se sont tournées vers Cléo qui a aussitôt avancé la sienne et a fait *bououou!,* comme pour faire peur aux autres élèves.

— Cléo, je te parle! a repris Serge.

— Quoi?

— Je t'ai posé une question.

— J'sais pas.

— C'est la dernière fois que je tolère un retard. Je t'avertis.

— Ouais, ouais…

— Pourquoi cette attitude, Cléo ? Tu te fous des compétitions maintenant, ou quoi ?

— Mais non…

— Ça ne t'intéresse plus ?

— Mais non, je te dis. C'est juste que j'en ai plein le cul de faire des tours de réchauffement et des exercices. Quand on est bon, on est bon. Quand on est nul, on est nul. Même si le nul se pratique toute sa vie, il sera jamais meilleur que le bon.

— Ouais… Laisse-moi te dire qu'elle est pas mal prétentieuse, ta petite théorie.

— C'est vrai et tu le sais, Serge.

— Tu vas faire dix tours de piste immédiatement. Sinon tu ne participes pas aux Jeux du Québec. Compris ?

— J'en reviens pas ! Tout ça, parce que je dis ce que je pense !

— Non, Cléo, tu n'as pas compris. Tout ça, parce que ça lui monte à la tête à monsieur de courir vite.

Serge l'avait piqué : Cléo le fusillait du regard, les traits sévères, la lèvre supérieure tremblotante. Au bout d'un moment, il a marmonné assez fort pour que le professeur puisse l'entendre :

— Tu peux te les mettre où je pense, tes dix tours de piste.

Alors Serge a montré l'école du doigt, le bras tendu :

— Au bureau du directeur, immédiatement !

Cléo s'est levé et, d'un pas indolent, s'est dirigé

vers la porte. On a continué sans lui en le remplaçant par Sylvain dans l'équipe de relais. Serge voulait surtout qu'on s'exerce au passage du témoin. Plus tard, à l'heure de la récréation, Cléo a pu vous rejoindre. Le printemps était revenu plus tôt cette année-là, vous aviez recommencé à jouer au ballon chasseur. Vers la fin, juste avant que la cloche ne sonne, Cléo et toi, vous vous êtes retrouvés seuls, l'un contre l'autre. Vous vous lanciez le ballon avec rage, mais aucun des deux ne mourait. La récréation s'est terminée sans qu'il y ait de gagnant.

Cléo est venu vers toi :

— Pas pire, mon gars. Tes garnottes sont super puissantes.

— Inquiète-toi pas, Cléo. C'est toi le meilleur.

— Ah oui, je voulais te dire une chose. Tout le monde m'appelle CB, maintenant. Tu peux le dire en français ou en anglais, ça me dérange pas. Mais avoue qu'en anglais ça sonne plus cool.

— Comme tu veux.

Autour de vous, on se ruait vers les rangs.

— T'aurais pas dû faire chier Serge. Il était super fâché contre toi.

— T'inquiète pas. Il aime tellement gagner que je suis sûr qu'il va venir me voir. Rappelle-toi ce que je te dis.

Tu l'as dévisagé, étonné.

— Ce gars-là, a repris Cléo, a pas le droit de me parler comme ça. Venir me dire que je me prends pour un autre. Ça, je le prends pas. J'ai jamais fait mon frais

parce que je suis un bon sprinteur. En tout cas, tu peux
être sûr, il me bossera plus jamais comme il l'a fait.

Vous vous êtes quittés sans vous dire au revoir,
pour aller, chacun, rejoindre votre rang.

— ÇA FAIT des heures qu'on attend ton appel,
avance CB, tentant de se maîtriser. On commençait à se
demander si tu tenais à Teta ou pas.

— Qu'est-ce que vous voulez? demande Flaco.
Qu'est-ce que vous lui avez fait?

— Qu'est-ce qu'on lui a fait? Imagine-toi qu'on
joue au Monopoly avec lui depuis des heures. Qu'est-
ce que tu crois qu'on veut?

— Laisse-moi lui parler.

— On va s'entendre, Flaco. C'est nous autres qui
avons un otage, c'est nous autres qui posons les condi-
tions.

Flaco décide de ne pas répliquer.

— Tantôt la police est venue, explique CB. Cette
histoire devient pas mal *heavy,* comme tu vois. Donc
t'as intérêt à pas faire le smatt. Je veux un échange
propre, tu comprends?

— Je veux la même chose.

— Deux paires de *running,* une montre, un canif
et Teta contre les manteaux de cuir. Ça fait ton affaire?

— Ouais. C'est bon.

Il perçoit un empressement inhabituel dans la
voix de CB.

— L'échange va se faire au parc Kent au sommet

de la pente, entre le terrain de base-ball et la piste d'athlétisme. À minuit pile. Ça va?

— Correct, mais à une condition. Je veux parler à Teta.

— Quoi? T'as pas confiance?

Sa voix trahit à présent une hésitation suspecte. Oui, il lui cache quelque chose. Mais quoi?

— Je veux lui parler. J'y tiens.

— Pose-moi les questions et je vais lui transmettre.

— Passe-moi-le ou y'a plus de *deal*!

Un long moment s'écoule pendant lequel CB semble soupeser les possibilités qui s'offrent à lui.

— O. K., mais vous vous parlez en français et on écoute sur l'autre ligne.

Encore une fois, Flaco préfère ne pas le contredire : il sait qu'ils écouteraient même s'il s'y opposait. Il entend des pas, puis la voix de Teta : merde, il geint quand il parle.

— Qu'est-ce que t'as? demande-t-il.

— Moi? Rien.

Teta ne peut pas parler. Des pensées défilent à toute vitesse dans sa tête. Il se souvient des codes qu'ils ont établis entre eux, en cas d'urgence.

— Teta, dis-moi une chose. Les Canadiens ont gagné hier ou pas?

— Ils ont perdu, Flaco.

— L'autre équipe a marqué combien de buts?

— Trois.

Il a reçu trois coups de poing au visage.

— Des échappées?

— Aucune.

On ne l'a pas poignardé.

— Et l'échange annoncé avec les Bruins?

Tout à coup, un bruit confus résonne au bout du fil, comme si on cherchait à arracher le téléphone des mains de Teta, puis le combiné heurte le sol.

— Tu crois que je me rends pas compte de ce que vous faites! grogne CB. Tu veux que je te dise? Si vous êtes corrects de votre bord, personne fourrera personne. Autre chose : ton p'tit ami a eu que des égratignures si on compare avec ce que tu as fait à Mixon.

Il fait une pause comme s'il hésitait à ajouter autre chose.

— Tu l'as jacké à cinq contre un. Je vais m'en souvenir, Flaco. C'était tellement héroïque de ta part. Vraiment très héroïque. Y a pas à dire, t'es un homme.

— J'ai pas jacké Mixon, pour ton information.

— Je suis pas si sûr de ça. De toute façon à ce stade-ci, ç'a plus tellement d'importance.

— Tu crois vraiment que je ferais une chose pareille?

— Je te crois capable de n'importe quoi. T'es un lâche, tu fesses seulement quand t'es entouré de ta gang.

— Tu me connais depuis combien d'années?

CB ne répond pas, puis il part d'un rire gras, étrange, exagéré.

— Ça c'est un autre problème que t'as…

— …

— T'es trop pogné sur le passé, mon gars. T'es obsédé par ça. Dis-toi bien une chose : en ce qui me concerne, je te connais pas et je t'ai jamais connu. Tout ce que je sais, c'est que t'es contre ma bande. Peux-tu mettre ça dans ta petite cervelle ?

Flaco ne sait trop pourquoi, cela a comme effet de le ramener sur terre, violemment. Une poussée de tristesse lui voile l'esprit.

— Nous, on va être quatre, poursuit CB. Moi, Ketcia, Richard et Max. Vous autres ?

— Quatre aussi. Inquiète-toi pas.

— Je veux pas de coups en bas de la ceinture. C'est clair ?

— Pas de coup cochon. Mais vous autres non plus.

— À tantôt.

Flaco soupire comme une locomotive et, hébété, se met à jouer avec le fil du téléphone. À qui CB croit-il avoir affaire ? À un lâche ? Oui, il doit aller jusqu'au bout, on est un homme ou on ne l'est pas. Il lève les yeux vers le papier peint fleuri du mur et revoit le visage inquiet de Paulina : non, la police n'est pas la solution. Il ne peut qu'être loyal avec la bande. Oui, après l'échange, Teta sera libéré et ce cauchemar prendra fin. Il appelle les membres de la bande, en réveille quelques-uns et leur donne rendez-vous à minuit moins quart, devant chez lui. Avec leur canif, juste en cas.

Dehors, le vent froid lui cingle le visage, et le murmure des feuilles l'effraie. Il prend le trottoir, le sac au dos, et tourne la tête au moindre bruit. Il s'arrête devant une bouche d'égout et dépose le sac. Il sort le condor de sa poche, le soupèse un moment et, arborant une moue de dégoût, le jette. Il s'attend à un clapotis, mais n'entend que le bourdonnement du vent dans ses oreilles. Soudain, il se précipite sur la bouche d'égout et se met à quatre pattes. *Dios mío,* qu'est-ce qu'il vient de faire ? Entre les barreaux, ses yeux scrutent un gouffre noir, insondable. Qu'est-ce qu'il a fait là ? Quel con il est ! Il relève la tête et aperçoit le mince filet de la chaînette accroché à un des barreaux. La main tremblante, il récupère l'objet et l'examine longuement comme s'il l'avait devant les yeux pour la première fois. Le condor a perdu une de ses ailes. *¡Putamadre!* Pendant un bon moment, il cherche à retrouver le bout manquant en tâtant le métal de la bouche d'égout et l'asphalte. Mais en vain. Il se relève, promenant, embarrassé, des regards inquiets autour de lui, et il enfonce le condor dans sa poche. Il voit alors Lalo et Pato qui s'avancent vers lui d'un pas alerte, puis Alfonso qui traverse la rue.

QUAND TU es sorti de chez toi, Enrique, assis sur le capot d'une voiture, écrasé par la chaleur, a fait un bond et est retombé sur ses deux pieds : qu'est-ce que tu faisais ? Il est venu vers toi en frappant de l'extrémité de l'index sur sa montre, ça fait quinze minutes que je t'attends, et s'est immobilisé, les mains sur les hanches. Un ami voulait savoir si ça me tentait d'aller au cinéma, as-tu expliqué, haussant les épaules. Qu'est-ce que tu voulais que je fasse ? Que je lui raccroche au nez ? Pas l'ami que tu avais… comment s'appelait-il encore ? Tu sais, le Noir ? Non, pas lui. Il parlait à Akira, un Japonais. Japonais, hein ? Avait-il des sœurs ? Non, il était enfant unique. Dommage, ça c'est une nationalité que j'ai jamais essayée, et Enrique s'est pourléché les babines. Tu as ri, et ton cousin est redevenu sérieux : t'as mangé ? Oui, tout seul, tes parents s'étaient engueulés encore une fois. Comme d'habitude, ils s'étaient enfermés dans leur chambre, pour ne pas que tu puisses les entendre. Je te gage n'importe quoi qu'ils se disputaient pour des niaiseries, pas vrai ? Ouais, tout ça parce que ton père avait dit à ta mère que son *caldo* était froid. Enrique a éclaté d'un rire sardonique. S'engueuler pour une soupe froide ! a-t-il dit en remuant la tête, une grimace narquoise suspendue aux lèvres. À son avis, pathétique ! Non, lui, il avait décidé ça récemment, il ne se marierait jamais. De toute façon, c'était dépassé. Tu n'avais qu'à demander à Toño ce qu'il en pensait. Même lui, monsieur l'intellectuel et tout, disait que le mariage, ça ne menait à rien.

Vous avez paresseusement descendu Linton en direction de Victoria. C'était un samedi après-midi ensoleillé, avec un ciel d'azur et des petits nuages d'un blanc lumineux. Vous portiez tous deux de longs T-shirts vous couvrant le short, le sien affichait une Ferrari, le tien les Power Rangers. Plus tôt ce matin, Enrique t'avait demandé au téléphone si ça te disait d'aller tenir compagnie à Toño au club vidéo, où il travaillait depuis une semaine, parce qu'il s'ennuyait ferme tout seul. Tu avais tout de suite répondu que oui, comment aurais-tu pu faire autrement : tu enviais tellement Toño à cause de cet emploi. Tu estimais ton cousin chanceux, parce qu'il pouvait maintenant se payer pratiquement n'importe quoi : de l'équipement de sport, des cassettes, des vêtements. Même que, quand on t'avait appris la nouvelle, tu avais pensé à part toi : de quoi j'ai l'air moi, avec mes journaux ? Tu en avais parlé à ta mère qui, elle, ne partageait pas du tout tes angoisses : tu sais c'est quoi le problème ? Tu te compares trop à tes cousins. N'oublie pas qu'ils sont beaucoup plus vieux que toi. Tu n'allais tout de même pas te mettre à travailler à onze ans !

Chemin faisant, devant une entrée de garage en terre battue, vous êtes tombés sur un groupe d'amis latinos, portant short noir, longues chaussettes blanches montant jusqu'à la rotule et chaussures à crampons, à qui vous avez serré la main avec effusion. Ils vous invitaient à vous joindre à eux pour un match de football contre des Portugais au parc Vézina. Mais Enrique s'est raidi et a pris de grands airs : pas aujourd'hui, *compadres,* ils avaient à faire. Coin Lavoie, Enrique a gonflé ses poumons comme s'il se trouvait en pleine campagne, et a soupiré : si on avait ce type de température à longueur d'année, Montréal serait une ville capotante. Il a ajouté, poète : un vent de nostalgie se levait en lui des fois et le mal du pays venait le hanter la nuit comme un esprit, mon gars. Il se souvenait des délicieux étés à Santiago, *ay, ay, ay,* pendant lequels, à cause des filles en mini-jupe, on se promenait bandé toute la journée. À nouveau, il s'est pourléché les babines, très lentement cette fois. Parce que les plus belles filles au monde se trouvaient où, hein ? Avec leur peau dorée, leur cul rebondi et leur frimousse angélique ? Au ralenti, pour rire, il a fait semblant de t'assener un coup de poing au menton : je sais que tu connais la réponse, champion.

Vous avez traversé au beau milieu du pâté de maisons, sans regarder ni à gauche ni à droite. Sur le trottoir, vous êtes passés devant un matelas défoncé — sur lequel on distinguait un rond jaunâtre en plein centre — et devant des sacs à ordures, troués par les chiens et les rats, desquels se dégageait une odeur de pourriture qui vous a levé le cœur. Enrique s'est pincé les narines et a pressé le pas, tu l'as imité. À propos de ton ami noir, a fait ton cousin, quelques mètres plus loin, il l'avait aperçu au métro Plamondon, allongé de tout son long avec ses amis. Cléo ? as-tu demandé. Sans te répondre, l'autre a fixé le bout de la rue, inspiré : je suis passé devant eux et ils m'ont regardé en plissant les yeux, comme si des p'tit-culs de leur âge pouvaient me faire peur. J'ai rien dit, j'étais pressé. Puis, de loin, ils ont commencé à hurler : Latino-ci, Latino-ça, je me souviens plus. La prochaine fois, tu peux être sûr, je vais leur donner une correction dont ils vont se souvenir longtemps. Tu sais qu'à Santiago j'ai fait du karaté pendant trois ans. Tout à coup, il a marqué une halte, a fléchi les jambes, s'est mis en position d'attaque et a tranché l'air d'un bras en poussant un cri striduleux. Mais tu connais la règle, a-t-il repris, la démonstration terminée, t'as le droit de sortir ton karaté que si on t'attaque.

Juste avant l'intersection, Enrique t'a fait signe de la main de t'immobiliser et de te mettre à l'abri derrière une fourgonnette. Observe, *compadre.* Elle est pas magnifique rien qu'un peu? Installée sur une chaise longue à un balcon du premier étage, le chemisier ouvert, une jeune fille fermait les yeux, le visage tendu vers le soleil. Elle est Argentine, s'est emballé Enrique, et elle s'appelle Gladys. Après quelques secondes de contemplation béate, Enrique s'est mordu le poing: alors, qu'est-ce que t'en penses, champion? Et toi, c'est vrai, elle est jolie. Jolie? a fait l'autre, amusé, et il a ricané. Ça, *compadre,* c'est pas joli, c'est un hostie de pétard, comme ils disent les Québécois. Enrique a pris plusieurs longues respirations, comme un nageur s'apprêtant à plonger, et s'est avancé vers le balcon, décontracté, et tu l'as suivi: *hola Gladys, ¿qué tal?* La jeune fille s'est redressée, a cligné plusieurs fois des yeux et vous a offert son plus beau sourire: *¡hola, Enrique! ¿Cómo estás?* Tu me connais, moi, a-t-il bombé le torse, souriant à un point tel qu'il donnait l'impression de grimacer, ça va toujours super bien! Il lui présentait son petit cousin, Marcelo, et Gladys, *hola,* et toi, *hola.* Habitais-tu toi aussi rue Linton? Oui, juste un peu plus haut, et Gladys, qui s'éventait maintenant avec un magazine, a légèrement froncé les sourcils: c'est bizarre, elle t'avait jamais croisé. Allais-tu toi aussi à la polyvalente Saint-Luc? Enrique a toussoté: donne-lui le temps de finir son primaire.

Un long échange entre Gladys et Enrique a suivi. Ils s'enquéraient de telle personne qui allait à telle polyvalente, puis à tour de rôle ils se sont informés sur les partys à venir, organisés par des amis communs. Au bout d'un moment, surgissant de l'obscurité de l'appartement, est apparue une jeune fille dans une robe bleu marine, aux cheveux châtains lui tombant sur les épaules. Gladys a passé un bras autour de sa taille et l'a enlacée : elle vous présentait sa petite sœur. Je savais pas que t'avais une sœur, Gladys, s'est étonné Enrique. Vous l'avez saluée, et Enrique a sifflé : je vois que t'as de la compétition, Gladys, pour le titre de la plus belle fille de la rue. N'est-ce pas qu'elle est belle, ma sœur, a fait Gladys en l'examinant de la tête aux pieds. Et première de classe à part ça ! Mais les garçons l'intéressent pas encore, elle est trop jeune. De toute manière, elle allait la protéger des vautours comme lui, Enrique. Et tous les quatre, vous êtes partis d'un rire joyeux.

Souviens-toi, Marcelo : Enrique te poussait discrètement du coude, alors que toi, sous le choc, tu ne pouvais t'empêcher de suivre le moindre de ses gestes avec fascination. Dès cette première fois, dès les premiers instants, tu avais remarqué ses grands yeux clairs, tantôt doux et francs, tantôt rusés et espiègles. Tu t'appelles comment ? s'est enquis Enrique. Paulina. Et vous, comment vous vous appelez ? a-t-elle demandé en venant s'appuyer à la balustrade. Enrique a dit son prénom, tu as prononcé le tien et, étrangement, les trois syllabes t'ont donné l'impression de désigner quelqu'un d'autre. Puis était-ce ton imagination ou avait-elle réellement répété ton prénom à voix basse, comme si elle cherchait à le mémoriser ? À quelle école allait-elle ? a demandé Enrique. Elle a désigné un immeuble à la brique brune, au coin de la rue : son école primaire s'appelait Roberval. Il avait une super idée, s'est exalté Enrique, pourquoi ne venaient-elles pas avec eux au club vidéo rendre visite à Toño, son frère ? Ça leur disait ? Gladys a sursauté : je savais pas que ton frère travaillait dans un club vidéo. Oui, tu sais, celui sur Victoria. O. K., bonne idée, s'est-elle empressée de répondre, je m'habille et on descend. Ça te dit, Paulina ?

Enrique et Gladys marchaient devant, tandis que toi, côte à côte avec Paulina, tu ne cessais de jeter des coups d'œil furtifs à son profil quand elle regardait devant elle. Depuis combien de temps allait-elle à Roberval ? as-tu demandé, et tu t'es inventé un long bâillement pour dissimuler ta gêne, alors que tu avais le ventre sens dessus dessous. À peine avait-elle répondu que déjà tu l'accablais d'une nouvelle question : depuis combien de temps était-elle au Canada ? Quels étaient ses acteurs préférés ? Le groupe de musique qu'elle écoutait le plus souvent ? Les sports qu'elle aimait pratiquer ? Pas si vite, t'a-t-elle interrompu, elle ne pouvait pas répondre à toutes tes questions en même temps. Et toi, continuellement, de manière obsessionnelle, tu épiais son nez retroussé, ses lèvres légères, son grain de beauté sur la joue. *¡Ay, ay, ay, Marcelito !* Le foisonnement de sensations nouvelles ! Sur le coup, comme tu sentais une confiance familière s'installer entre elle et toi, tu donnais raison à Toño qui prétendait que la conversation venait plus naturellement avec les Latino-Américaines.

En vous voyant arriver, Toño a contourné le comptoir de la caisse, la mine épanouie : allez, c'est parti, il leur servait un Coke à chacun ! Qu'est-ce qu'ils en disaient ? O. K., c'est bon. Tu t'es approché des étagères contre le mur : la plupart des boîtiers annonçaient des films hollywoodiens doublés en espagnol bien que, de loin en loin, on retrouvât de ces vieux mélodrames mexicains qui plaisaient à ta mère, avec Dolores del Rio ou Jorge Negrete, des films d'action vénézuéliens et des comédies mettant en vedette l'ineffable Cantinflas. Enrique t'a montré du pouce la table de baby-foot au fond de la salle : pourquoi n'allais-tu pas jouer avec Paulina ? Et elle, bonne idée ! Combien de temps avez-vous passé à la table de baby-foot, cette première fois, Marcelo ? Trois, quatre heures ? De temps à autre, tu levais rapidement les yeux vers elle, et cela lui permettait de marquer un but : je t'ai dit de pas me laisser gagner, Marcelo. Et tu étais fasciné par la manière dont elle prononçait ton prénom.

Entre-temps, comme les parents des jumeaux allaient à Toronto visiter de la famille, Gladys, assise sur un tabouret entre les deux, tentait de les convaincre d'organiser un party chez eux la fin de semaine suivante. Je crois que c'est une bonne idée, s'est prononcé Enrique, parce qu'avec Gladys on est sûr d'avoir toutes les Latino-Américaines de Saint-Luc. Exagère tout de même pas ! l'a-t-elle contredit. Puis la conversation a roulé sur les Jeux du Québec qui se tiendraient dans trois semaines au Centre Claude-Robillard. Et toi, de la table de baby-foot, tu t'es étonné : tu croyais que c'était juste pour le primaire, ces jeux-là. Mais non, a précisé Enrique, Toño fait partie de l'équipe de relais de secondaire quatre. C'est vrai ? a fait Gladys en parcourant, admirative, le corps athlétique de Toño. Grand et fort comme il était, ça ne la surprenait pas du tout, et elle est partie d'un rire nerveux. Dis donc, sors-tu toujours avec la même fille ? a-t-elle hasardé. Tu avais levé les yeux vers Enrique : il la fusillait du regard. Ce n'était pas la première fois que tu assistais à une scène de ce genre où une fille lui préférait Toño. Pour faire diversion, celui-ci a détourné la tête et t'a demandé, bien qu'il t'eût déjà posé la question : dans quelle discipline tu représentais ton école déjà, aux Jeux du Québec ? Et toi, dans l'équipe de relais, et Paulina, c'est vrai ? Elle, elle représentait son école au saut en longueur. Vous alliez sûrement vous voir alors.

Vers trois heures, s'apercevant que Gladys n'avait d'yeux que pour son frère, Enrique s'est levé, tout raide, les gestes brusques : salut tout le monde, il allait rejoindre des amis. Une demi-heure plus tard, se rendant compte à son tour que Toño ne répondait à ses avances que par des monosyllabes, Gladys s'est levée et leur a fait un salut de la main : rentre pas trop tard, hein, petite sœur. Rappelle-toi, vous avez passé presque toute l'après-midi à boire du Coke et à jouer au baby-foot, jeu qui, auparavant, ne te disait pas grand-chose. Quand il n'était pas occupé avec un client, Toño se plongeait dans un roman en se balançant sur le tabouret face à la caisse. Après maintes hésitations, tu as lâché les poignées du baby-foot et tu as pris ton courage à deux mains : t'aimerais qu'un jour on aille s'entraîner ensemble au parc Kent, pour les Jeux ? Son visage est devenu sérieux, puis elle a eu un sourire discret : oui, d'accord. Vous avez quitté ensemble le club vidéo, tandis que le clair-obscur du soir étendait son domaine et qu'un vent courait, cabotin. Devant le pas de la porte de son immeuble, vous vous êtes dit bonsoir et, comme tu t'éloignais, elle a redescendu les marches de l'entrée en courant : elle voulait te donner son numéro de téléphone. Tu as fouillé tes poches : merde, tu n'avais pas de crayon ! C'est pas grave, tu allais le mémoriser, l'as-tu rassurée. À voix haute, tu as répété plusieurs fois le numéro. De toute manière, si tu l'oublies, tu sais où j'habite, c'est l'appartement deux. Un bec sur chaque joue, et tu as remonté Linton. Comme tu répétais sans cesse le numéro, tu répondais à peine à tes amis qui te saluaient de loin. Arrivé à l'appartement, tu l'as consciencieusement noté sur un bout de papier. Cette nuit-là, tu n'as presque pas fermé l'œil et, le lendemain matin, tu t'es levé avec un mal de tête terrible. Tu es passé à la salle de bains pour te laver, et ta mère, le front plissé, t'a arrêté dans le couloir pour scruter ton visage : *Dios mío,* Marcelo, t'es malade ? T'es tout pâle ! On dirait que tu viens de croiser un fantôme !

VIII

LES LAMPADAIRES autour du terrain de base-ball
s'éteignent, l'obscurité s'abat sur le parc Kent, et Flaco
en profite pour faire le signe de croix. Il guette obstinément chaque passant sur Côte-des-Neiges, il ne se lais-
sera pas surprendre par les Bad Boys. Une brise promène sa fraîcheur et remue les arbustes hirsutes, et il
jette un coup d'œil derrière lui : le bout de la cigarette de
Lalo brille plus fort, Pato est campé sur le sac à ordures,
une main sous le menton, le coude sur le genou et, à ses
côtés, Alfonso bâille à s'en décrocher la mâchoire. Plus
tôt, comme ses parents lui interdisent de sortir après
onze heures, il s'est évadé par la fenêtre de sa chambre
située au deuxième étage. Flaco relève la manche de son
chandail : il est minuit et dix, qu'est-ce qu'ils font, sacrament ? Des pas résonnent, il tourne la tête et aiguise son
regard : un couple passe lentement, bras dessus, bras
dessous. Au même moment un air sirupeux se lève,
porté par une voix asiatique, nasillarde, et quelques
automobiles, se suivant à la queue leu leu, rompent, ora-
geuses, le calme de la nuit. Lalo s'approche de lui et, sans
le regarder, après avoir inspiré la fumée de sa cigarette :

— Et s'ils avaient décidé de pas venir ? Et si c'était un piège, hein ?

C'est vrai, comment expliquer autrement ce retard ? Lalo sculpte de petits anneaux de fumée et, voyant qu'il n'aura pas de réponse, s'en va rejoindre Pato. Flaco consulte sa montre, scrute les trottoirs faiblement éclairés de Côte-des-Neiges puis, de nouveau, sa montre et Côte-des-Neiges. Les voilà enfin, ils passent devant le Provi-Soir : en comptant Teta, ils sont cinq. Après les balançoires, ils coupent à travers le parc, contournent le terrain de base-ball, gravissent la pente et s'arrêtent tout près. Richard et Max, le regard mauvais, postés derrière Teta, le maintiennent solidement par les bras. Où se croient-ils ceux-là, dans un film d'action ? Dans la pénombre, il a l'impression que le visage de Teta est marqué d'un bleu qui lui déforme la joue. Pendant ce temps, CB, à deux pas, fait le malin : il ricane en découvrant des gencives roses. Tout à coup Flaco allume : personne chez les Bad Boys n'a apporté les objets pour l'échange. Il serre les poings.

Flaco entend des pas derrière lui. Deux Noirs à la démarche sautillante et rythmée s'avancent. Dès qu'ils s'immobilisent, il reconnaît leurs yeux cernés, leurs lèvres saillantes, leurs traits taillés dans l'os et l'ébène : Carl et son grand frère. *Putamadre,* c'est un coup monté ! Oui, son flair ne l'a pas trompé, CB a été chercher du renfort. Logeant depuis deux ans dans un un-et-demi de Saint-Laurent, les deux frères sont à la tête d'une autre bande haïtienne, les Panthers. Physiquement, en comparaison avec Carl, Flaco fait le poids, mais l'autre, malgré son cou bizarrement engoncé dans les épaules, est une armoire à glace qui les supplante tous en hauteur comme en largeur. Flaco a entendu sur leur compte des tas d'histoires à faire dresser les cheveux sur la tête : vols à main armée, intense trafic de drogue, détournements de mineurs, proxénétisme — la liste est longue et plus qu'honorable. Démonté, Lalo écrase sa cigarette par terre et chuchote, la voix cassée :

— Qu'est-ce qu'on fait ?

À nouveau Flaco ne répond pas, concentré qu'il est à fixer le blanc des yeux de CB. Du calme ! se répète-t-il. Pas de panique. Et surtout, pas de faux pas. CB s'avance, la figure traversée d'une ironie triomphante.

— Je suis déçu de toi. Très déçu. Ça m'étonne qu'on puisse te passer un sapin aussi facilement.

Flaco continue de le regarder, sans bouger d'un centimètre.

— On a même amené Mixon avec nous, reprend CB, pour qu'il puisse assister au spectacle en son honneur.

Un peu à l'écart en effet, le blessé se tient debout fièrement, le bras en écharpe. Amusé, CB tourne la tête vers lui :

— Alors, Mix', lequel on zigouille en premier ?

— Tu vas pas faire ça ? intervient le grand frère de Carl, prenant une voix efféminée. Non, s'il te plaît, CB, zigouille-les pas !

Tous les Haïtiens rient de bon cœur, excepté le frère de Carl, qui se met à faire claquer sa langue, et dont les petits yeux brillent d'une cuite fiévreuse,

remarque Flaco. Tandis qu'un frisson de terreur panique monte de son bas-ventre à sa poitrine, il réfléchit,
réfléchit, et dit finalement :

— On a pas le temps de niaiser, nous autres. On
est venu ici pour faire un échange. Ça tient toujours ou
c'était juste de la *bullshit* ?

CB montre Flaco du pouce et lance à l'intention
de Carl et de son frère :

— Z'avez vu ça, les gars ? Quel homme ! Quelle
voix de chef !

Il part d'un rire énorme, qu'il s'applique à faire
durer, et perd momentanément l'équilibre.

— Je crois que c'est toi qui vas y goûter en premier, ajoute-t-il en redevenant sérieux.

Flaco fait signe à Pato en recourbant l'index. Ce
dernier lui apporte le sac à ordures et il le tend aussitôt
à CB.

— Quel idiot ! s'exclame le chef des Bad Boys,
projetant le sac vers Ketcia.

Ensuite, roulant des yeux torves, le frère de Carl
sort un canif et fait jaillir la lame. Tous les autres, Haïtiens et Latinos confondus, lui emboîtent le pas : les
lames scintillent sous la lune, arquée et maigre comme
un bout d'ongle qu'on vient de couper. Les Haïtiens
entourent les Latinos, referment peu à peu le cercle, et
le frère de Carl, impassible, lâche un rot à faire éclater
les vitres alentour, ce qui provoque des rires communi-
catifs. Par-dessus leur hilarité, Flaco distingue à nouveau au loin les aigus trémolos de la mélodie asiatique.
Il sent une pression sur son bras et tourne aussitôt la

tête, le cœur dans la gorge : Alfonso s'agrippe à lui, le visage suppliant. Soudain, Carl et son grand frère prennent leurs jambes à leur cou, enjambent la clôture métallique qui entoure la piste d'athlétisme et se perdent derrière les gradins. Les autres, comme sonnés, se tournent vers la pente bordée d'arbustes : quatre hommes en uniforme se ruent vers eux. Sur-le-champ, deux d'entre eux escaladent la clôture et se lancent aux trousses des frères. CB tente lui aussi de déguerpir, mais un des policiers lui saisit la jambe et le culbute au sol, l'immobilisant d'un genou sur la poitrine. La police ? Qu'est-ce que ça veut dire ? Qui... L'autre policier défait l'étui sur sa hanche droite, en sort un revolver et ordonne à tous, d'une voix puissante, de s'étendre à plat ventre sur le gazon. Il ne le répétera pas deux fois ! Tous, les mains en l'air et le front bas, s'exécutent. Entre-temps, le policier corpulent, la figure rouge comme une écrevisse, maintient les poignets de CB et lui enfonce de plus belle la rotule dans le ventre.

— Espèce de porc, s'indigne CB, j'arrive plus à respirer !

— T'arrêtes de bouger ou j'te casse le bras !

Libérant ses mains, CB décoche des coups de poing dans les côtes du policier, qui s'efforce de garder le contrôle tant bien que mal. Un bon moment s'écoule pendant lequel Flaco, l'oreille collée au gazon, suit sans ciller leur corps à corps. Perdant l'équilibre, soufflant comme une locomotive, le policier vocifère à l'intention de son collègue :

— Viens m'aider, bon sang !

L'autre, plus jeune, braque toujours le revolver sur eux et essuie la moiteur de sa main libre sur la cuisse de son pantalon.

— Si je leur tourne le dos, ils risquent de nous sauter dessus, tu vois pas!

Les coups entre le policier et CB s'intensifient, plus brutaux, plus rapides. Flaco entend leurs gémissements et, à l'occasion, des petits cris aigrelets. Le policier grogne excessivement et pouffe, mi-amusé, mi-écœuré.

— Sacrament! Y'est infatigable ce morveux-là!

— Arrête de me fesser, gros dégoûtant!

— C'est ça, c'est ça! Moi aussi je t'aime, mon beau p'tit Noir!

Alors, surgissant de nulle part, rapide comme l'éclair, le canif transperce quatre fois le ventre du policier. Les coups sont secs, la lame rentre et sort, rentre et sort. Le ressac produit un gargouillis qui ne trompe pas: les yeux exorbités de douleur, le policier ouvre grand la bouche et bascule tête première sur CB qui repousse le corps et tente de se relever, bramant une plainte d'épouvante. À genoux, le visage saisi de tremblements, il lève les mains comme pour se rendre, murmure une suite de mots confus en créole, et le coup de feu part. Un moment son corps demeure dans la même position, comme en équilibre, et son visage garde à la fois un air ahuri et apeuré. Puis il s'affaisse et roule sur son flanc droit. Les yeux de Flaco reviennent au jeune policier, immobile, la casquette enfoncée à mi-front: le canon de son revolver fume encore. Au loin, un chien aboie, geignard, comme si le coup de feu l'avait atteint.

Le policier sort d'une main un walkie-talkie alors que, de l'autre, il tient toujours le revolver. La voix brisée, il répète trois fois haut et fort qu'un de ses collègues a été poignardé. Autour de lui, la dizaine d'adolescents, à plat ventre, les mains derrière le dos, suit ses gestes sans bouger. Le chien s'est tu et un silence de cimetière envahit le parc. Enfin des sirènes, provenant de tous côtés, assiègent la nuit. Successivement, trois autos de police s'arrêtent en faisant crisser leurs pneus dans la rue Appleton, plusieurs hommes et femmes en uniforme en descendent et se précipitent sur eux. Pendant que s'amorcent des conversations saccadées au walkie-talkie, ils les relèvent et les menottent tous. Aussitôt l'ambulance arrivée, deux hommes en bras de chemise en surgissent, poussant des civières. Flaco sent une main froide sur son avant-bras, qui lui indique de presser le pas, puis, devant le véhicule de police, la même main lui touche la nuque et lui baisse la tête. Il se faufile jusqu'au fond sur la banquette arrière, se retourne vers la vitre et fixe les gyrophares rouges de l'ambulance. Se rendant à peine compte qu'on pousse Lalo à ses côtés, il tente de se convaincre que ce qui vient de se produire n'est pas un rêve.

COMME IL t'est facile de te souvenir de ce matin à la lumière laiteuse, Marcelo : pour les enfants que vous étiez, c'était, littéralement, la journée la plus attendue de toute l'année scolaire. Tu avais passé une partie de la nuit à te retourner dans ton lit, et tu étais allé dans la chambre de tes parents réveiller ta mère qui, maussade, les cheveux ébouriffés, avait consenti à te préparer un chocolat chaud. Toutefois, malgré le lait chaud et une longue lecture qui n'avait servi qu'à te gagner un mal de tête tenace, le sommeil ne t'avait enveloppé que des heures plus tard. Le lendemain matin, quand le réveil a retenti, tu n'as pas bronché, recroquevillé sous les couvertures, si bien que ta mère a dû elle-même faire taire la sonnerie, te racontera-t-elle plus tard. Lorsque tu as ouvert les yeux, tu as senti un petit vent sur tes chevilles : ta mère avait tiré les couvertures jusqu'au pied du lit, elle te secouait par l'épaule. Maintenant, assis là, dans les estrades, en compagnie d'Akira, tu te sentais tiraillé entre l'envie de dormir et l'excitation des compétitions.

Tôt dans la matinée, à la finale du cent mètres de la cinquième année, Cléo a réussi un départ parfait, devançant d'une bonne distance ses adversaires après seulement une vingtaine de mètres. Toutefois, il s'en est fallu de peu qu'un autre Haïtien, de la ville de Québec celui-là, aussi véloce, ne le coiffe au fil d'arrivée. Tout de même, cela avait quelque chose d'incroyable : Cléo était le garçon de dix ans le plus rapide de la province. Sa prédiction s'était réalisée, sans mal apparemment. Serge était effectivement venu se réconcilier avec lui, la queue entre les jambes : ils n'allaient tout de même pas se fâcher pour si peu, hein ? Tu avais entendu Cléo raconter le tête-à-tête à Carl : selon lui, un peu plus et le professeur se mettait à genoux pour le supplier.

À midi le soleil, rond et éclatant en cette humide

journée de juin, a semblé arrêter son épuisante course au zénith. Le Centre Claude-Robillard, plein à craquer, était décoré de guirlandes et de ballons, et des étudiants de l'université dans des kiosques placés çà et là, offraient des jus d'orange et des gobelets de lait, et distribuaient des posters sur les groupes alimentaires. Pour la plupart, les élèves déambulaient autour de la piste en short et en camisole, le torse nu étant interdit. Des filles en maillot, de l'autre côté sur les estrades en ciment, prenaient des bains de soleil, luisantes d'huile de noix de coco, verres fumés sur le nez. Tu cherchais sans cesse Paulina du regard. Pourquoi ne se trouvait-elle pas parmi ceux de son école, dans les estrades? Merde, peut-être qu'elle était tombée malade? Pourtant, la veille au parc, quand vous vous étiez entraînés pour la dernière fois avant les Jeux, elle avait réalisé, mettant au point sa technique, ses meilleures performances au saut en longueur. À l'heure du dîner, tu es allé attendre Enrique et Toño aux abords de la piste, et vous êtes montés au deuxième, à la cafétéria. Enrique ne faisait qu'accompagner Toño, dont l'équipe de relais ne s'était pas qualifiée pour la finale ce matin-là. Ce sera pour l'année prochaine, a fait Toño, beau joueur, en haussant les épaules.

Vers la fin de l'après-midi, Serge a fait signe à l'équipe de relais de la cinquième année de descendre se réchauffer. Akira et toi, vous vous étiriez les muscles des cuisses, étendus sur la pelouse à proximité du matelas pour le saut en hauteur, quand tu as entendu une voix au loin scander ton nom. Au milieu des estrades, penchée sur la rampe métallique, Paulina, sur la pointe de ses souliers de course, te faisait de grands signes des bras : *¡buena suerte, Marcelo !* Souviens-toi du roulement de tambour de ton cœur quand tu l'as saluée. Cléo s'est approché de toi par derrière, a pivoté sur ses talons et est tombé par terre sur les mains, prêt à entreprendre une série de *push-ups* : c'est ta blonde ? Et toi, qui étirais à présent tes mollets, tu as froncé tout le visage : non, c'est juste une amie. Elle est pas mal, a-t-il commenté en la suivant des yeux, un sourire égrillard flottant sur son visage. Comme cette remarque t'a fait grincer des dents, Marcelo ! Cléo s'est redressé et, soutenant un rythme impressionant, il a couru sur place un bon moment, levant les genoux de plus en plus haut : je savais pas que tu t'intéressais aux filles, maintenant ! Tu n'as pas répondu et, comme cela arrivait toujours les rares fois où vous vous croisiez, vous avez parlé de ce qui vous occupait, mais cette fois-là, rappelle-toi, davantage pour être polis que par intérêt réel. Cléo, se tenant bien droit, les jambes écartées, s'est mis à faire des rotations de la ceinture. Encore et toujours, des ennuis avec sa chère mère. Elle avait cessé de travailler et vivait de l'aide sociale, si bien qu'elle flânait à longueur de journée dans l'appartement, les rideaux fermés. Mais surtout, a précisé Cléo, elle ne lui adressait presque plus la parole : il lui rappelait trop son père, disait-elle. Pour tout te dire, lui, de ce temps-ci, avait juste une idée en tête : quitter l'appartement. Aller vivre, qui sait, avec son vieux. Tout à coup, sans t'avertir, il a à nouveau tourné les talons et a sprinté, comme s'il avait le feu au derrière, jusqu'à l'autre bout de la piste.

Dans les estrades, où cris et applaudissements naissaient par vagues, les élèves brandissaient des banderoles où était inscrit le nom des écoles. Un homme de l'organisation des Jeux, rougeaud et corpulent, affublé d'un chapeau de paille, a sifflé longuement : les coureurs, il est temps de vous positionner. Souviens-toi, Marcelo : comme ton équipe avait obtenu le meilleur temps, il te revenait un des deux couloirs du centre, le quatrième. Tu as délicatement posé les doigts sur la ligne de départ, l'officiel a levé le pistolet et la détonation a résonné dans tout le stade. Comme à l'accoutumée, les encouragements de la foule se sont aussitôt mués en rugissements de lions. À l'entrée de la courbe, tu t'es aperçu que tu devançais déjà le coureur du couloir cinq, et cela t'a donné confiance : tu as accéléré. Tu as fermé les yeux et, bien qu'un goût de sang te soit monté à la bouche, cela a provoqué en toi un effet d'apaisement. Au bout d'un moment tu n'entendais que ton souffle, les battements de ton cœur, tes pas et le bourdonnement du vent. Quand tu as rouvert les yeux à la sortie de la courbe, tu as failli t'arrêter, croyant à un faux départ : personne ne te talonnait, et la piste, déserte et désolée, t'a semblé prendre des proportions gigantesques.

Au moment où Akira, les paupières mi-closes, a agrippé le témoin, est-ce ton imagination ?, une expression de frayeur a traversé sa figure. Mais il a filé comme une flèche, comme jamais tu ne l'avais vu faire auparavant. Tu t'es immobilisé, les coureurs adverses se pressaient autour de toi, et tu as recommencé à entendre les encouragements et les ricanements que soutirait à la foule la manière cocasse de cavaler d'Akira. Vers la fin de son parcours, il était à au moins dix mètres de son plus proche rival, et Yuri, le témoin à la main, les cheveux blonds dévoilant son front bombé, en sortant du tournant, avait doublé l'avance qu'avait creusée Akira.

Sous l'ovation montante, Cléo a ravi à son tour le témoin et a semé pour de bon ses adversaires. Sa tête donnait des coups dans le vent, comme si un autre en lui était désireux d'aller plus vite encore. L'écart était tel que même les organisateurs, d'ordinaire blasés, ont relevé la tête. Debout, la foule était figée telle une statue de pierre, et un silence menaçant comme un nuage est passé au-dessus du stade. Cléo a tranché la ligne d'arrivée, et un tonnerre de hurlements a fendu l'azur de juin. Il s'est immobilisé, les mains sur les hanches, soufflant encore. Le prenant de court, Serge lui a sauté au cou, surexcité comme un enfant. Bientôt, il y a eu un tel attroupement que des inconnus t'étreignaient, comme s'ils te connaissaient depuis toujours.

Puis, rappelle-toi la photo, Marcelo : comme vous n'entriez pas dans le cadre, Serge, euphorique, vous demandait de vous coller les uns aux autres. Encore un peu plus ! Mais sans se bousculer ! Cette photo en noir et blanc, froissée et jaunie, que tu conserves encore : Akira, le visage sérieux, fixe l'objectif, Yuri regarde par terre, pensif, Cléo cherche quelqu'un hors du cadre, et toi, l'air tracassé, tu fermes les yeux. Personne ne sourit. On ne dirait pas une victoire, Marcelo.

Après la remise des médailles, quand tu es retourné dans les estrades, Paulina est venue te féliciter et s'est installée entre Akira et toi. Mais, à ton grand dam, à la demande de Serge, les quatre gagnants étaient priés de se rendre au vestiaire. Vous avez pris une douche et enfilé des vêtements propres, fin prêts à sortir. Mais Serge, ému jusqu'aux entrailles, rouge comme un coq, est monté sur un tabouret et a parlé confusément en répétant trois fois de suite combien il était fier de vous. Il a enchaîné avec une ode alambiquée à l'effort collectif qui vous a ennuyés à l'extrême, anxieux que vous étiez d'aller rejoindre vos amis.

En sortant du vestiaire, tu as aperçu Paulina et tes cousins qui t'attendaient. Tu as reçu les sempiternelles tapes dans le dos, et Enrique t'a demandé de lui montrer ta médaille. *Houaououh, es bonita,* et il a fait mine de la mordre : t'inquiète pas, champion, c'était juste pour m'assurer qu'elle était pas en plastique. Maintenant que tu étais un grand sportif, a taquiné Toño, allais-tu commencer à les snober ? Et toi, mais non, sois pas idiot. Malgré sa déception au saut en longueur, les yeux clairs de Paulina pétillaient quand elle les plongeait dans les tiens. Vous quittiez le centre sportif, quand tu as aperçu Cléo qui te saluait de la main à l'autre bout du corridor, près des machines distributrices. Sans trop de conviction, tu lui as rendu son salut. Accompagné de Carl et des autres, il cheminait en sens inverse, et tu l'as vu se retourner à deux reprises. Mais tu as vite oublié ses regards insistants.

SOUS LE REGARD pour une fois indulgent des surveillants, les élèves se déversent lentement dans le gymnase, presque paresseusement, comme une tache de vin imbibant une nappe. Bien que l'heure de la fin des classes approche, nul ne court ni se bouscule, encore moins ne blague ni ne rit. Tous, à la polyvalente, connaissaient CB, et sur les figures flottent des mines tantôt affligées ou horrifiées, tantôt indifférentes. Comme à son habitude, le directeur tarde à se montrer, cherchant sans doute à attiser l'impatience de la foule. On tire discrètement la manche de son voisin et, à voix basse, on le questionne : c'est vrai qu'un bœuf lui a tiré dessus ? Que lui-même en a jacké un autre ? Combien étaient-ils du côté des Bad Boys ? Et des Latino Power ? Que faisaient-ils tous au parc si tard ? Pourquoi les deux bandes se faisaient-elles la guerre ?

Adossée au mur, entourée de Mixon, Richard et Max, Ketcia en a assez d'éviter les regards indiscrets des élèves. Oui, elle a les yeux enflés. Sentant ses jambes s'alourdir, elle se laisse glisser par terre et se met à fixer un point sur le parquet. Non, elle n'a jamais autant pleuré de sa vie. Et puis quoi ? La plupart des élèves ne connaissaient de CB que sa façade, elle est peut-être la seule à savoir qui il était vraiment. Malgré elle, les interrogatoires de la nuit dernière défilent à nouveau devant ses yeux. Le moral plus bas que terre, intimidés par les claquements de porte des bœufs se déplaçant au poste d'une pièce à l'autre, les Bad Boys n'ont pu éviter de dévoiler de précieuses informations sur Carl et son frère, au point que la police est sûre à présent de mettre le grappin sur eux assez rapidement. Paraît-il qu'elle les recherche depuis déjà quatre mois, pour vol à main armée dans un dépanneur. À la fin des interrogatoires, au grand étonnement de tous, les deux bandes ont été relâchées, à la condition de comparaître devant le Tribunal de la jeunesse dans un mois très exactement. D'ici là, on oblige chacun d'eux à rencontrer tous les trois jours, dans des séances de réadaptation, un policier, un travailleur social et un psychologue. Le bilan de la fusillade : le policier est décédé à l'hôpital des suites de ses blessures, tandis que CB, atteint tout près du cœur, est mort sur le coup.

Au moment où Barbeau apparaît sur le podium, des huées et des sifflets dispersés retentissent, pour retomber aussitôt. Cette fois, on chahute davantage pour se moquer de ses manières affectées que pour exprimer un mécontentement ou une frustration réels. Le directeur n'a besoin ni de grimacer ni de taper des mains, pour imposer le silence. Après une longue introduction dont il a le secret, il exprime ses plus « sincères condoléances » à la famille Bastide ainsi qu'à celle du policier, Guy Phaneuf. Aussi ressent-il en ce jour une « profonde tristesse » et une « amertume indicible ». Il espère que les événements donneront matière à réflexion à « chacun ici présent » et que tous les élèves sont désormais convaincus des « conséquences néfastes » des bandes ethniques. Pour tous ceux qui en sentiraient le besoin, le psychologue et l'infirmière de la polyvalente seront à leur disposition pour discuter du choc qu'un tel événement aurait pu occasionner. Par ailleurs, il tient à les aviser : dans les jours à venir, les médias, toujours si indiscrets, viendront à coup sûr les questionner. Il faut leur dire la vérité ! tonne-t-il. Leur donner « l'heure juste » ! Qu'ils ne l'oublient pas, ils sont tous responsables de l'image de leur polyvalente ! Ont-ils bien compris ? Il s'arrête, visiblement satisfait de sa tirade. D'autre part, c'est malheureux, il en convient, ces événements les contraignent, l'administration et lui, à prendre des mesures supplémentaires pour éviter qu'à l'avenir des affrontements similaires se produisent dans la polyvalente. C'est pourquoi, à partir de la semaine prochaine, et c'est pour le bien de tous qu'ils ont pris cette décision, des détecteurs de métal seront installés à toutes les entrées de l'école. Une vague de protestation se propage, mais l'esprit polisson de toujours n'y est pas.

Ketcia n'écoute déjà plus. Elle se sent épuisée, lasse de revenir sans cesse sur ce qui s'est produit la veille. La nuit dernière, comme elle tentait de fermer l'œil, elle s'est convaincue, pendant une bonne demi-heure, que CB se relevait tel un zombie et se lançait à la poursuite de ses agresseurs. Plus lucide à présent, ne se jouant plus la comédie pour se consoler, elle a une seule certitude : une injustice barbare a été commise. Après l'annonce du décès de CB, au poste, l'idée de se venger la dévorait. Mais ce matin, fixant le blanc de ses yeux dans la glace, elle a bien vu que cela ne mènerait à rien. Aucune bagarre, aucun meurtre, aucun rêve illusoire ne ramènera CB. Comme c'est étrange : elle a l'impression d'avoir terriblement vieilli en une seule nuit. Dans la salle de bains, ses traits lui ont paru plus sévères, plus oblongs, comme si on avait posé un masque haïtien sur son visage. Contre vents et marées, elle s'est juré de poursuivre le combat : l'aventure des Bad Boys ne s'arrêtera pas là.

Flaco, retiré à l'arrière du gymnase, au milieu des Latino Power, regarde dans le vide en mâchant de l'air. Il pense à Lalo qui devra comparaître pour avoir poignardé Mixon, et tente de chasser un sentiment grandissant de culpabilité. Puis il revoit le visage déçu de Roberto au poste de police : une chance que tu suis mes conseils, a-t-il lancé, sarcastique. Aussi, il se remémore péniblement le refus de son père de discuter par la suite, dans l'auto. Un serrement de cœur le tenaille un moment, et il voit Paulina se détacher de la foule et venir vers lui.

— Salut, fait-elle tout bas.

Il détourne la tête.

— Tu veux toujours pas me parler ?

Son premier réflexe est de lui dire de foutre le camp. Mais il le sait, au fond, il est content qu'elle soit venue le voir.

— Tu peux rester si tu veux, marmonne-t-il, affectant un détachement désinvolte.

Le directeur est interrompu par quelques huées, et deux surveillants acculent au mur une poignée d'élèves. Un bon moment s'écoule pendant lequel Flaco sent les yeux de Paulina peser sur ses joues brûlantes.

— Comment ça se passe, toi? s'enquiert-il, sans la regarder.

Elle soupire, pose une main sur son épaule.

— Écoute, Flaco. Tu vas m'en vouloir longtemps comme ça? C'était vraiment la seule chose à faire. Tu le sais bien…

— Je te l'ai dit, t'aurais dû m'avertir avant de les appeler. Il me semble que j'avais été clair, non? Tu sais que j'ai toujours été contre le fait de les mêler à nos histoires.

— Comprends-moi, Flaco. C'était rendu beaucoup trop dangereux. J'étais morte de peur. Imagine ce qui aurait pu t'arriver si la police était pas intervenue…

Comme il ne suit plus ce que raconte Barbeau depuis quelques minutes, Flaco est surpris, tout d'un coup, de le voir gesticuler de manière si emphatique. De nouveau, comme cela s'est fréquemment produit depuis la nuit dernière, ses pensées le plongent au fond d'un puits. C'est toujours la même scène : en retard pour un cours, il gravit l'escalier à la hâte et tombe nez à nez avec CB qui grille une cigarette, le coude posé sur le rebord de la fenêtre. Flaco ne se contient plus de joie : ah mon gars, il est tellement content de le voir, il peut pas savoir. Il veut lui parler, il y a tellement de choses qu'ils doivent régler tous les deux, il trouve pas? Alors il sent que des bras entourent sa taille et le serrent tendrement. Il ouvre les yeux et respire le parfum évanescent de ses cheveux châtains.

— C'est fini maintenant, chuchote-t-elle. Tu vas

pouvoir passer à d'autre chose : quitter la maison, le quartier, comme tu le voulais.

Ses yeux s'embuent, il a du mal à la voir.

— T'en fais pas, je suis là.

Il se frotte les yeux et contemple ses lèvres bien dessinées, ses dents régulières. Il veut lui demander de l'accompagner, lui dire que sans elle son projet de partir et d'écrire n'a aucun sens, qu'elle est ce qu'il a de plus précieux au monde. Mais il se contente de l'étreindre à son tour, et il replonge dans le puits béant. CB, toujours debout, soutient son regard et épanouit un sourire : comme ça, demande-t-il, la voix railleuse, il a beaucoup de choses à lui dire ? Il le lui a déjà dit, mais il le lui répète : t'es un sentimental, Flaco, t'es trop pogné sur le passé. Et lui n'en revient pas de le voir là : peut-être, mon gars, que je suis sentimental, fleur bleue, tout ce que tu voudras. Mais tu sais quoi ? Ça m'est égal. Ce qui m'importe, c'est que tu sois là. Et CB tire une longue bouffée de sa cigarette : d'accord, je veux bien t'écouter. Mais attention, c'est pas parce qu'il l'écoutait qu'il était d'accord avec lui. Il s'esclaffe et son rire sonore, métallique, parvient distinctement aux oreilles de Flaco. Un flot de lumière blanche pénètre par la fenêtre, découpant la silhouette de CB, et Flaco sent qu'on le serre à nouveau très fort.

TU AS étendu le bras, tu as agrippé la canette de Coca-Cola et, le gosier en carton, tu en as avalé une longue gorgée. Depuis le début de juin, les jours se succédaient, splendides et reposants, comme celui-là, et tu sortais de plus en plus souvent sur le balcon, pour repérer et saluer tes amis ou, simplement, pour suivre l'animation rue Linton. Des rires en cascades ont dégringolé du balcon au-dessus, puis des échanges à bâtons rompus ont suivi dans une langue que tu ne comprenais pas mais que tu entendais fréquemment. C'était les trois frères d'origine indienne qui demeuraient au deuxième : eux aussi affectionnaient les après-midi sur le balcon à s'enivrer de soleil comme des lézards. Tu aurais voulu savoir ce qui les faisait tant rire, oui, tu aurais voulu qu'on te raconte une bonne blague.

Depuis trois jours, tu étais en vacances. Tu passais maintenant en sixième année, mais toi, tu rêvais au jour où les grandes portes du secondaire s'ouvriraient devant toi. C'est là que la vie commençait vraiment, te rappelait constamment Enrique, condescendant. Tu avais eu de bonnes notes et tes parents te donnaient toute ta liberté pendant l'été mais, en retour, tu devais faire le ménage de ta chambre les fins de semaine et sortir les ordures les lundis et les jeudis. Tu l'as bien mérité, Flaco, tu as bien travaillé toute l'année, t'avait dit un jour ton père dans ta chambre, en t'ébouriffant les cheveux. Tu n'avais pu t'empêcher de sourire : depuis que tes cousins t'avaient affublé de ce surnom, Flaco, le maigre, même ton père avait commencé à t'appeler comme ça. Ah oui, avait-il ajouté, s'arrêtant dans l'encadrement de la porte, le voyage au Chili, ils remettraient ça à l'année prochaine. C'est tes grand-parents qui allaient être déçus, mais ils n'avaient pas le choix.

Manque d'argent, Flaco. Mais ne t'en fais pas, on s'arrangera pour aller au moins à la plage aux États-Unis, là où vont mes collègues de travail québécois. Old Orchard, qu'ils appellent ça.

Ce n'est que lorsque le deuxième véhicule de police s'est garé, un pneu sur le trottoir, juste derrière le premier, deux immeubles à gauche du tien, de l'autre côté de la rue, que tu es sorti de ta rêverie. Rappelle-toi, cette seconde voiture s'était immobilisée dans le sens opposé à la circulation. Les policiers ont surgi en remontant leur ceinture et se sont introduits d'un pas indolent dans le bâtiment. Bientôt, une ambulance est apparue et s'est arrêtée, son pare-chocs contre celui du véhicule de police. Faisant rouler une civière, deux barbus ont filé eux aussi vers l'immeuble. La police, les ambulances et les pompiers allaient et venaient si fréquemment dans ta rue que tu n'as porté à la scène, étourdi que tu étais par la chaleur, qu'une attention vague. Une autre chicane de ménage qui avait mal tourné, probablement.

Tu as vu les trois Indiens de ton immeuble traverser la rue et se joindre à l'attroupement grandissant sur l'autre trottoir. Quand les policiers sont ressortis, on s'est agglutiné comme des mouches autour d'eux. L'un d'eux répondait aux questions des badauds mais, au bout d'un certain temps, il a fait un geste brusque du bras et leur a ordonné de circuler de sa voix de baryton. Un grand Noir est sorti de l'immeuble et s'est précipité sur le policier. Il passait sans cesse la main sur son visage, dans ses cheveux. Quand le policier se déplaçait, il le suivait, ouvrant grand les bras, et continuait à lui parler. Alors tu as repéré Enrique dans la foule. Tu l'as hélé, ton cousin a traversé le terre-plein au trot et s'est approché du balcon.

— Qu'est-ce qui est arrivé? as-tu demandé.

— Un suicide.

Tu as relevé les yeux vers l'immeuble.

— C'est la mère de ton ami noir… Cléo.

Tu es venu pour dire quelque chose, mais tu es demeuré sans voix, incapable d'articuler. Les mots restaient dans ta gorge, Marcelo.

— Paraît qu'elle s'est pendue, mon gars. Dans les toilettes.

Enrique secouait la tête. Il a ajouté comme pour lui-même en regardant le soleil :

— Tu parles d'une journée pour se suicider.

À présent tu cherchais Cléo des yeux, mais tu ne voyais que cet homme qui allait et venait à grands pas, le dos voûté, gesticulant de manière désespérée. Et tu as compris : c'était le père. C'était la première fois que tu le voyais.

— Il est pas chanceux, ton ami. Imagine : ta mère se tue et tu la retrouves pendue à la barre du rideau de douche. Qu'est-ce que tu fais?… Hein?… Qu'est-ce que tu peux faire?

Tu as tourné la tête vers lui et il a répondu lui-même :

— Rien. Tu subis. C'est tout… *Así es la vida…*

Un nombre croissant de curieux sortaient sur les balcons ou s'immobilisaient, les bras croisés, à l'entrée des immeubles.

— Pour faire une chose pareille, a continué Enrique, il faut être vraiment désespéré. Pour moi, y'a juste deux raisons pour se suicider. Tout le reste, c'est des variantes des deux mêmes problèmes. Soit que t'as une peine d'amour, soit que t'es dans le trou, côté argent.

Mais tu n'écoutais déjà plus ton cousin, car Cléo venait de sortir. Il avançait par embardées, les bras ballants, surpris aurait-on dit, de voir une telle foule devant chez lui. Il s'est assis sur le gazon et s'est mis à balancer la tête de gauche à droite, de droite à gauche, puis il l'a enfouie entre ses genoux. Son père a pris place auprès de lui, a balayé de ses yeux l'animation environnante, lui a passé un bras autour des épaules et l'a tenu un bon moment serré contre lui. Tu t'es levé, décidé à sauter du balcon, mais tu as aperçu Carl et son grand frère qui s'élançaient vers le père et le fils. Ils ont causé un bon moment, portant à l'occasion les mains à leur front et remuant la tête. Les ambulanciers sont sortis avec le corps dissimulé des pieds à la tête sous un couvre-lit gris, l'ont engouffré dans l'ambulance, et l'un d'eux s'est dirigé vers le petit groupe. Cléo et son père sont montés à bord du véhicule. Les policiers ont dispersé la foule, exaspérés. L'ambulance a filé.

— Moi je rentre, a annoncé Enrique. On fera quelque chose plus tard dans l'après-midi. D'accord? Je t'appelle.

Tu as suivi des yeux le trot de footballeur de ton cousin, puis tu t'es rassis. Malgré la chaleur, un frisson t'a traversé le dos. Tu te sentais exclu, dépassé, assommé. *Pourquoi, pourquoi?* Soudain ton nom a résonné, ta mère t'appelait. Dans la cuisine, tu t'es assis à table devant une assiette où reposaient de petites *empanadas* frites. Tu as fait savoir à ta mère que tu n'avais pas faim. Comment ça, Marcelo? Avais-tu recommencé à manger des cochonneries entre les repas? Et toi, non, maman, et tu lui as raconté ce dont tu venais d'être témoin. *¡Madre mía!* s'est-elle écriée en se couvrant la bouche du torchon qui servait à essuyer la vaisselle. Que pouvait-on dire d'un événement comme celui-là? En tout cas, elle, elle avait vu cela venir. *¡Pobre niñito!*

Tu t'es rendu au salon, tu t'es laissé choir dans le fauteuil et tu as allumé la télé en attendant le coup de fil d'Enrique. Une émission des *Pierrafeu* tirait à sa fin. Pendant la première pause publicitaire, bien que tu te sois efforcé de penser à autre chose, tu t'es rappelé le jour d'anniversaire de Cléo, lorsque Carole s'était adressée à toi en espagnol. Rappelle-toi comme cela t'avait supris. Elle t'avait tout de suite inspiré confiance. Tu as passé une bonne partie de l'après-midi à zapper, puis tu as fini par téléphoner toi-même à Enrique, mais il était parti donner un coup de main à Toño au club vidéo. Un mal de tête commençait à te vriller les tempes quand le téléphone a sonné: c'était Paulina! Depuis que tu lui avais donné ton numéro de téléphone, c'était la première fois qu'elle t'appelait. Avais-tu des projets pour aujourd'hui? Et toi, content qu'elle pose la question, non, pas vraiment. Avait-elle des idées? Et elle, qu'est-ce que tu penses d'aller à la piscine? Pourquoi pas, as-tu fait d'une voix hésitante, car tu étais content qu'elle ait appelé et tout, même si tu n'avais pas envie de nager. Vraiment, ça te tente? a-t-elle insisté. Oui, oui, l'as-tu rassurée, partagé entre les pensées funèbres qui te travaillaient et ton ardent désir de la voir. Gladys, sa sœur, y était déjà. Dans cinq minutes devant ton immeuble à toi? D'accord, à tantôt.

Tu as entassé pêle-mêle maillot et serviette dans ton sac à dos et tu l'as attendue assis sur la première marche, le soleil dardant ses javelots tout autour de toi. Quand elle est arrivée, tu transpirais comme un poulet à la broche. Vous vous êtes embrassés sur les joues et vous avez cheminé côte à côte dans l'humidité pesante qui vous gonflait les articulations. Coin Kent, tu t'es arrêté au beau milieu du trottoir et tu lui as confié, en t'excusant, que ça n'allait pas du tout. Elle t'a questionné, les sourcils levés, et tu lui as expliqué de quoi il s'agissait. Elle a poussé un cri de stupeur et n'a cessé de s'excuser à son tour. Elle t'a proposé d'aller au parc, et toi, la voix étranglée, d'accord. Vous avez marché en silence jusqu'à un banc public. Après que tu lui as eu raconté en long et en large ce que tu savais de la mère de Cléo, tu as senti que la tristesse te quittait peu à peu, tel un esprit las de t'habiter. Elle te regardait en effleurant de temps à autre tes mains, tes genoux, tes joues : ça lui faisait vraiment plaisir que tu lui dises que tu te sentais mieux en lui parlant. Tu avais maintenant une amie pour la vie, t'a-t-elle assuré. Elle t'a pris les mains sans gêne aucune, te les a serrées et, un instant, lucide, tu t'es demandé si tu ressentais de l'amour pour elle. Tu ne savais trop, tu savais seulement que tu ne pourrais plus te passer d'elle, même si tu devais te résigner à ne l'avoir près de toi que comme amie. Elle t'a demandé ce que tu voulais faire, et toi, souriant faiblement, maintenant on peut aller à la piscine si tu veux.

CRÉDITS ET REMERCIEMENTS

Les Éditions du Boréal reconnaissent l'aide financière du gouvernement du Canada
par l'entremise du Fonds du livre du Canada (FLC) pour leurs activités d'édition
et remercient le Conseil des arts du Canada pour son soutien financier.

Les Éditions du Boréal sont inscrites au programme d'aide aux entreprises du livre
et de l'édition spécialisée de la SODEC et bénéficient du programme de crédit d'impôt
pour l'édition de livres du gouvernement du Québec.

DANS LA COLLECTION « BORÉAL COMPACT »

Gil Adamson
  La Veuve
Gilles Archambault
  La Fleur aux dents
  La Fuite immobile
  L'Obsédante Obèse et autres agressions
  Parlons de moi
  Les Pins parasols
  Qui de nous deux ?
  Les Rives prochaines
  Stupeurs et autres écrits
  Tu ne me dis jamais que je suis belle
    et autres nouvelles
  Un après-midi de septembre
  Une suprême discrétion
  Un promeneur en novembre
  La Vie à trois
  Le Voyageur distrait
Samuel Archibald
  Arvida
Edem Awumey
  Les Pieds sales
Victor-Lévy Beaulieu
  Blanche forcée
  La Grande Tribu
  L'Héritage
  James Joyce, l'Irlande, le Québec,
    les mots

Manuel de la petite littérature
  du Québec
Mémoires d'outre-tonneau
Monsieur de Voltaire
Monsieur Melville
La Nuitte de Malcomm Hudd
Éric Bédard
  Les Réformistes
Élisabeth Bégon
  Lettres au cher fils
Jacques Benoit
  Jos Carbone
Nadine Bismuth
  Les gens fidèles ne font pas les nouvelles
  Scrapbook
Neil Bissoondath
  Cartes postales de l'enfer
Marie-Claire Blais
  La Belle Bête
  David Sterne
  Le jour est noir,
    suivi de L'Insoumise
  Le Loup
  Manuscrits de Pauline Archange,
    Vivre ! Vivre ! et Les Apparences
  Les Nuits de l'Underground
  Œuvre poétique 1957-1996
  Pierre

Soifs
Le Sourd dans la ville
Tête blanche
Textes radiophoniques
Théâtre
Un Joualonais sa Joualonie
Une liaison parisienne
Une saison dans la vie d'Emmanuel
Visions d'Anna
Raymond Bock
    Atavismes
Gérard Bouchard
    L'Interculturalisme
    Mistouk
Hervé Bouchard
    Parents et amis sont invités à y assister
Serge Bouchard
    C'était au temps des mammouths laineux
Jacques Brault
    Agonie
Louis Caron
    Le Canard de bois
    La Corne de brume
    Le Coup de poing
    L'Emmitouflé
Ying Chen
    Immobile
Ook Chung
    Contes butô
Jacques Côté
    Wilfrid Derome. Expert en homicides
Gil Courtemanche
    Le Camp des justes
    Je ne veux pas mourir seul
    Un dimanche à la piscine à Kigali
    Une belle mort
France Daigle
    Pas pire
    Pour sûr
Francine D'Amour
    Les dimanches sont mortels
    Les Jardins de l'enfer
Jonathan Franzen
    Les Corrections
    Freedom
Christiane Frenette
    Après la nuit rouge

    Celle qui marche sur du verre
    La Terre ferme
Katia Gagnon
    La Réparation
Saint-Denys Garneau
    Regards et jeux dans l'espace
Vickie Gendreau
    Testament
Jacques Godbout
    L'Aquarium
    Le Couteau sur la table
    L'Isle au dragon
    Opération Rimbaud
    Le Temps des Galarneau
    Les Têtes à Papineau
Pierre Godin
    René Lévesque, un homme et son rêve
Daniel Grenier
    Malgré tout on rit à Saint-Henri
Agnès Gruda
    Onze Petites Trahisons
Joanna Gruda
    L'enfant qui savait parler la langue des chiens
David Hackett Fischer
    Le Rêve de Champlain
Louis Hamelin
    Betsi Larousse
    Ces spectres agités
    La Constellation du Lynx
    Cowboy
    Le Joueur de flûte
    La Rage
    Sauvages
Chris Harman
    Une histoire populaire de l'humanité
Anne Hébert
    Les Enfants du sabbat
    Œuvre poétique 1950-1990
    Le Premier Jardin
Bruno Hébert
    C'est pas moi, je le jure!
    Alice court avec René
Louis Hémon
    Battling Malone, pugiliste
    Écrits sur le Québec
    Maria Chapdelaine
    Monsieur Ripois et la Némésis

Everett C. Hughes
Rencontre de deux mondes

Suzanne Jacob
Laura Laur
L'Obéissance
Rouge, mère et fils

Thomas King
L'Herbe verte, l'eau vive

Marie Laberge
Annabelle
La Cérémonie des anges
Juillet
Le Poids des ombres
Quelques Adieux

Marie-Sissi Labrèche
Borderline
La Brèche
La Lune dans un HLM

Dany Laferrière
L'Art presque perdu de ne rien faire
Le Charme des après-midi sans fin
Comment conquérir l'Amérique
    en une nuit
Le Cri des oiseaux fous
L'Énigme du retour
J'écris comme je vis
Je suis un écrivain japonais
Pays sans chapeau

Robert Lalonde
C'est le cœur qui meurt en dernier
Le Diable en personne
Le Fou du père
Iotékha'
Le Monde sur le flanc de la truite
L'Ogre de Grand Remous
Le Petit Aigle à tête blanche
Que vais-je devenir jusqu'à
    ce que je meure?
Sept Lacs plus au nord
Le Seul Instant
Une belle journée d'avance
Le Vacarmeur

André Langevin
L'Élan d'Amérique
Poussière sur la ville
Une chaîne dans le parc

Perrine Leblanc
L'homme blanc

Rachel Leclerc
Noces de sable
Ruelle Océan

Sophie Létourneau
Chanson française

Alistair MacLeod
La Perte et le Fracas

André Major
La Folle d'Elvis
L'Hiver au cœur
Le Sourire d'Anton ou l'adieu
    au roman
Le Vent du diable

Yann Martel
Paul en Finlande

Julie Mazzieri
Le Discours sur la tombe de l'idiot

Christian Mistral
Sylvia au bout du rouleau ivre
Vacuum
Valium
Vamp
Vautour

Hélène Monette
Crimes et Chatouillements
Le Goudron et les Plumes
Unless

Lisa Moore
Février

Alice Munro
Du côté de Castle Rock
Fugitives

Pierre Nepveu
Gaston Miron. La vie d'un homme

Émile Ollivier
La Brûlerie

Daniel Poliquin
L'Écureuil noir
La Kermesse

Monique Proulx
Les Aurores montréales
Le cœur est un muscle involontaire
Homme invisible à la fenêtre

Yvon Rivard
Le Milieu du jour
L'Ombre et le Double
Le Siècle de Jeanne
Les Silences du corbeau

Gabrielle Roy
Alexandre Chenevert
Bonheur d'occasion
Ces enfants de ma vie
Cet été qui chantait
De quoi t'ennuies-tu, Éveline?
suivi de *Ély! Ély! Ély!*
La Détresse et l'Enchantement
Fragiles Lumières de la terre
La Montagne secrète
La Petite Poule d'Eau
La Rivière sans repos
La Route d'Altamont
Rue Deschambault
Le Temps qui m'a manqué
Un jardin au bout du monde
Alexandre Soublière
Charlotte before Christ
Gaétan Soucy
L'Acquittement
L'Immaculée Conception
La petite fille qui aimait trop
les allumettes

David Suzuki
L'Équilibre sacré
Miriam Toews
Drôle de tendresse
Lise Tremblay
La Sœur de Judith
Sylvain Trudel
La Mer de la tranquillité
France Vézina
Osther, le chat criblé d'étoiles
Gilles Vigneault
Chansons 1
Chansons 2
Chansons 3
Guillaume Vigneault
Carnets de naufrage
Chercher le vent

MISE EN PAGES ET TYPOGRAPHIE :
LES ÉDITIONS DU BORÉAL

CE HUITIÈME TIRAGE A ÉTÉ ACHEVÉ D'IMPRIMER EN JANVIER 2015
SUR LES PRESSES DE MARQUIS IMPRIMEUR
À MONTMAGNY (QUÉBEC).